中国专业作家作品典藏文库

中国专业作家作品典藏文库

石钟山卷

文官武将

石钟山　著

中国文史出版社

目　录

文官武将

一

文官姓胡，叫胡伟岸，当然这是他参加工作后才起的名字。胡伟岸是作家，享受军职待遇。作家不是什么官衔，人们就都叫他胡作家。胡作家现在已经离休，住在干休所里，享受着军职待遇，房子是五室两厅。人们看到胡作家的房子时，才想起人家是享受着军职待遇的。

胡作家很普通，在职时是文职军人，肩章上的金豆银豆是没有的，只有一朵花，象征着文职和武职的区别。文职不像武职区分得那么细，从排职干部到军职干部，肩膀上都扛着一朵花，分不出个大小来。因此，人们就不知道胡作家的级别，胡作家也不想让人们知道这些，部队的作家嘛，是靠作品说话的。从年轻那会儿到现在，他一直笔耕不辍，写来写去的就成了作家。这在他当初放牛时，是做梦也不会想到的。

武将是军区的副司令员，姓范，叫范业。以前参加革命前叫范勺，这名字不好听，当时的八路军领导听了先是皱眉头，然后就笑了。于是，就给他起了范业这个名字，“业”意味着革命事业。

范业将军在职时是中将，正儿八经的将军，肩上的两个金豆熠熠生辉，晃得人睁不开眼睛。范将军走在营院里，下级军官和士兵都眯着眼睛给他敬礼——将军肩上的金豆太耀眼了。

范将军人很威武，虎背熊腰，一看就是做将军的料。行伍出身，出生入死，从抗日战争到解放战争，又到抗美援朝战争、珍宝岛自卫反击战，他都参加过。战斗把范业历练成了职业军人，就是脱了军装，穿上背心短裤往那儿一站，人们也能一眼认出他是军人。

范将军也离休了，不穿军装的范将军住进了干休所。他是大军区副职待遇，住的是二层小楼，有专车和公务员。范将军虽然不穿军装了，但那栋将军楼代表着一切，像他曾经扛在肩上的金豆一样醒目。

小楼周围的环境很静，人们路过小楼时，都不由得放慢脚步；就是忍不住地咳嗽，也在嗓门深处给处理了。人们知道，这里住着范将军，弄出了大动静，就是对将军的不敬。

范业将军在晚年闲暇时，回顾这大半生所走过的岁月时，也想到了当年放牛的日子。当时就是让他往死里想，也不会想到将来能是这样。

几十年前的范将军，一点儿也不像将军。那会儿他正和自己童年的伙伴——胡伟岸一同在山坡上放牛。

晚年的将军和胡作家时常会想起少年时光，日子也恍惚间回到了从前。

二

如今的老胡和老范都是放牛娃出身，两人不仅是同乡，还同岁。那一年，他们都差不多是十三岁。小胡给前村的王家大户放牛，小范给后屯的李家放牛。不知什么时候，两拨牛就走到了一起，小胡和小范也就走到了一起。放牛的日子很乏味，两个少年聚到一起也是个伴儿，说说牛，讲讲别的，然后看着牛漫不经心地在山坡上吃草，不紧不慢地打发着日子。

小胡和小范也躺在一棵树下的阴凉里，看天上的白云。他们眯着眼，耳边响着肚子的咕咕声，早晨喝的稀饭，两泡尿下去，肚子就瘪了，饥饿让他们想象着天上掉馅饼的美事。此时此刻的两个少年，做梦也不会想到将来会是什么样子，能吃上饱饭就是他们最大的梦想。

他们忍饥挨饿，熬到天黑后，赶着各自的牛，一摇一晃地向前村、后屯走去。分手时，相约着明天再一起做伴放牛。

如果不发生意外，两个人的日子就不会有什么改变，也不会有做梦也想不到的将来。

那是一天中午，王家的一头母牛怀春了，招引得王家的一头公牛和李家的一头公牛发了情。两头发情的公牛都红了眼睛，它们明白，要想得到爱情，势必要有一场激战。于是，山坡上，两头公牛摆开了决一死战的架势。

这场变故，小胡和小范也发现了。但他们并没有觉得事态会有多严重，倒觉得单调的生活终于有了一点乐子。他们站在牛的身后，呐喊助威，甚至希望各自的牛能表现得勇猛一些。公牛受到了主人的鼓噪，身上的牛毛都竖了起来，它们怒目圆睁，向情敌发动了进攻。犄角抵在一起的搏击声和皮肉相撞的摩擦声，让两个放牛娃激动得手舞足蹈。

没多久，事态急转直下，李家的牛抵瞎了王家的牛一只眼睛，血顺着牛眼汩汩而出；王家的牛也把李家的牛身上剐开了一道口子，皮开肉绽，血肉模糊。两人这才觉出事情有些严重了，他们不是心疼牛，而是怕回去无法和东家交差。他们拼命地想把两头牛分开，斗红了眼的牛已经不把主人放在眼里了。两头牛纠缠在一起，呼哧呼哧地喘着粗气，一副鱼死网破的样子。终于，耗尽最后一丝力气后，像两座山似的轰然倒下。它们倒下了，睁着血糊糊的眼睛，口吐血沫，气绝身亡。

两个少年傻了，一时没了主张。他们苍白着脸，双腿发抖地齐齐给死去的牛跪下了，心里喊着：牛啊，你们咋就死了？

他们马上就想到了后果，东家是不会饶了他们的，赔牛，就是卖了自己也赔不起啊。

他们呆立在那里。其他的牛嗅到了血腥气，哞的一声，四散着跑远了。两人终于醒悟过来，像死了爹娘般呜哇一声，哭号了起来。那头挑起事端的母牛，幸灾乐祸地瞪着一双迷醉的眼睛，望着躺在地上的一对公牛，然后又困惑不解地看一眼抱头痛哭的放牛娃，无辜地摇着尾巴走开了。

也就是那天的傍晚，山下过来了一支穿灰衣服的军队。两人你看看我，我望望你，不约而同地说了句：咱们跑吧。

没有回头路了，只能一走了之。于是，两人趁着暮色的掩护，像两只丧家犬似的，尾随着队伍，钻进了夜色中。

那会儿，他们还分辨不清前面是一支什么样的队伍。仓皇与忙乱，只能让他们毫无选择地随着队伍往前走。

许多年过去了，一想起当年的革命动机，他们自己都会感到脸红心跳。

这是一支八路军的队伍，以前八路军的队伍都在深山老林里和鬼子周旋。听说美国人在日本的后院投了两颗原子弹，把日本人炸得没心思恋战了。于是，八路军从老林子里杀了出来，两个少年歪打正着地撞上了。一切就是这么巧。

三

同是天涯沦落人的放牛娃就这样参加了八路军。他们首先有了自己的新名字——胡伟岸和范业，叫惯了小名的两个放牛娃，在领导喊他们的新名字时，还以为是在喊别人。等他们确信那崭新的名字已经属于自己时，心里一下亮堂起来，举手投足都是另一番滋味。从此，放牛娃走上了一条革命的道路。

参军不久，一位八路军的团长接待了他们。团长姓肖，人称肖大胆。肖团长背着手把放牛娃前后打量了一番，两人还没有合适的军装，只戴了八路军的帽子，扎了腰带，大体上有了小八路的轮廓。但两个孩子看上去太瘦小了，和他们的年龄很不相符。肖团长左一圈右一圈地看了，然后拿过一杆长枪，冲范业大叫一声：范业接枪。

他这么喊过了，就把那杆长枪朝范业的怀里掼去。范业去接枪，还没扶住那杆八斤半的枪，就和枪一起倒了下去，引得看热闹的人笑弯了腰。肖团长又用同样的方法去试胡伟岸，胡伟岸有了准备，就没有被枪砸倒，却抱着枪后退了几步，一屁股坐在地上。胡伟岸抱着长枪一下子就哭了，他一边哭一边说：首长，这枪咋这么沉呢。

肖团长哈哈大笑着，一手一个把他们从地上拉了起来，拍着两人的后脑勺，说道：你们都是块好料，但现在还没法打仗，就先当革命的种子吧。

肖团长所说的“革命的种子”，等他们到了延安后才明白是怎么一回事。当时的延安有许多这样的革命种子，他们在一起学军事，也学文化。延安是革命的大后方，是实验田，把他们种在延安的土地上，把他们从小草培养成参天大树。

两人在延安的学习生活中，自然地显现出了各自的兴趣。胡伟岸喜欢识字读书，在这方面显示出超人的能力，认那些方块字能过目不忘。参加革命前，对学习文化他是有过体验的。给东家放牛时，东家请了私塾先生在家里教自己的孩子识文断字，他有时偷听上一耳朵。那会儿，他已经能把《三字经》背得滚瓜烂熟了。东家见他偷听，就拎着他的耳朵骂他。放牛的时候，人在那里，心早就跑到教书先生那里去了。现在有了学习的机会，如同口渴的人碰上了一口井，他一头扎了进去。

范业就不同了，他不喜欢上文化课，一上课就头疼，觉得那些字像蚂蚁一样，钻进脑壳里一阵乱咬，让他头痛欲裂；而军事课上他却显得游刃有余。吃了几顿饱饭后的范业长了些力气，八斤半的枪已经能安稳地抱在怀里了。他喜欢射击，也喜欢投弹，射来投去的，他已经能把枪打得很准，将弹投得很远了。于是，范业就经常有事没事地冲胡伟岸说：来，咱俩比试比试。

胡伟岸在这方面比试不过范业，没多久，就败下阵来。胡伟岸惊奇地瞅着范业说：你小子长本事了。

范业不说话，只是自信地笑。

两人就是在那会儿，在人生的岔路口上找到了各自的前程。

日本人投降了，国共两党停止了合作。于是，共产党的八路军脱离了国民党的番号，改成了解放军，意味着解放全中国、解放全人类。

那是个阳光明媚的日子，注定要被写进共和国的历史。驻屯在延安的部队出发了，他们要奔赴解放全中国的征战之路。

范业和胡伟岸随着大部队星夜兼程，开进了东北的南满、北满，参加了四保临江等著名的战斗。两人进步都很快，范业在战斗的洗礼中茁壮成长——先是当了班长，又当了排长，当排长那年不满十七岁。胡伟岸也成了一名战地记者，怀揣采访本，穿梭于各个战场，把一桩桩英雄事迹写出来，发表在战地报上。

著名的辽沈战役前夕，两人见面了。范业已经是响当当的连长了，见到胡伟岸就把他的手捉住了，乱摇一气，说：这一仗打得太过瘾了，又消灭了老蒋八千人，嘿嘿，真他娘的过瘾啊。

胡伟岸龇牙咧嘴地把手抽出来，说：快把你们连的事说说，我这次来就是做采访的。

范业就说：啥事迹不事迹的，别文绉绉地跟我说话，我听不明白。不就是打仗嘛，只要不怕死，装上弹匣子往前冲就是了。

于是，两人就拉扯着坐在一棵被炮弹炸得面目全非的树下，抚今追昔。

范业从干粮袋里掏出炒熟的黄豆，抓一把塞给胡伟岸，又自己抓了一把，两人咯嘣嘣地边嚼边说打仗的事。他们四野的总指挥爱吃炒黄豆，这些下级军官也学会了吃黄豆。

不久，关于范业连队的英勇事迹在战地报上发表了。很多人都知道了范业的名字，范业也因此著名起来，从上级授予范业所率领的集体的称号上，就可以看到范业成长的足迹——先是英雄连，后来又是硬骨头营，最后就成了王牌团。范业自然是连长、营长、团长地这么一路走过来。

范业成了胡伟岸追踪、报道的最好素材。

四

战争年代，两人虽然分工不同，但他们的目标是一致的，就是推翻国民党，建立新中国。范业率兵打仗，打了一仗又一仗，永远没有尽头的样子。胡伟岸写文章，写的都和战争有关，也与范业有关。范业所率的部队是英雄的团队，范业的名字经常出现在胡伟岸的文章里，文章发表在战地报上。范业和他的英雄集体，日复一日地著名起来。

两人再见面都是在战争间隙。结束一场战斗后，就有许多英雄人物和经典战例需要胡伟岸来报道；而部队的休整，又是在准备打一场更大、更恶的仗，这时的胡伟岸是最忙碌的时候。他满头大汗、热气蒸腾地出现在范业面前。范业一把捉住他的手，使胡伟岸又一次龇牙咧嘴了。两人来到僻静处，范业让警卫员拿来从老蒋处缴来的罐头和酒。范业咧着嘴，一边笑，一边说：胡笔杆子，辛苦了，今天犒劳犒劳你。两人就不客气地吃喝起来。几杯酒下肚，两人就面红耳赤了，他们忘记了此时自己的身份，解开衣扣，仰躺在草地上，仿佛又回到了放牛的日子。

范业瞅着天上游移的白云，笑着说：这狗日的，没想到我都是团长了，你也成了大笔杆子。

胡伟岸也看天上的云，目光中多了些内容，他感叹道：这就是日子啊。

范业不知想起了什么，一骨碌从草地上爬起来，红着眼睛瞅着胡伟岸说：你这笔杆子当得有啥劲？正经仗没摸着打一次，有甚意思？

胡伟岸叼着一根青草，摇头晃脑地说：范业啊，这你就不懂了，这叫分工不同，各有追求。

范业撇撇嘴道：追求个甚？告诉你胡伟岸，你得学会打仗，不打仗跟着队伍跑有啥意思？你现在是副连还是正连啊？

胡伟岸就打着哈哈说：分工不同，不论职务高低。

范业瞅着胡伟岸一时没了脾气，叹口气又躺了下去，高瞻远瞩地说：把你的笔收起来，跟我学着打仗吧。你来我这儿，我给你个营长干干，咋样？

胡伟岸很文人气地说：我的武器就是我的笔，我有自己的战场。

范业痛心疾首地拍着大腿说：哎呀，等新中国建立了，那是要看功行赏的，你说你整日捏着个笔，写写戳戳的，没打过一次仗，没杀死过一个敌人，咋个给你行赏啊？

胡伟岸淡然一笑说：分工不同，你有你的战场，我有我的天地。

范业见说不动胡伟岸，就不说了。两人复又坐起来，咬着牙拼酒，说一些少年时的事。日子真是白云苍狗，要是没有那两头公牛发情，他们又怎么能有今天？于是就又一次感叹命运。

两人的友谊是地久天长的，十天半月的不见上一面，就很思念对方。有时在战场上偶尔碰上，却是激战正酣，范业率领着战士跟敌人杀红了眼。这时，他就看见了胡伟岸，胡伟岸正在枪林弹雨中穿行，头盔不知掉到了何处。身前身后的子弹在胡伟岸的头顶上嗖嗖地飞过，范业大叫一声，扑了过去。他把自己的头盔戴在了胡伟岸的头上，他们没时间说话，只紧紧拥抱了一下，范业说了句：保重啊。胡伟岸也冲范业说：等着你胜利的消息。

两个少年的伙伴，相互凝视着消失在硝烟中。

三大战役结束后，伟人毛泽东在北京的天安门城楼上，喊出了：中华人民共和国成立了——

于是，世界的东方就有了一个奇迹。那会儿，蒋介石率领残部逃到了孤岛台湾。虽然没有大仗可打了，但部队也没有闲着，他们还要剿匪，维护刚刚诞生的新中国政权的安全与稳定。范业此时已是王牌团的团长了，在全军都很有名气，曾受到毛主席和朱总司令的亲切接见。胡伟岸也是著名的记者了，事迹被其他记者采写后，隆重地登在了报纸上。胡伟岸也著名了起来，文官武将一时间不同凡响。

没多久，著名的抗美援朝战争爆发了，著名的记者和著名的王牌团长一同参战。在朝鲜战场上，他们仍然在战斗间隙见面，再见面时比在国内还要热烈，先是拥抱，然后分吃炒面；有时也能搞到一些祖国的慰问品，打打牙祭。两人见面的第一句话就是：真想家啊。

他们说的家就是祖国，对他们来说就是少年放牛的山坡——记忆中的山坡一片葱茏。

两人都三十大几了，除了打仗就是采访，还没顾上成家。他们很小就没了父母，对家的理解说具体也具体，说抽象也抽象。

两人在异国他乡一起想到了家，但他们没有更多的时间去思乡，就马上投入新的战斗。一个率兵打仗，一个带着文工团做鼓动工作。

入朝不久，胡伟岸就被军里任命为军文工团的团长。不仅写作，还要带着能唱能跳的男女战士去前线慰问、宣传，任务很重。两人都很忙，见面也只是道声珍重，又各奔东西。胡伟岸在炮火的洗礼中成了一名作家，一批反映朝鲜战场艰苦卓绝战争的报告文学、长篇通讯和小说源源不断地在国内的报刊上发表。他的作品让人们心潮澎湃，热血沸腾。

范业也已经是师长了，率领着他的师，在朝鲜的土地上所向披靡，战无不胜。

后来，部队班师回国。刚踏上祖国的土地，两人不约而同地感到年纪不小了，该成家立业了。

五

范业师长对自己的人生大事心里已经有谱了。他喜欢上了师文工团年轻貌美、能歌善舞的小岳。小岳是抗美援朝战争爆发后入伍的学生兵，人机灵，又有文化。在朝鲜的时候，只要小岳一来前线慰问演出，范师长总会把屁股下的马扎移到离小岳最近的地方去。他眼里就只剩下小岳一个人了。

有一次，他冲身旁的胡伟岸道：你们文工团这丫头，叫个啥？

胡伟岸就说：小岳，学生兵，人年轻，也聪明。

范业就骨碌着一双眼睛，仔细地把小岳又打量了一遍，嘴里一遍遍地说：咦，这丫头，你看看这丫头……

小岳的出现，让范业颠三倒四，心猿意马。只要在战斗间隙，他就让胡伟岸把文工团拉上来搞演出，然后自己挤到最前面，不错眼珠地盯着小岳看。对于走火入魔的范业，胡伟岸并没有敏感地发现什么，以为范师长对文艺有兴趣呢。他心里正琢磨着，范业也是有着文艺细胞的，如果当初多识些字，弄不好也能是个文艺工作者。

回国后的范业和胡伟岸都是三十大几了，成家已是迫在眉睫。说干就干，范业不想再等下去了。

晚上，他让炊事班多炒了几个菜，又打开几听从朝鲜战场上缴获的美国罐头。准备就绪，他让警卫员请来了胡伟岸。两个老战友，在和平的天空下推杯换盏起来。

几杯酒下肚后，范业喷着酒气说：不打仗了，这下好了，我老范要结婚，成家过日子了。胡啊，你说这好不好啊？

胡伟岸就说：好啊，我也是这么想的。革命成功了，咱们也都该过日子了。

范业不管胡伟岸的思绪，顺着自己的思路说下去，他心里这会儿只剩下年轻的小岳了。于是，他就说：胡啊，你说那丫头咋样啊？她要是跟了俺老范，以后准错不了。

胡伟岸的酒劲儿也上来了，老范说了半天，他还不知道那丫头是谁呢，就眯着眼睛问：你说的丫头是谁呀？

老范哈哈大笑，伸出手，在胡伟岸的肩上拍着，一边拍一边说：看看你这文工团长当的，我喜欢你们团的谁你都不知道。你个老胡真是糊涂啊。

两人接着就碰杯，干了。这回老胡就更糊涂了，酒精已经让他的脑子转不过弯来了。他痴痴呆呆地问：那丫头到底是谁呀？

老范就朗声道：是小岳呀，这你都没看出来，我老范早就瞄上她了。

范业的话让胡伟岸猛地打了个激灵，酒醒了大半。他摇摇头，以为自己听错了，忙又问了一句：你说的丫头是谁？

老范就重重地又拍了一掌老胡，说：是小岳，你们文工团的小岳。胡团长啊胡团长，小岳你都不知道了？

老胡的酒彻底地醒了，酒醒后的老胡就不知道如何是好了。他迷迷瞪瞪地盯着老范，心里想：怎么范师长也喜欢上小岳了？我是不是在做梦呢？确信这一切都是真的后，他悲哀得直想哭。

老胡看上的也是小岳。小岳来到文工团后，他就暗暗地喜欢上了，喜欢她的聪明和美丽。当时，他经常写一些诗歌，关于战争和爱情的，让小岳声情并茂地朗诵。诗歌让小岳一朗诵，他就觉得那些诗歌已经不是诗歌了，仿佛成了精灵，在他的血液里呼呼地奔涌。

他是小岳的团长，有更多的接触机会，就一直按下自己的情感，不断地在心里劝说着自己：大米会有的，面包会有的；小岳就在身边，以后一定是属于我的。

那些日子，老胡的心里承载着巨大的爱情，投身到慰问演出和写作中去。许多著名的篇章就是那时候创作出来的，老胡也因为那些文章著名起来。

他没想到，范师长也看上了小岳。一山不容二虎，小岳嫁给范师长，就不能嫁给自己，这是明摆着的道理。他清醒过来后，无可奈何又无限悲凉地说：范哪，你能不能换个人？谁都行，工作我去做。

老范不明就里地又去拍老胡的肩头，然后一连气干掉两杯酒，红着眼睛冲老胡说：我就是看上小岳了，谁也不好使。要是娶不到小岳，活着还有啥意思。

这时的老胡彻底冷静了，他又想到了山坡上那两头发情的公牛，为爱情进行的那场厮杀。他由牛想到了人，想到了自己和老范，心里怦怦乱跳一气。如果这时自己不退出的话，老范说不定会拔出腰里的枪指向自己；尽管他也有枪，可他不想在这件事情上和老范拔枪相向。终于，他无限悲凉地说：那丫头就那丫头吧。

老范听了，情绪达到了高潮，哈哈笑着说：胡啊，这就对了。我这媒人你来当，你当媒人，我放心。

说完，老范似乎发现老胡情绪低落，就咦了一声，说：你狗日的是不是也看上了小岳？

老胡就凄惨地冲老范笑一笑。

老范大大咧咧地挥挥手说：你是文工团团长，手里有那么多年轻女同志，换一个，这是多大的事啊。你说是不是，哈哈哈——

老胡心里似呻似唤地说：范哪，你咋就不换一个呢？

这是他在心里说的。他太了解老范了，这么多年打仗养成了说一不二的习惯。况且，老范是一师之长，是他的上级，上级的话就是命令，他不能违抗。

没几日，他愁眉不展、心怀忐忑地找到了小岳。小岳回国后，经过一段时间的休整，人变得更漂亮了。她嘴里哼着歌儿，在等待胡团长向自己表达爱情。

这天，胡团长推开了她宿舍的门，她想：爱情终于来了。一时间，脸红到了耳根，心跳如鼓，手里一遍遍地摆弄自己的辫梢。

胡团长看了眼小岳，心就疼了，但他还是说：小岳呀，今天我有个事儿要对你说。

小岳低着头，柔声道：说呗。

她等这句话已经许久了。

胡团长就叹口气道：有人看上你了，要和你结婚。

小岳心想：胡团长也真是的，自己喜欢就喜欢吧，干吗绕这么大个圈子。她心里乱跳一气，等待着幸福的到来。

胡团长悲哀地说：是范师长要娶你，他说他非你不娶。

小岳吃惊地睁大眼睛。她爱情世界的天塌了，过了好半晌才明白过来，抖着声音说：怎么是他，那你……

胡团长的心里一团糟，但他还是沉了沉说：小岳呀，范师长是一师之长啊。

说到这儿，胡团长觉得这话说得一点也不符合媒人的身份，就说了许多范师长的好话。小岳听着胡团长的话，耳畔似飞着无数只苍蝇，嗡嗡一片。她想胡团长原来是不爱自己的，以前的美好感觉只是自己的幻觉。这么想过后，她对爱情的希望破灭了。既然自己爱的人并不爱自己，那嫁给谁都是一样了。当初她参军时，就把自己的前途和性命交给了组织，现在她把婚姻也交给了组织。

很快，小岳就和范师长结婚了。

结婚那天，酒宴是少不了的，到场的有范师长的首长，也有部下。老胡在老范的心目中是很重要的人物，所以老胡是不能不到场的。

那天，老范喝了很多酒，老胡也喝了很多。他一看到站在范师长身旁的小岳，就万箭穿心般难受。他抓起酒就喝，别人不和他碰杯，就自己喝。老范和小岳出现在他面前，给媒人敬酒时，他看到小岳眼泪汪汪的样子，就醉了。在干了一杯酒后，他轰然倒了下去。

老范和小岳结婚不久，老胡就和团里的小金结婚了。小金不如小岳漂亮，她们是同一年在同一个城市入伍的。入伍前两人是同学，关系一直很好。

结婚后，小金曾问老胡：你不是喜欢小岳吗，怎么和我结婚了？

老胡用手掐自己的头，无限悲凉地说：不说了，不说了，我头疼。

小金就冲老胡笑。

六

胡作家和小金的婚礼上，范师长带着新夫人小岳来了。小岳似乎仍没从失恋中走出来，表情有些悲戚。胡作家一见小岳的样子，心里一阵刺痛。他和范师长拼酒，一碗又一碗，到了一定的境界，范师长就拍着胡作家的肩膀说：胡啊，咱们能有今天，没想到啊。

胡作家蒙眬着眼睛说：是呀，要是没有当初，又哪会有今天呢。

他看一眼小岳，又看一眼身边的小金，心里就多了些感慨。

范师长的笑声很豪气，也很爽朗；胡作家也笑，笑着笑着却流出了眼泪。范师长说：胡啊，你看你，身在福中不知福，哭啥哩？小岳已经怀上了，你也抓紧点儿，说不定咱们还能成亲家呢。

胡作家擦干眼泪，拍着胸脯说：那是，咱们生的都是男孩的话，他们就是兄弟；要都是女孩，就是姐妹；一男一女，那就是做亲家了。

两个女人见男人们拍着胸，说一些有情有义的话，也躲到一旁说悄悄话去了。

那段时间的范师长很幸福，满面红光，见人就笑呵呵地打招呼。他经常能见到胡作家，一见到胡作家，他就眯着眼睛，望着天上的太阳说：不打仗的日子真好，天天搂着老婆睡安稳觉。我这儿可都三个月了，你那儿咋样了？

胡作家明白，他这是在问小金怀孩子的事呢。胡作家勾着头，不好意思地说：小金也怀上了。

哈哈哈——范师长重重地拍了胡作家的肩头，疼得胡作家龇牙咧嘴。

这期间，军、师一级的文工团接到了撤销的命令。这一级的文工团是为了朝鲜战争，才临时组建的编制。战争结束了，这么多文工团员显然成了部队的负担，于是，上级一纸命令，撤销了军、师文工团的建制。小岳不希望去地方工作，还想留在部队，那时她已经有八个月的身孕了。范师长拍着脑袋想了一会儿，抓起电话给军区分管编制的参谋长打了电话，军区参谋长就是当年给他改名字的肖团长。他把小岳想留在部队继续战斗的想法说了，肖参谋长在电话里说：不就是个编制嘛，没问题。小范啊，好好干，你还年轻啊。

很快，小岳就挺着大肚子去军区文工团报到，继续发挥她能歌善舞的特长。

胡作家的夫人小金也想在部队继续战斗下去。她把自己的想法冲胡作家说了，胡作家搓着手，在屋里转了两圈，说：咱不能跟小岳比。范师长朋友多，军区那些首长他都熟，我是搞文化工作的，认识的这些人都不管编制。你还是转业，服从分配吧。

小金一脸的失望，她在感叹小岳命好，嫁了好人后，就转业去了地方一家工厂的工会搞宣传去了。报到那天，她还留下两行惜别部队的泪水。

几个月后，小岳生了，是个男孩，取了一个通俗也响亮的名字：范幸福。可见当时范师长的心境是多么的满足和甜蜜呀。没多久，小金也生了，是个女孩。胡作家给女儿取了很文气也很有文化的名字：胡怡。孩子出生没多久，范业一个电话打了过来。这时的胡作家已经调到军区文工团，担任创作员，名副其实地搞起了创作。

范业在电话里大呼小叫：亲家，我是男孩，你是女孩，咱们这回可是亲上加亲了。

胡作家打着哈哈：可不是，真被你言中了。

范业兴高采烈地说：人要是顺了，想要啥就来啥。胡啊，你说是不是？

胡作家又想起了小岳，现在两人都在文工团工作，低头不见抬头见的，虽然这么长时间了，自己也有了孩子，可一看见小岳蒙眬的眼神，心里还是颤颤的。想到这些，他只能在电话里嘿嘿地笑笑。最后，范业瓮声瓮气地说：这狗日子，真是太好了。说完，咣的一声就挂了电话，震得胡作家的耳朵嗡嗡响。

范业果然很顺，儿子范幸福满周岁那天，他当上了军长。

这消息也传到了胡作家和小金的耳朵里。小金就冲胡作家感叹：你看小岳的命多好，嫁人一下子就嫁了高干。

胡作家就哑了口，不知说什么好。那阵子，小金刚离开部队，对部队仍犯着单相思，看什么都不顺眼。胡作家是文化人，明白小金的心思，就什么事都顺着她。

这些日子里的小岳也有了变化。她见胡作家时，眼神不再那么蒙眬了，而是变得清澈无边。胡作家一望见小岳这种眼神，心里就不再乱颤了。他的感情终于平静下来，想到小金，还有女儿，认命了，觉得现在这样也没啥不好。

小岳也经常一脸幸福的样子，见到胡作家时，嗓音清亮地说：老胡，啥时候有空来家坐坐，我们老范总说起你。

胡作家打着哈哈：有时间一定去。小金也想你呢，你们姐妹要常来往啊。

提起小金，小岳的心里就多了番滋味。一个在部队继续战斗，一个去了地方，现在孩子又小，从睁眼忙到天黑。她已经很久没有见到小金了，就决心一定要好好聚一聚。

可这么说过了，仍没有找到合适的时间两家人一起聚聚。于是，聚会的想法只能停留在口头上。

范业当了军长，操心的事更多了。今天去军区开会，明天到部队视察，忙得不亦乐乎。可他心里高兴，笑容和幸福一同挂在脸上，见人就说：这日子过的，还想咋的？当年的放牛娃哪想过这样的日子？

胡伟岸成了专业作家后，一心扑在了创作上，常有大小文章在全国报刊发表。他的名气也一天天大起来，隔三岔五地就会收到热心读者的来信。胡作家读着这些信，也是幸福无边的样子。看着夫人小金和渐渐长大的女儿，也一遍遍在心里感叹着生活。

小金在大部分的时间里也感到幸福、满足，只是偶尔想起范业或小岳时，就会长长地叹口气，说：还是人家小岳命好，日子过得想要啥就有啥。

胡作家听了这话，心里就有些别样的感受。

七

范业和胡伟岸虽然不经常见面，但每过一阵子，范军长都要约上胡作家走出城市，到山里打一次猎。范军长舞刀弄枪的习惯了，长时间找不到打枪的机会手就痒痒，他总要找个机会放上几枪。打猎就是和平年代中假想的战争。

胡作家整日里关在屋子里写作，城市的喧嚣让他感到心浮气躁。更主要的是，他一走进山里，就会想起少年时代令人难忘的放牛时光。不知为什么，一想起那段时光，他就兴奋不已。

范军长在周末外出打猎时总要叫上胡作家。范军长外出自然不是一个人，警卫员是少不了的，为范军长提枪、背干粮什么的。车是越野吉普，跑上一会儿就出了城，再过一会儿就进山了。

两人一进山，就把车窗摇下来，看着满山的绿，嗅着大山的气息。范业抖着鼻翼，深吸了一口，冲着大山喊：他娘的，真他娘的舒服啊——

胡伟岸表达感情时就含蓄得多，只觉得鼻子一阵发酸，眼睛发热，心里一阵唏嘘。

运气好的话，他们能打到山鸡、野兔什么的。如果时间还早，范军长就命令警卫员拾些干柴，在山坡上把猎物烤了。酒是少不了的，警卫员早就带来了。他们吃着野味，喝着白酒，聊些随意的话。说到放牛的日子，两人就感叹命运；说到某次战斗时，就唤醒了两人的战友情；再说到老婆孩子，就以亲家相称了。他们的友谊如滚滚不息的江水，说到动情处，两人就搭着肩膀，呼兄唤弟。

直到夕阳西下，两人才意犹未尽地坐车回城。

这次的野外之行，让胡作家回到家里仍兴奋不已。他冲小金说起山的壮美、野物的新鲜，最后又说到了范军长还有他们之间的感情。胡作家说得热血沸腾，情不能抑，小金却显得很冷静。她看着胡作家说：以后你得注意点分寸了，人家毕竟是军长，你一个作家没官没职的，少和人家称兄道弟。

胡作家瞪着眼睛说：咋了？他就是当了司令，也得认我。我们是啥关系，从小在一起放过牛的。

小金对胡作家没深没浅的样子，心里一直保持着异议。

范军长兴致好时，再次外出就会带上小岳和孩子。胡作家也满口答应了邀请，小金就有些犹豫。她不是不想出去，她考虑自己的身份是否合适，毕竟是沾人家范军长的光。

胡作家见小金犹豫，就说：没啥。你和小岳关系那么好，又好久没见面了，这次是个机会，聚在一起好好扯扯。别忘了，你们在文工团时，可是最要好的。

小金见胡作家这么说了，也就答应了。收拾停当，就随着范军长一家出发了。

两家的孩子还小，不能进山打猎，就选了山清水秀的地方。这些地方有驻军，都是范军长手下的师、团一级单位。军长带家人来看望部队，下级自然是周到热情，跑前跑后地忙着。看了山，又看了水，然后就去看部队，战士们齐声喊：首长好。

范军长挥挥手，说些同志们辛苦之类的话。

到了吃饭时间，下级又是一番热情招待。整个军里都知道，范军长爱吃狗肉。狗肉早就准备好了，狗吊起来杀了、剥了，狗肉很新鲜地烀上了锅。

范军长一上桌，见到热气腾腾的狗肉，就来了兴致，撸起袖子就吃上了。酒是少不了的，下级见范军长都放开了，也不再拘谨，一杯又一杯地敬。席间，范军长一遍遍地介绍胡作家一家，说胡作家如何著名，是文化人，还说到两人一同放牛的日子……

下级就一脸敬仰地向胡作家敬酒。胡作家喝了几杯酒，听了一些恭维话，自然也很高兴，就七长八短地说一些很有文化的话。陪酒的下级也听，但兴致似乎不那么高，他们的注意力都在范军长那里，哪怕范军长放筷子的声音重了些，他们也会扭过头，一起注意地看过去。

小岳和小金坐在一起，边照顾孩子，边说些女人之间的话。她们从友谊说起，又说到眼下各自的工作和孩子。

酒喝到后来，范军长就成了桌上的主人。每说一句话，都会引来一片惊叹和议论。酒精的作用和自己所处的地位，让范军长想说啥就说啥；胡作家就成了真正的陪衬，他不停地在一边帮腔，以证明自己的存在。

小金没喝酒，脑子就很清醒，见到这种场面，心里也有些乱。席间，就在心里感叹：军长就是军长。然后就由衷地对小岳说：你命就是好，比我强多了。

小岳忙说：你也不差呀，要啥有啥，还想咋的？

小金笑笑，脸上的表情也冷冷热热的。

回到家里，小金仍在感叹：人家小岳就是命好，夫贵妻荣，你看人家一家多荣光。

胡作家的酒劲还没下去，他不耐烦地挥挥手道：范业是军长，我是作家，都是军人，分工不同罢了，这没啥。

话是这么说，可他心里也说不清是个什么味儿。

小金琢磨一会儿，又说：当年你要是不写东西，和范军长一起打仗，这会儿也能弄个师长啥的，也省得我转业了。

胡作家一脸困惑地望着小金，正色道：要是没有我，哪有现在的范业，他的事迹都是我一手宣传出去的。

小金不说什么了，叹口气，抱过孩子说：这就是你的命。好了，不说了，说啥日子也不能重过一遍。

胡作家也有些苦闷，背过身子，冲着墙壁吸烟。烟雾浓浓淡淡地飘起来。

下次范军长再有活动，请胡作家同去时，胡作家知道自己就是想去，小金也不太情愿；勉强去了，结果也是不痛快。与其不痛快，还不如不去，于是胡作家就婉言谢绝了。他待在家里，想象着范军长一家呼风唤雨的样子，心里就有些别扭。

八

范业和胡伟岸的儿女上高中那年，范业调到了军区，当了参谋长。范参谋长在军区上班，就有更多机会见到胡作家了。机关司政后都在一个楼里办公，上班下班，范参谋长和胡作家难免会抬头不见低头见的。每次见面，胡作家都要给范参谋长敬礼，这是部队上下级间的纪律。以前范业虽然也比胡作家职位高，那时两人不是隶属关系；现在范参谋长成了军区首长，是胡作家的领导，胡作家就一定要敬礼了。

范参谋长一如既往地热情，见了胡作家，把他举起的手从耳朵上捉下来，又摇又晃地说：胡啊，你看你，这是干啥？咱俩谁跟谁呀，用得着这样？然后又关心地问：最近又忙些啥？又写啥大作了？

胡作家简明扼要地作了回答，他知道范参谋长是不关心他写啥的。在范参谋长的眼里，写啥不写啥都是无所谓的，作家在范参谋长的眼里还不如一个作战排长管用呢。果然，范参谋长顺口说：好好，等咱俩不忙了，两家人在一起坐坐。好久没有聚一聚了。

说完挥挥手，该忙啥就忙啥去了。范参谋长领导做大了，就有许多大事要忙，再和胡作家打招呼就显得很匆忙。每次范参谋长说聚一聚的话时，胡作家不说什么，只是笑一笑。他知道，范业不是以前的范师长，也不是范军长了，而是统管全军区训练、作战的范参谋长，每日都日理万机。他只能那么笑一笑，一直看着范参谋长高大的背影渐行渐远。然后，继续去做自己要做的事情。

范业的儿子范幸福和胡伟岸的女儿胡怡，上幼儿园时就在一个班，接着是小学、中学一起读下来。十八岁那一年，两人高中毕业了。两个孩子知道双方的父母不仅是同乡，还是多年的战友，在同学中两人的关系就显得亲密一些。小时候，听两家父母以亲家相称，他们还不明白是怎么一回事，等上了初中后，就明白“亲家”这个词意味着什么了。于是，两人再碰面时都微微红了脸。少男少女的心里，有一粒看不见的种子，悄悄地种下了。他们不像小时候那么亲密无间了，说话时还会脸红，可他们之间的感觉却变得微妙起来。范幸福继承了父亲的身材，十八岁的他就已经十分高大伟岸。胡怡是个女孩子，像母亲一样小巧玲珑。两人的目光，经常含蓄地交织在一起，又羞涩地避开了。

两个孩子眨眼间就高中毕业了。毕业典礼结束后，两人走在放学的路上。毕业了，也就意味着长大成人了。以前那些叔叔阿姨，他们也可以称同志了，一时间心里有些复杂，有兴奋，也有种怅怅的东西在心里一漾一漾的。

胡怡此时就是怀着这样的心情走在离开校园的路上，凭直觉她知道后边不远处的范幸福正在跟着她。果然，没走几步，范幸福就叫：哎，毕业了，以后你是怎么想的呀？

她回了一下头，并没有停下脚步。两人一前一后地走着，她六神无主地答：我还没想好，你呢？

范幸福不假思索地说：去当兵，我爸是这么想的，我妈也是这么想的。

胡怡就有些羡慕范幸福。以前，她也曾听父母议论过自己毕业后的事。母亲对父亲说：要不等胡怡毕业了，就让她去当兵。

胡作家就很为难地说：当兵好是好，就是怕去不成。军区大院的子弟都想当兵，就怕轮到咱们也没名额了。

母亲看了眼父亲，无声无息地叹了口气。半晌，又道：你这个作家当的，还不如一个处长。二号楼的王处长，去年就把女儿送去当兵了。

胡作家忙说：处长是处长，作家是作家，你不要往一块儿扯。

胡怡知道自己当兵有难度，尤其是当女兵，想去部队的人多，部队招兵是有限的。毕业后，她也只能是就业或下乡，没别的路可走。听范幸福说要去当兵，那就意味着两人要分开了，她心里怅怅的，情绪一下子低落下来。

这时，范幸福紧走几步，离胡怡近了一些，低声说：你想不想去当兵？

胡怡低着头说：我爸怕没有名额，去不成。

范幸福拍拍自己的胸脯道：你要想去，这事包在我身上。我去跟我爸说，别忘了，你爸和我爸可是老战友啊。

说到这儿，两人都想起“亲家”那个词，又红了一次脸。

胡作家和小金面对女儿的高中毕业，也是心急火燎的。小金在自己工作的工厂，争取到了一个招工指标，她的意思是让女儿留城招工。胡作家对女儿留不留城不感兴趣，当一个工人，一辈子也就这样了，正如他当年如果一直放牛，那结果可想而知。他的意思是，既然当不了兵，就去下乡，广阔天地，一定会大有作为。说不定，女儿会百炼成钢。两口子争执了半天，也没争出个结果，电话却响了。

胡作家拿起电话，是范参谋长打来的。范参谋长在电话里朗声依旧，似乎他从没犯过愁。范参谋长说：胡啊，咋的了？听声音好像情绪不高啊？

胡作家吸了口气，抬高声音说：高，咋不高哪。

范参谋长不管胡作家情绪高不高，自顾自地说下去：我说亲家啊，孩子毕业了，你是咋想的？

胡作家支支吾吾地把自己和小金的想法说了。

范参谋长大着声音说：招啥工，插啥队。那啥，让孩子们去当兵吧。部队是所大学校，这可是毛主席说的。

胡作家和小金眼睛一亮，胡作家用发颤的声音道：好是好，可名额呢？胡怡可是女孩啊。

范参谋长在电话里喊了一声：这你就别管了，让孩子准备准备，去当兵吧。

范业的一句话就把胡作家一家天大的事给解决了。胡怡也是欢天喜地的。

没多久，范幸福和胡怡双双去了部队。

孩子虽然离开了家，离开了城市，胡作家和小金却是放心的。孩子所在的部队还是归军区管，有范参谋长照顾着，他们没有理由不放心。于是，胡作家就很踏实地搞他的创作。

九

胡作家写来写去的，突然有一本书就出了问题，被政治部门定了“右派”，这下子问题严重了。政治机关原打算把胡作家一家放到部队农场改造，包括正在当兵的胡怡，也要开除军籍，接受改造。

危急关头，范参谋长又一次挺身而出。他奔走呼号，上下游说，说到胡作家的苦出身，又说到三大战役、抗美援朝战争，他拍着胸脯说：这样的人咋能是右派呢？不可能，也没理由啊。

当然，右派不右派的是政治部门定的，那是个框框的，右派也不是谁想当就能当的。但在范参谋长的游说下，组织还是网开一面，保留了胡作家的军籍，一个人去农场接受改造。小金和胡怡没有直接受到牵连，但作为右派家属，要时刻警惕和右派划清界限。

胡作家去农场前，范参谋长为他送行。为避嫌只带了秘书和公务员，他们形影不离地跟在范参谋长左右，范参谋长大声说：胡啊，到农场好好劳动，书啊就别写了。我早就说过，写那玩意儿没啥大用，希望你以后能成为一个真正的军人。哈哈，那啥，我就不多说了，多保重吧。

此时此刻，范参谋长也只能这么说了。

胡作家知道，在自己的右派问题上，范参谋长该做的都做了。他是性情中人，听了范参谋长的话，眼里已含了泪。他点点头，冲范参谋长挥挥手，就坐上了部队派出的专车，去了农场。

小金被网开一面，继续留在城里，但组织要求她和胡伟岸划清界限。她没有去送老胡，而是趴在窗子上，泪流满面地用目光为老胡送行。她弄不明白，老胡本本分分地写书，没招谁惹谁，怎么就成了右派？

右派毕竟是右派，在那几年的时间里，胡作家一家还是发生了很大变化。

入伍不久的胡怡，到部队这所大学校时，是怀着雄心壮志，要干出一番成绩的。没想到就在这时候，父亲犯了政治错误，而这种错误又是致命的，差点连累了自己。领导和她谈话，让她和父亲划清界限，做一名又红又专的好战士。

于是，胡怡就写决心书，字字血，声声泪。她下决心要和父亲划清界限，而仅划清界限又是不够的，她要和父亲脱离父女关系。在全连军人大会上，她眼含热泪和对理想的渴望，宣读了和父亲决裂的决心书。她的言行，受到了领导和战友们的热烈欢迎。从那以后，胡怡觉得自己是个没有父亲的人了，但她还是狠下心肠，毫不后悔。

范幸福在胡怡读了决心书后，找到了她。范幸福说：小怡，你和父亲决裂，以后可就没有父亲了。

胡怡擦擦眼泪说：这样的父亲还不如没有，以后我只有妈了。

范幸福又说：胡叔叔人不错，虽没打过仗，没立过大功，可他还算是个老革命。

胡怡激动地说：参加革命那么早，却没有真正打过仗，就凭这一点，他就不如你爸。

范幸福不好说什么，望着义无反顾的胡怡，握着她的手，真诚地说：革命队伍欢迎你。

胡怡被范幸福这么一握，眼泪又差点流下来。她发现范幸福的手是那么的温暖和有力，只一下就把她拉回到了革命这一边，她忍不住哭出了声。

身在农场改造的胡作家并不知道这一切，他在深深地思念小金和女儿。于是，他就一封接一封地给家人写信，既说思念，也说亲情，说得更多的还是革命。没想到的是，他写给女儿的信竟被原封不动地退回。他以为是女儿调换了连队，地址变了，就又给小金写信，打听女儿的情况。

小金也是从女儿的来信中知道脱离父女关系的事。看了女儿的信，她哭了，一边是丈夫，一边是女儿。女儿还年轻，她要进步，以后还要结婚成家，她不能生活在右派父亲的阴影下。另一面，她又觉得对不住老胡，辛辛苦苦把女儿养大，说没关系就没关系了，她无法面对这样的现实。虽然她对老胡也有许多不满意的地方，可毕竟一起生活这么多年了，风风雨雨的，早就拆不开、扯不散了。一头是女儿，一头是丈夫，她一时不知如何是好，只能伤心欲绝地哭泣。

丈夫信中问起女儿的情况，她不忍说出实情，就讲女儿工作忙，让他以后不要打扰女儿，有事她会转告女儿的。

胡作家似乎从妻子的信里明白了，知道自己连累了女儿。想想那么年轻的女儿，只身在基层连队，而她又要脱颖而出，也真难为孩子了。于是，他不再给女儿写信了，只能从小金的信中了解女儿的点滴信息。

几年后，老胡又回到军区当上了作家，这才知道女儿和自己脱离父女关系的事。那时，他也觉得没啥，可女儿却与他有了一层深深的隔阂。老胡心里也梗着一股劲儿，这股劲儿没处泄，就那么梗着。父女间的关系，竟有了一丝微妙变化。

胡怡当满两年兵后，回了一次家。她从部队带回来一个消息，范幸福已经入党，而且马上就要提干了，可她自己才刚刚入团。再有一年就要复员了，时间紧，任务重，孩子感受到了和时间赛跑的紧迫性。

小金知道女儿进步慢的原因，即使老胡不是右派，女儿的进步也不会超过范幸福。事情明摆着，一个文官，怎么能和武将比呢？那些日子，小金为女儿的事情弄得昏头昏脑。她的心情比女儿还急，女儿在部队能不能进步，是孩子一辈子的大事，错过也就错过了。

胡怡见母亲也没有什么办法，魂不守舍地在家待了几天，就提前归队了。

走投无路的小金想到了范参谋长，现在也只有他能帮胡怡了。这么多年，她还是第一次走进范参谋长家。范参谋长家是一栋二层小楼，楼下的空地上草绿花红，一派人间天堂的景象。范参谋长和小岳热情地接待了小金。他们的话题从老胡转到了胡怡身上后，小金的眼圈红了。她喃喃地说：老范啊，我们娘儿俩不容易呀。胡怡在部队没人照应，苦了这孩子了。

范参谋长听这话也动了感情，他背手在客厅里走了两趟，铿锵有力地说：小金，你放心，老胡的孩子就是我的孩子，我不会亏了孩子的。

小金千恩万谢地点着头。

范参谋长拍着胸脯说：咱两家谁跟谁呀，咱不讲那客套话。

果然，没多久，胡怡喜气洋洋地来信说，自己已经光荣入党了。

又是没多久，范幸福和胡怡双双提干了。范幸福在师警卫排当排长，胡怡在通信排当排长。听到女儿进步的消息，小金心里的一块石头落了地。

十

范幸福和胡怡在这期间完成了他们的初恋。初恋永远是纯净、美好的，两双青春的眼睛碰在一起，都会让他们心颤不已。在胡作家被定为右派、下放到农场改造的过程中，胡怡一下子没了主心骨，甚至还因为父亲的问题，差点影响了自己的进步。在她情绪悲观、失望到极点的时候，是范幸福及时出现在她的身边，让她度过了一段难熬的日子。

那一阵，范幸福经常来找胡怡沟通思想。有时候，他一口气说了半天，胡怡却始终不开口。范幸福就诧异地问：小怡，你怎么不说话？

胡怡抬起头，望着窗外，悠长地叹口气说：我的命真不好，出生在这样一个家庭。

说到这儿，沉了沉又道：要是我有你那样一个父亲该多好啊。

范幸福就说：你不是已经和父亲决裂了吗？全连的人都知道啊。

胡怡低下头，眼里多了一汪清泪，喃喃道：说是那么说，可谁知道以后呢？

青春的胡怡怀着纯粹而虔诚的心情走向了部队，她做梦也没有想到，父亲会成为右派。有一个右派父亲，就等于宣布了她政治生命的死刑一样。最初的日子里，她绝望了。她在绝望中终于爆发了，宣布脱离父女关系的同时，还改姓了母亲的姓——胡怡成了金怡。刚开始，人们不习惯，还是胡怡胡怡地叫，她一脸的不高兴，像没听到一样。后来，索性冲人说：我叫金怡，不叫胡怡。时间长了，战友们也都默认了她的新名字。

这一切，胡作家并不知道。此刻，他正心情沉重地在农场改造着自己。

和父亲脱离关系后的金怡，心情并没轻松多少。无论如何，她都有个右派父亲，这种影响影子似的跟着她，走到哪儿都会有人在她背后指指点点。因此，她恨父亲。

这时候，范幸福就成了她坚强的后盾。可以说，是范幸福陪伴她度过了人生中最为艰难的一段。

后来，有了范参谋长的帮助，金怡已经是柳岸花明了。她怀着感恩的心情和范幸福谈起了恋爱。那会儿，她就想：如果范参谋长能成自己的公爹，以后自己的前途就该是另外一番样子了。有了这样一个革命的公爹，她什么都不怕了。于是，她一心一意、死心塌地和范幸福谈起了恋爱。

恋爱永远是美好的，而美好的结果就是婚姻。

这一天，范幸福和金怡双双从部队回来了，他们要大张旗鼓地结婚了。范参谋长得知这一消息后，热情地给小金打了电话。他在电话里兴奋地说：咋样，让我说中了吧，咱们是亲家了，哈哈哈——

小金也感到高兴，老胡不在身边，以后有这样的亲家做自己的后盾，她感到踏实和满足。

婚礼很热闹，小金作为女方家长也出席了婚礼。参加婚礼的都是当年老范和老胡的战友，场面热烈，又充满了友谊的温馨。范参谋长喝了很多酒，他端着酒杯深一脚浅一脚地走到小金身边，蒙眬着眼睛说：金哪，我今天心里痛快，也不痛快……

众人见范参谋长这么说，就把注意力都集中在他的身上。范参谋长管不了许多了，他说：今天老胡不在，我心里不痛快；孩子结婚了，这我痛快。我们老哥俩在这大喜的日子里，也没喝上两杯。告诉老胡啊，我老范想他。你还告诉他，他的事我没忘，总有一天他会离开农场的。

范参谋长说到这儿，眼睛湿润了。说完，他又摇晃着走开，和那帮老战友去碰杯了。

婚礼结束后，小金异常冷静地给老胡写了封信，告知女儿和范幸福结婚的消息。

老胡在一个有风飘雪的日子里，接到了小金的信。读着小金的信，他的心情很复杂，就这么一个女儿，结婚了自己还没能去参加，他感到不安和遗憾。但同时又感到庆幸，庆幸女儿终于有了归宿。他在农场的宿舍里，望着窗外，听着北风的呼号，看着纷飞飘舞的雪花，流泪了。为自己，也为女儿。

事情在范参谋长当上了副司令员之后出现了转机。副司令员就是军区领导了，于是范副司令员多次在军区党委的大会小会上，提出胡作家的问题。范副司令说：不就是本书嘛，有些问题又能咋？教育教育，以后不要那么写不就得了。胡作家这人我了解，十三岁放牛……

范副司令把胡作家的问题提出来了，政治部就很重视，经过多次研究，终于得出了结论：胡作家的问题虽然比较严重，但还是可以教育的。既然已经在农场待了几年了，改造得也差不多了。于是，一纸命令，把胡作家调回了军区，恢复军籍、党籍，还有以前的待遇。于是，老胡就又是作家了。

胡作家从农场回来后，并没有见到范副司令，只接到他打来的电话。他仍朗声地在电话里冲胡作家说：胡啊，以后学聪明点吧，该写啥不写啥你知道了吧？年轻那会儿，我劝你改行，当个军事干部，现在都年纪一大把了，没改的希望了。以后能写就写，不写拉倒。写能咋，不写又能咋？啥时候，咱哥俩再喝两杯。说完就放下了电话。

胡作家知道，自己能从农场回来多亏了范业，就连女儿的进步也多亏了范业，他从心里感激范业。

毕竟一同放过牛，毕竟是战友，也毕竟是亲家，放下电话的胡作家感情丰富地想着。

胡作家回来没多久，女儿改姓的事，还有断绝父女关系的事，他都知道了。他知道这些事情后，最初显得很激动，在屋里一遍遍地走。小金小心地看着他，然后就替女儿解释着：孩子小，不懂事，怕影响了自己的前程。老胡啊，你要是心里难受就摔点东西吧，拣那不值钱的摔。

胡作家没摔，也没砸，他走了几圈后就停下了。他冷静了下来，孩子为了自己的命运和前途所做的一切，他理解。做父亲的怎能眼睁睁地看着女儿往火坑里跳呢？由此，他又想到女儿这么多年的不容易，一个女孩，孤身在部队基层奋斗，自己没帮上孩子，还差点连累了她。这么一想，就觉得对不住女儿了。于是，他开始撕心裂肺地思念起女儿。接下来，他给女儿写了信，倾诉自己的思念之情。

可女儿似乎并不思念他，也没有马上回来。过了些日子，来了一封信。信也写得很冷静，收信人仍是母亲小金。女儿在信里和母亲先说了一些家长里短，最后才提到父亲，她在信里说：请转告父亲，回来就好。以后就别写了，多注意身体。落款的时候没写名字，只写了“女儿”两个字。

老胡看了女儿的信很失望，也很落寞。小金就说：老胡，慢慢来吧。女儿还没转过弯来，她拉不开脸，慢慢就会好的。

老胡是不会计较女儿的冷与热的。倒是女儿仍在计较着他，虽然他现在不是右派了，可毕竟曾经是过。如果这时承认了父亲，和父亲恢复了关系，在她干部的履历表上就会写上父亲的职务，还有曾经受过的处分等内容。况且，这么快就让她从心里接受父亲，很难做到。

老胡对女儿是剃头挑子——一头热，热情洋溢地写信、寄信。信不再被退回来，但女儿的回信异常冷静，仍只给母亲写信，捎带着说上一两句问候父亲的话。

那些日子里，老胡异常地苦闷和痛苦。

十一

昔日的小岳，已经是军区歌舞团的团长了。她很忙碌，走起路来脚步匆匆，目不斜视。小金偶尔碰到小岳，也都是主动向小岳打招呼，她才把目光飘移过来，然后惊呼道：亲家母呀，咋老长时间见不到了。啥时候有空，去家里坐坐。

小金脸上是笑着的，心里却想：你和老范都那么忙，哪有工夫陪我们呀。

两人站在空地上，说上几句客套话，小岳就很像团长地走了，留给小金一个背影。小金心里阴晴雨雪地回到家里，冲老胡感叹：你瞅瞅人家小岳，如今都是团长了，忙得跟什么似的，我呢，当初转业去了工会，现在还是在工会，快退休了，才是个股级待遇。

老胡从书上抬起头，费力地说：人家是人家，咱们是咱们。

老胡从农场回来后，果然很少写东西了。他大部分时间都躲在家里看书，把毛泽东当年的《在延安文艺座谈会上的讲话》找出来，看了好几遍。然后就站在窗前，望着草青草黄的世界，长时间地思考。

平平淡淡的日子过得很快。先是范幸福和金怡有了孩子；转眼孩子会走，又会跑了。孩子是男孩，叫范小金，调皮又聪明。一家三口，每年都会从部队回来一次。他们回来的时候，自然是先去范副司令家。范副司令的车把一家人从车站接回来，安顿好后，他们才到老胡这里坐一坐。老胡很喜欢自己的外孙，把小家伙抱在怀里又亲又叫的，然后他就问外孙：告诉姥爷，你叫什么？

孩子清楚地说：范小金。

老胡听了，心里就动一动，心想：孩子该叫范小胡才对啊。在这之前，小金看出了老胡的落寞，曾对他说：要不，我给女儿写信，让她把姓再改过来？

老胡想想说：改个名字怪麻烦的，别难为孩子了。叫啥不一样呢，不就是个名字嘛。

说是这么说，但老胡的心里仍沉沉的，像压了厚厚的云。

如今女儿进了家门，跟客人似的，很拘谨的样子。一双目光也不和他对视，躲躲藏藏的。老胡就想：女儿还生分呢。他的心就疼了一下，又疼了一下。

一家三口人来礼貌地坐一坐，拿来一些当地的土特产，然后就客气地告辞了。

老胡见女儿、女婿真的要走，就恋恋不舍地抱起范小金说：小金哪，跟姥爷姥姥再玩会儿吧，姥爷喜欢你。

范小金直言不讳地说：爷爷家的房子大，我要去爷爷家。

老胡就把范小金放下了，冲他们挥挥手。等一家三口的背影消失了，他才发觉脸上一阵湿湿的。

老胡和小金面对又空下来的家，呆呆地对望着。小金毕竟是女人，泪水多，她一边抹眼泪，一边说：老胡啊，别伤心，嫁出去的姑娘，泼出去的水。

老胡挥着手，像赶什么东西似的说：我不难过，难过啥啊？说话的时候，眼睛又一次湿了起来。

女儿是女儿，女婿是女婿，胡作家不计较这些。不住在这里，就住在那里，住哪儿都一样，谁让人家范副司令住的是小楼呢。那里宽敞，也舒服，只要孩子们高兴，怎么着都行。可他实在忍不住想外孙时，就给老范家打电话。电话有时是老范接的，老范就朗声说：胡啊，咱们一个院住着，还打啥电话？就这么几步路，过来吧，咱哥俩整几杯。

老胡就说：年纪大了，整不动了，就是想听听外孙的声音。

老范楼上楼下地喊着孙子，让他来接姥爷的电话。最后，不知是谁强行把范小金拽到电话旁，孩子显得很不耐烦，叫了声“姥爷”，还没说上一句话，就又疯跑去了。老胡就冲电话里说：这小东西。

接下来，又和老范扯了几句，电话就挂上了。

一个月的时间很短，范幸福他们休完假就回部队了。他们一走，两家就都空了。接着，又剩下长长的思念和牵挂。老胡又开始给女儿写信，说父女关系，说自己早就理解了女儿。女儿仍偶尔有信来，仍寄给母亲小金，对父亲的问候也是三言两语。女儿一直不愿意和父亲沟通，仿佛有着深仇大恨。每次女儿来信，都弄得老胡心里很郁闷。

老胡有时也能和老范不期而遇。每次碰到范副司令，他身边都有许多人，前呼后拥，匆匆忙忙的。他隔着人群冲老胡挥手，然后“胡啊胡啊”地喊上两声，算是打过招呼了。老胡这时会停下脚步，恭敬地望着首长一行匆匆离去。

老胡几年没登过范副司令的家门，不是因为外孙，他都没主动给他家打电话。虽然他在内心里感激老范，没有老范的相助，自己和女儿也不会有今天。但感激归感激，老范的官当得越大，老胡心里的那堵墙就越厚。他自己也说不清怎么就有了那堵墙，看不见、摸不着。想外孙想得忍不住了，就拿起电话想和老范聊一聊小家伙，可几次拿起电话后，又放下了。

晚上有时睡不着觉，老胡会想起从前的日子——放牛，行军打仗，战地采访。想到这些，老胡就湿了一双眼睛，他怀念那些逝去的美好岁月。

他想念着老范的时候，老范也在想着他。

一个周末，范副司令给老胡打来电话，邀请老胡在周末时陪他出去转一转。老胡本想推脱，况且他现在也没有转一转的心情，但考虑到横在两人之间的“墙”，他还是犹豫着答应了。他从内心想拆掉这堵墙，让两人重回到以前的岁月。

老范这两年不打猎了，也没有猎物可打了。他最近又迷了上钓鱼。

范副司令一行，乘两辆车出了城。前面是开道的车，车里坐着秘书、警卫员等人，他和老胡坐在专车里，很快就来到了一个池塘前。

那里已经有党政军的领导恭候着。握手后，范副司令隆重地把老胡介绍给众人，最后又补充了一句：我们可是亲家哟。

众人上前和老胡热情地握手，嘘寒问暖，接下来就是钓鱼。钓鱼的时候，众领导仍不离范副司令左右。他们为范副司令钓上的每一条鱼欢呼，也为脱钩的鱼而惋惜，一干人惊惊乍乍，情绪也是跌宕起伏。

老胡想和范副司令说说话的幻想也成了泡影。他隔着众人望着范副司令，觉得陌生又遥远。他想：这大概就是和范副司令之间的那堵墙吧。这么一想，心里就没滋没味的。

回来的路上，夕阳西下。两人坐在车上，范副司令拍着大腿说：胡啊，你看你多好。我是身不由己呀，想钓个鱼都不得清静。

老胡似乎找到了和范副司令沟通的契机，想冲他说点什么，侧过头，却发现范副司令已经睡着了，还打起了鼾。他的心境就是另外一番模样了。

范副司令再邀他时，他就找出各种理由婉拒。他知道，范副司令是诚心实意的，而自己的推脱也是真心真意的。

十二

时间过得很快，一晃就又是几年。

范小金上小学那一年，范幸福和金怡双双转业了。他们一家三口回到了这个城市，那时他们还没有自己的住房，就住在范副司令家里。

这些年，一家人每次回来都住在那里。偶尔回到老胡家也只是吃顿饭。吃饭的气氛总是很压抑，老胡就努力着想把气氛弄得热烈一点儿，说金怡小时候的一些事。金怡不搭腔，埋着头，完成任务似的吃饭。吃完饭，金怡望一眼范幸福，范幸福也看一眼金怡，不知谁先说了一声：咱们走吧。

于是，一家三口在老胡和小金殷切的目光中走了。这么一来一往的，老胡的心里就会难过好几天，然后背着手在屋里转来转去。这个房间看看，那个房间瞅瞅，冲小金说：咱们家有那么小吗？就住不下女儿和外孙了？

小金理解老胡的心情，她心里也不好受，觉得女儿这么做有些过分了。自从结婚到现在，就没在家里住过一回，哪怕是有一回呢，她心里也能好受一些。小金就找了个机会，把女儿从范副司令家叫了回来，关起门，母女俩谈了一次。

母亲面对的是女儿，说话也不用顾忌什么，她说：你在这个家里生活了十几年才离开，难道对这个家就一点感情也没有？是谁对不住你了？你爸当年是当了右派，但你说改名也就改了，说不理你爸就不理你爸，你以为他心里好受吗？

金怡低着头，不说话。

母亲又说：你爸早就不是右派了，他都平反好几年了，你干吗还这么对待他？

金怡抬起头，眼里含了泪，说：妈，你别说了，我啥也不为，就是心里转不过弯来。

最后，女儿哭着跑出了家，母亲叹口气。老胡对小金说：算了，算了，让时间告诉她一切吧。

几年后，范小金上初中那年，范幸福当上了公司的总经理，金怡在一家电信公司上班。一家人仍住在范副司令家里。

也就是外孙上初中那年，范副司令离休了，老胡也离休了。离休那年，范副司令享受中将待遇，老胡是文职副军，两人相差着好几个台阶。

一天，金怡神情落寞、脸色灰暗地回来了。对女儿的突然而至，老胡和小金都有些喜出望外，热情得有些夸张。女儿坐在那里，失魂落魄地说：你们别忙了，我就是告诉你们，我今天离婚了。

离婚？这条消息对老胡和小金来说，犹如晴天霹雳。他们张口结舌，你看看我，我看看你，都以为是在梦中。

女儿突然给两位老人跪下了：爸、妈，女儿以前对不住你们，都怪我不懂事，请你们原谅我吧。

孩子把话说到这个份儿上，当父母的还有啥说的，当下母亲就抱住了女儿。离婚就是离婚了，再问为什么离、怎么离的，已经不重要了。母女俩似久别重逢般地拥在一起，老胡也在一旁湿了眼睛。

金怡站起来，冲老胡深鞠一躬，泪流满面地说：爸，这么多年，我最对不住的是您。我把姓改了，还和您划清了界限，都是我不好。爸，您骂我吧。

老胡听了女儿的话，拥住女儿泪雨滂沱。他们就这么一个女儿，看着她一天天长大。她是父母的希望和未来，他们把所有的爱都给了孩子。这些年来，女儿的做法是有些过分，他伤心，但他能理解女儿。此时，女儿这么一说，他心里所有的伤心和抱怨都烟消云散了，心里又只剩下女儿了。

以后，女儿就住回到了家里。

女儿后来又想把姓改回来，遭到了父亲的反对。老胡说：闺女，叫金怡也一样。你本来就是我们的孩子，改来改去的多麻烦，别人叫着也不顺口。只要你心里承认我这个爸，我就高兴。

老胡哭了，一家人都哭了。

老胡弄不明白，怎么老了，反而变得脆弱了，动不动就跟个女人似的哭哭啼啼。

后来，他才知道范幸福和女儿离婚后，去了南方。那时候的南方是花花世界，梦一样地诱惑着他。范幸福为了追求自己的幸福，离了婚，义无反顾地去了南方。

老胡还知道，老范是不同意范幸福离婚的。他把范幸福关在屋子里，骂了，也用皮带抽了，但一切无济于事。最后，范幸福干脆就不回家了，一扭头去了南方。老范英雄了一生，而晚年时对儿子却无能为力，英雄气短。

孩子离婚不久，老范和小岳来到老胡家，这是有史以来的第一次。老范一进门就朗声说：胡啊，金哪，对不住你们啊。我那个败家子，他临阵脱逃了，这个不争气的东西……

事情已经到了这一步了，啥都不用说了，说啥也没用了。老范的登门，让老胡和小金乱了方寸。他们一边招待着老范和小岳，一边感叹岁月。回忆过去的时候，几个人的眼里就都有了泪水，动了感情。最后，老范挥挥手，总结似的说：不说了，不说了，现在说啥都没用了。

话锋一转，他们的话题就落在范小金的身上。孩子已经上中学了，从目前看孩子是听话的，学习也好，将来考个名牌大学是没问题的。

老胡曾经想过，女儿离了婚，范幸福又去了南方，外孙应该过来和母亲在一起。自己退休了，无事可干，孩子就成了老人的盼头。他是这么想的，没想到老范一张嘴，就把他的想法给否定了。老范声音洪亮地说：胡啊，年轻人的事咱们就别跟着瞎操心了，咱们的感情比亲家还亲，啥也别说了。咱们的孙子，是咱们共同的，跟谁都一样。他在我那里习惯了，就别让孩子搬来搬去的。等他长大了，说不定又飞了。就这样吧，你也别老脑筋了，孩子跟谁不是跟呢，就让他还住我那儿吧。你说呢？

老范这么一说，就定了调子。

老胡把想说的话咽了回去，他不置可否地冲老范笑了笑。

以后，外孙就经常到老胡这里，看看妈，也看看姥爷、姥姥。范小金面色苍白，话语不多，是很内向的一个孩子。来了也就来了，走了也就走了，一切都是静静的。

老胡和小金已经知足了。有女儿在身边，还能看到外孙，家里一时间就多了笑声。

高兴之余，老胡和小金就惦念起女儿未来的事了。女儿才四十多岁，以后的路还很长，总不能一个人过下去吧。每次和女儿提起这事，女儿就伤心地说：爸、妈，你们是不是不想收留我了？

女儿这么说，老胡和小金就噤了声。但不管怎么样，现在的女儿成了他们心里最大的事。

十三

一天，老范给老胡打了一个电话，这是两人离休后第一次通话。在老胡听来，老范的声音远没有以前那么洪亮了。老范说：胡啊，忙啥呢？

老胡正在忙着写一部书稿，但他口是心非地说：没忙啥，都退了，还能忙啥？

老范就说：别整天把自己关在屋里，咱们都离休了，应该有工夫在一起扯扯了。胡啊，我真想回到以前，咱俩一壶酒坐到天明，畅快地扯，那才是日子。

老范这么说，老胡的心里也有了感触。不为了外孙的归属，也不为女儿的离婚，就为了老范的这句话。他又何尝不想回到从前呢？让时光倒流——两人坐在烟熏火燎的阵地上，嗅着空气中的硝烟，一壶酒在两人中间传递着。

老胡想到这儿，声音就有了些潮润。

老范接着说：那啥，周末跟我出去，咱们散散心，找个地方好好扯一扯。

老胡的内心一下子变得激动起来，往事又一幕幕地在眼前闪过。

周末那天，老范的专车早早就来到老胡的楼下，又是鸣喇叭，又是喊的：胡啊，快下来，你在家抱窝呢。

老胡急三火四地从楼上走下来，待坐到车里才发现，老范是一副钓鱼的行头，还带着公务员。老范虽然离休了，但待遇没变，仍有专车和公务员。老胡坐在老范身边，心里动了动。他没说什么，车就向城外驶去。

一路上，老范都在说：胡啊，咱们离休了，日子不比从前了，人不服老不行啊。

不一会儿，车就停在了一家部队池塘前。接待的人仍很热情，司令司令地叫着。老范一到池塘边，见到昔日的下属，声音又洪亮了，威风八面的样子。

陪钓的领导坐了一会儿，看了一会儿，就不停地接电话。接完电话，就苦着脸说：老首长，我还有件急事要去办，就不能陪您了。中午吃饭时，我会过来。

老范挥挥手说：你忙去吧，我就是散散心，不用陪。

过一会儿，另外几个领导也过来，跟老范解释着什么。

老范看了眼池塘边本来就不多的几个人道：你们都忙去吧，去吧。

那些昔日的下级们，早就等着这句话了，然后满脸“不情愿”地离开了。

池塘边一下子就清静下来，老胡顿时神清气爽起来。这正是两个老战友好好扯一扯的机会，老胡就说：他们走了倒好，剩下咱俩，清静。

老范哼了一声，似乎生出了许多不耐烦，把一根鱼竿抡得呼呼响。然后又抱怨鱼不咬钩，屁股挪来挪去的。终于，老范忍不住了，怪下属们太势利，人走茶凉，还说新上任的副司令不够交情，自己在位的时候没少关照他，可自己走后，交代的事一件也没办。

老范有许多的不满要发泄，有许多的牢骚要倾诉，说来说去的，一条鱼也没钓上来。然后就狠狠地冲鱼塘里的鱼说：狗日的，你们也势利眼啊，真不是个东西。

老范一生气，一着急，找了两块砖头，狠狠地扔到鱼塘里。

鱼是钓不成了，主要是没有了钓鱼的心情。老范抱怨这、抱怨那的，老胡一句嘴也插不上。那次，他们也没在下属部队吃饭，就开车回去了。

坐在车上，老范仍然气鼓鼓的，看这也不顺眼，看那也不舒服的。直到车开进了干休所，停在将军楼前，他才说：胡啊，来家坐坐吧。

老胡望一眼小楼，又看一眼家的方向，说：今天就算了，哪天吧。

以后，老范又两次约老胡去外面散心，都被老胡婉拒了。

老胡心里明白，此时的两人已经不是从前的放牛娃了，他们扯不到一起去了。

老胡每天都要到干休所院门口去取报、拿牛奶，每次都要路过老范的将军楼。他忍不住总要往小楼里张望上几眼，就发现老范正站在窗前发呆。老范有公务员，拿报纸、牛奶的活儿用不着他亲自去，所以老范就有时间在窗前发呆。老胡在老范的楼下经过时，耳畔似乎又听到老范在叫他：胡啊，过来扯一扯吧。

他再扭头去，发现窗前的老范已经不在了，才知道一切都是幻觉。于是，他转过身，向家里走去。他家住在六层，每次都要爬长长的台阶，但老胡的心情很好。

老范终日把自己闷在家里，自己跟自己较劲儿。老胡很少能看到老范，就是老干部每季度例行体检，也不见老范的身影。闷来憋去的，老范就有了毛病。送医院检查后，结果出来了，老范得了癌症。

老胡知道老范有病的消息，还是外孙告诉他的。那天，范小金红着眼睛，向一家人宣布：爷爷得了重病，住院了。

老范得癌症的消息，只有小岳一人知道。她没有告诉老范，也没有告诉范小金，只说：爷爷得了重病。

老胡得到消息时，心里咯噔一下，心就悬了起来。老范的影子一时间在眼前晃来晃去的，挥都挥不走。他的第一个念头就是：得到医院看看老范。

这个念头一经冒出，他马上又想到，老范是高干，有家人，有昔日的部下，来来往往的，去看他的人还能少吗？于是，他就忍住没有去看老胡。

又过了两天，在小金的催促下，他去了军区总院。老范果然住在高干才能享受的康复楼里。这是老胡第一次来这里，路走得一脚高一脚低、犹犹豫豫的。他在走廊里看到了正在哭泣的小岳。

小岳见了老胡，像见了亲人似的扑过来。她伏在老胡的肩上，放声大哭。老胡就说：岳啊，你要冷静，老范到底是咋了？

小岳就把老范得癌的事说了，老胡怔了怔，他抖着脸上的肌肉问：这是真的？

小岳看着老胡，只剩下点头的力气了。

老胡已经想不起自己是怎么走进老范病房的。他看见躺在床上的老范，老范被病魔击倒了，脸色苍白地躺在那里。见了老胡，老范嘴唇颤抖着叫了声：胡啊。

听老范这么叫，老胡的眼睛一下子就湿了。他走过去，抓住老范的手，哽着声音道：范哪，你咋就这么躺下了？

老范想冲老胡笑一笑，样子看着却更像哭。片刻，老胡冷静下来，他觉得身为病人的老范很可怜，甚至有些渺小。他清楚，这时候要鼓励老范要坚强，要挺住。于是，他握住老范的手就用了些力气，他说：范哪，我过来是想和你扯扯，看来你是不想和我扯了。

老范就说：胡啊，我真想回到年轻那会儿，苦啊累的，没啥。那时咱浑身是劲儿，现在我咋就没劲儿了呢？

老胡坐在老范的身边，两人就扯开了。从放牛说到参军，然后是参加一场又一场的战斗，那会儿的日子是那么难忘。他们浑身充满了昂扬的斗志，什么困难、流血牺牲都不在话下，那是一段充满着激情的岁月。

那天，两人扯了很久，似乎又回到了当年——他们坐在焦煳的阵地上，一把炒黄豆，一壶酒，闻着硝烟的气味，谈天说地，好一副壮怀激烈的样子。

老胡离开的时候，老范的精神很好，他拉着老胡的手，竟有些恋恋不舍。他说：胡啊，经常来这儿扯扯啊。

老胡真心实意地说：放心吧，老范。只要你在这儿坚守着，我老胡天天来找你扯。

果然，老胡说到做到，他像上班一样准时地出现在老范的病房。老胡一来，老范就进入了状态。他们把病房当成了当年的阵地，两人或坐或站，或歪或靠地聊着。说到兴奋处，老范又朗声大笑起来，似乎病呀灾的那是别人的事。

偶尔有一些老范的下级或者老战友来看老范时，都不相信眼前是得了癌的老范。不知道的人还以为老范是来疗养的。

两人说来扯去的，就说到了老范的病。精神已经很好的老范就说：咱们是怕死的人吗？不是，绝对不是。想想那些牺牲的战友，咱们比他们多活了几十年了，咱还有啥可说的。这点病算啥，这病来就让它来吧，我老范不怕你。日本人咱不怕，美国鬼子咱也不怕，这辈子咱怕过谁呀？

说到这儿，两个老战友真实地大笑起来。

这期间，老范的儿子范幸福回来了。看到老范的状态，并不像母亲在电话里说的那么严重，就冲父亲嘘寒问暖一番，又走了。范小金也常来看爷爷，他心情愉快地冲老范说：爷爷，你什么时候出院啊？我来接你。

更多的时候，是老胡陪着老范。一次，病床上的老范哼起了当年的军歌：像猛虎下山，杀入敌群……

老胡也陪着一同唱了起来，歌声在病房里回响着。一时间，两个人都有了激动的泪水，他们的手紧紧地握在一起，仿佛共同坚守着一块阵地，迎接着敌人的炮火。他们没有想到，就在这一刻，他们又走到了一起，找回了当年的感觉。

有时候老胡晚来一些，老范就坐立不安。他一遍遍地向窗外望着，嘴里说着：这个胡啊，咋还不来呢？

来晚的老胡正匆匆地走在路上。

当过兵的二叔

老子也是当过兵的人，啥阵势咱没见过。生啊死的，不就是那回事！

——二叔语录

一

二叔当兵那会儿，正是国共两党第二次合作的蜜月期。红军长征胜利地到达了陕北，队伍也开始不断地壮大。日本人长驱直入，北京等大城市相继失守，在这种国家危亡的时候，国共两党经过谈判，决定第二次合作，一致对外。于是，昔日的红军被改编成八路军。

八路军为了抗日，派出小股部队深入到敌后去建立抗日革命根据地。一路路人马，便开到了山东、河北的腹地，展开了轰轰烈烈的抗日运动。当时的国民党部队也犬牙交错地布置在这些地界的周边，也就是说，有三股武装力量同时并存着——日本人、国民党部队，以及八路军的队伍。形势就有些乱，八路军就趁着这股乱，开辟了根据地。

父亲和二叔就是这时一同当的兵。

八路军来了，把队伍轰轰烈烈地开到了庄上，并在庄上的土墙上，用白石灰刷上了著名的口号——将抗日进行到底！

接下来，八路军就动员庄里的青年后生报名参军。

那一年，父亲十七岁，二叔十五岁。十六七岁的半大小子，也算是青年后生了。他们便成了八路军的工作对象，妇救会的人找到了哥俩儿。

妇救会主任就是庄上刘二的媳妇赵小花。刘二在八路军县大队当上了排长，赵小花也不闲着，她热衷于革命，是拥军的积极分子，后来就当上了妇救会主任。动员青年参军是妇救会的主要工作。

那天，赵小花领着一个八路军女战士找到了父亲和二叔。

父亲和二叔当时正斜歪在墙根下晒太阳。

初春的天气，一切都懒洋洋的，太阳很好地照着。父亲和二叔一边晒太阳，一边伸手在衣服里捉虱子。捉住一个，扔一下，像玩一种游戏。

赵小花和那个女战士一阵风似的刮到了父亲和二叔的眼前。

父亲和二叔是相依为命的两兄弟。爷爷死得早，二叔生下不久，爷爷就死于一场风寒。奶奶靠给大户人家打零工，拉扯着父亲和二叔，苦巴巴地过生活。

父亲十岁那年，二叔八岁，奶奶也不行了。那场风寒病，让奶奶病歪歪了大半年，最后油干灯尽，一头栽倒在院子里。起初，十岁的父亲和八岁的二叔只能靠讨饭过日子。那时候日本人还没有来，日子还算太平，东游西转一天，讨口吃的还不是件难事。几年后，他们能干活了，就扔下讨饭碗，给人家打起了短工。日子还能维持下去。

初春时节，播种的日子就要到了。父亲和二叔在太阳下养精蓄锐，准备在开春大干一场。

赵小花和八路军女战士站到两个人面前，赵小花就抿着嘴，笑着对父亲和二叔说：两个石头，晒太阳哪。

父亲没有大名，二叔也没有，自打生下来，奶奶就叫父亲大石头，管二叔喊小石头。

当着生人的面，父亲和二叔都有些不好意思，目光虚虚实实地把赵小花身后的女战士望了，父亲和二叔的脸就红了。

赵小花看着两个人，继续说：这是八路军的同志，团里的文书，叫淑琴。

女战士淑琴看了两个石头一眼，不知为什么脸也微微地红了。她的年纪和父亲、二叔不相上下，也就是十五六岁的样子。

赵小花蹲下身子，唱歌儿似的说：两个石头啊，抗日参军吧，参军光荣。俺家刘二就在队伍上，把日本鬼子赶出去，咱们就过上太平日子了。

二叔这时不知深浅地问了句：八路军管饭不？

赵小花忙说：当然管饭，不吃饭怎么抗日。

二叔又说：那管穿吗？

赵小花看了一眼身后的女战士淑琴，说：你看人家八路军，衣服不是穿得好好的嘛。多精神。

二叔就狠狠地咽了口唾沫，心里就跃跃欲试了。

还是父亲沉稳、老练一些，他用胳膊捅了捅一旁的二叔，虚虚实实地把赵小花和女战士看了，然后咬了咬嘴唇道：这样啊，你让俺俩好好想想。

赵小花就说了：那行。你们两个石头就想一想，一个人参军也行。两个人参军，八路军是双手欢迎。

说到这儿，就领着女战士笑嘻嘻地走了。

父亲望着淑琴年轻的身影消失在自己的视线里，心里的什么地方就轻轻地动了一下，又动了一下，心便乱了，理不清个头绪。

二叔喊了一声：哥，咱去还是不去呀？

父亲的两眼仍虚着。他的精气神已经被女战士淑琴带走了。

半晌，父亲才回过神来，干着嗓子冲着二叔说：去，咋不去哩。

二叔就犹犹豫豫道：要是能吃上馍，俺就认了。

父亲和二叔已经许久没有吃上馍了。想起馍，牙根子就有些痒。

又过了两天，赵小花带着女战士淑琴再一次出现在父亲和二叔的面前。

赵小花唱歌儿似的问：两个石头，想好了没？

父亲背着手，绕着二叔转了两圈，以一个家长的身份举起了右手，说：俺们想好了，当兵，参加八路军。

他说这话时，目光坚定不移地望着赵小花身后的女战士淑琴。

十几年后，南征北战的父亲，当上了解放军的团长。

部队进城时，他终于如愿以偿地娶了淑琴。这一切都是后话了。

二

父亲是为了八路军女战士淑琴当的兵。二叔则是为了吃上馍去参军的。虽然两个人都当上了兵，但由于二人的目的不一样，也就有了不同的结果。

刚当上兵的二叔并没有如愿地吃上馍。那时候八路军的日子比老百姓还要苦，虽说是建立了根据地，可日本鬼子三天两头地从据点里出来扫荡，有秋季扫荡，也有春季扫荡。春季扫荡是不让百姓种上庄稼，秋天自然就没了收成。没有了粮食，八路军就搞不成根据地；没有了根据地，八路军就得转移。即便是种上庄稼了，日本人还有秋季扫荡在等着呢。日本人把成熟的庄稼抢到城里去，实在带不走，一把火烧了，也不给八路军留下。因此，那时的八路军是吃了上顿没下顿的。

父亲和二叔当兵之后，吃的第一顿饭就是清水煮野菜。一口架在野外的大锅里，热气蒸腾地煮着野菜。开饭的时间到了，八路军官兵不论职务高低，一律排着队，在锅前盛一碗连汤带水的野菜，蹲在地上，吸溜吸溜地吃菜喝汤。

二叔端着一碗野菜，脸就绿了。他愁苦地望着父亲说：哥，咋没有馍哪？

父亲就说：你就将就着吃吧，在家也没馍吃呀。

父亲虽然也不满意吃野菜，可他还有着精神支柱。他的精神支柱就是团部的文书淑琴。那一阵子，父亲的脑袋被淑琴的身影牵引得跟个拨浪鼓似的。

二叔的心里没有精神支柱，他的日子就苦不堪言。

二叔因为入伍时年纪小，再加上从小到大营养严重不良，虽然年纪十五了，看上去却和十二三岁的孩子没有太大的区别。他一入伍，就被派到团部养马去了。

团部有好几匹马，有团长的，也有政委的，当然副团长、参谋长也是有马的，加起来有四五匹。二叔就成了一个马倌。刚当兵时军装也没有，只是每个人发了顶八路军的帽子，戴在头上，就有了军人标志。帽子大，二叔的头小，样子就有些滑稽。

二叔吃野菜、喂马，整日里愁眉不展的。没事的时候，他就去找父亲。父亲那会儿分在战斗班里当战士，手里有一杆枪，是火铳，不知是在哪个农户家里征来的，破损得厉害，枪面上还生了锈。父亲有事没事就拿一块看不清颜色的布去擦那杆老枪。

二叔一找到父亲，就指着肚子说：哥，俺受不了了，一天到晚就是撒尿，走路都没劲儿。这兵俺是当不下去了。

父亲就翻着眼皮说：小石头，你想干啥？想当逃兵？

二叔就不吭气了，长长短短地叹气，一张脸绿绿地愁苦着。

不久，八路军和国民党的部队搞了一次会晤。

国共两党既然是合作，八路军和国民党的部队就被称为友军，都在同一个世界驻扎着，时不时地就会通通气，在一起研究一下眼前的战局和形势。

就这样，二叔随同八路军团里的领导，当然还有警卫班的人，就去了一趟国民党的营地。因为他要照看那些马，也就跟着去会晤了。

这是二叔第一次走进国民党的营地。他一走进去，两只眼睛就不够用了，看人家穿的、用的，都是那么整齐，他在心里羡慕得不行。他在心里就对自己说：你看看人家，这才像支部队。

因为会晤，国民党招待了八路军一行一顿晚饭。八路军的领导陪着国民党的军官坐在屋子里吃，有酒有肉。二叔和几个警卫员在院子里也被招待了一回。一个大铁盆里盛着菜，还有一筐馍。那馍雪白雪白的，吃得二叔差点把眼珠子撑出来，肚子鼓胀得都快横着走路了。

就因为这次一顿饭，改变了二叔的命运。

回到八路军驻地的二叔，魂就丢了。他跟父亲千遍万遍地讲那顿有馍有菜的招待，他一边流着口水，一边冲父亲说：哎呀，你看看人家那吃的、那用的，你再看看咱们。

二叔端着盛满野菜的碗简直是没法咽下去了。

他回味着那顿让他魂牵梦绕的美食，真是欲罢不能。

他终于下决心，要离开八路军了。他是这么想的，都是抗日的队伍，在哪儿不是抗日呢？能吃上馍，能穿上好衣服，抗日的劲头儿不就更大了吗？

于是，在一天深夜，趁父亲上岗的机会，他找到了父亲。

他说：哥，还站岗呢？

父亲回答：半夜三更你不睡觉，跑这儿来干啥？

二叔就支支吾吾半晌，最后才说：哥，你把枪放这儿，你跟俺去投奔国民党吧。

父亲就瞪大了眼睛，在暗夜里咄咄逼人地望着二叔。

二叔说：你看俺干啥，怪吓人的。你不去，俺可去了。

父亲说：不许你去。

二叔刚开始还在弯着腰说话，此时见父亲这么说，他干脆把腰板挺直了，把想好的话说了出来：哥，你听俺说，八路军抗日，国民党也抗日，反正都是抗日，在哪儿不是抗日呢。你不走，俺自己走。

说完，二叔躬着腰向暗夜里走去。

父亲就喊：小石头，你给俺回来。

二叔头也不回地答：哥，俺不回。你要不放心俺，就跟俺一起走。

父亲不走，这里还有他的精神支柱淑琴呢。他铁了心了，哪里也不去。

父亲说：小石头，再不回来俺就开枪了。

二叔听见父亲的话，把腰弯得更低了。他猫着腰，快步地向前飞奔。他知道父亲是不会开枪的，爹娘死得早，兄弟俩跟头把式地长这么大，彼此都把对方当成唯一的亲人。

父亲望着渐渐远去的二叔，眼泪模糊了他的视线。

第二天一早，八路军团部就知道喂马的石头开了小差。八路军有个原则，当兵抗日全凭自愿，走就走了，来就来了，不强求。

二叔在经历了短暂的八路军生涯后，一头扎进了国民党的部队，成了国民党冀中五师严师长的马夫。

三

生得瘦小的二叔，似乎只配做马夫。参加八路军的时候，给八路军当马夫，来到了国民党部队，又给严师长做起了马夫。

国民党五师驻扎在一个大户家里，房子很多，前后两个院子，严师长办公和住宿都在这个院子里。严师长是个家庭观念很重的人，不论行军打仗，总是把家眷带在身边。此时的严师长也不例外。他有原配和偏房两个老婆，原配自然老一些，似乎是从老家农村带出来的，穿着、说话有些土气。偏房年轻美貌自不必说，举止打扮就显得很洋化。严师长对偏房很好，有事没事的总爱到偏房的屋子里坐一坐，说会儿话。但二叔发现，严师长对自己的女儿小婉——那个患有小儿麻痹症的孩子感情上也很亲。小婉说不上漂亮，也不说上难看，样子看上去也就是个普通的小姑娘。小婉有十五六岁的样子，因为得了小儿麻痹，走路有些不便，她就长时间地待在屋子里，或站在窗前往外望。二叔就是透过窗子看见小婉的。

严师长每天都要来看小婉，牵着手把小婉从屋里带出来。小婉就拐着腿，一摇一晃地随在严师长身后，在院子里走一走。这可能是严师长和小婉一天中最快乐的时候。

自从参加了国民党队伍后，二叔终于如愿以偿地吃到了馍，尽管馍也不是天天能吃上的，但比起八路军的伙食，已经是天上地下了。每顿都是有菜有饭的，菜里还带着油腥，这就足以让二叔高兴上一阵子了。

二叔是严师长的马夫，自然是严师长身边工作的人。严师长身边有许多工作人员，比如厨师、警卫员、司机、马夫等等。

严师长平时是坐汽车的，四个轮子的汽车，开起来嗡嗡地响，跑得比马还快。但汽车毕竟是汽车，没有路就寸步难行。因此，严师长不仅有汽车，还有马。一匹高大壮实的枣红马，随时等着严师长来骑。

二叔虽然在严师长身边工作，但地位还是最低的一个，那些厨师、警卫员和司机根本不把二叔放在眼里。不仅因为他生得瘦小，主要是因为他的身份——马夫。马夫就是马夫，无论如何是不能和司机相比的。

每次吃饭，别人都是坐着，他只能蹲着，端着一碗饭，在饭里倒点菜汤，稀里呼噜吃了。吃完了，端着空碗的二叔并不急着走，滴溜溜转着一双小眼睛，看看这个，望望那个。他是等着别人吃剩下的饭菜，等人家放下碗，都走了，他冲过去，把剩汤剩饭菜都划拉到自己的碗里。一阵风卷残云后，他打着饱嗝把空碗放下了。

二叔自打有记忆，就没有吃过几次饱饭。二叔饿怕了，他要吃饱、吃好，因此他投奔到了国民党的部队。在这里虽然受气，但毕竟偶尔能吃上馍。可以说，二叔是幸福的。

二叔的工作主要是喂马、遛马。马是战马，吃饱喝足了，不遛一遛是要废了脚力的。二叔遛马时，马在后，瘦小的二叔跑起来的样子就像一只被猫追赶的老鼠，样子非常可笑。二叔有时候也骑在马背上，打马扬鞭的。二叔从小到大对马呀牛的并不陌生，对它们有一种天然的亲近感。严师长的马毕竟是一匹战马，跑起来带着风声，样子很气派。

二叔从来没见过跑得这么快的马。他搂住马的脖子，脸贴在马的鬃毛上，任凭着马往前飞奔。战马跑来奔去的，脚力就一天天在长进着。

遛完马的二叔，就在院子里转一转。这里扫一扫，那里拾掇拾掇，二叔天生就是个干活的命，闲是闲不住的。有时候他就路过小婉凭窗而立的窗前。他望一眼脸色苍白的小婉，立马收了目光，心里别别一阵子乱跳，就又去忙自己的事了。

一天，小婉突然把窗子推开了，还喊了他一声：嗨，喂马的。

起初二叔没有反应过来，抬起眼，疑惑地望着小婉。

小婉就说：不叫你叫谁呀，你看这院子里还有别人吗？

二叔就歪着头，左右前后地望了，果然没有别人。

小婉问他：喂马的，你是哪儿的人啊？

二叔颤着声回答：赵、赵庄的。

小婉就抿着嘴，上上下下地把二叔打量了。她自然不知道赵庄，她也就是那么一问，寂寞的小婉需要有人陪伴，她就把陪伴的对象锁定在二叔身上。她又看了眼二叔，嘴角闪过一缕讥笑，然后说：你站在那儿别动，等着我。

小婉一拐一拐地从屋里走出来。

外面的阳光很好，小婉甚至眯上了眼睛。二叔见小婉这么一眯眼，还是很好看的。二叔的心情就有些愉快了，他睁大眼睛望着小婉，不知她要干什么。

小婉命令道：带我出去走一走。

小婉是严师长的女儿，小婉说的话就是命令。

二叔不敢怠慢，就陪着小婉出去走一走。

他们出了师部的院子，就到了镇上。镇上的军人比百姓还多，有巡逻的，也有闲逛的，小婉让二叔直接把她带到镇子外面。

镇外有一条小河，河岸上杨柳低垂，景致还是有一些的。

小婉很高兴的样子。她让二叔下河去给她摸鱼，二叔就真真假假地在河里摸。果然，二叔真摸到两条寸把长的小鱼。这一下小婉更高兴了，嗲着声音，欢呼了好一阵子。

直到太阳快落山时，小婉才让二叔把自己送回去。

他们又回到了师部的院子里，才发现严师长正在冲卫兵发火。原因是小婉不见了，卫兵也说不出小婉的去向。正在这时，二叔带着小婉回来了。

虚惊一场的严师长自然喜出望外，拉过小婉的手，上下打量了，没发现有任何损伤，悬着的心才放了下来。

看到女儿高兴的样子，严师长心里也美滋滋的。他就这么一个女儿，虽然走路有些拐，可毕竟是自己的亲生骨肉啊。

最后，严师长才意识到小婉的快乐是二叔给带来的，他第一次认真地把二叔看了。自从二叔走进这个院子，他还没有认真地看过二叔。

严师长的目光让二叔的每一根汗毛都竖了起来。他大气都不敢喘了。

严师长苛刻地把二叔望了，然后一挥手道：你以后照看完马，就过来陪小婉。

从此，二叔又多了一项任务。他遛完马，便来陪小婉。

二叔和小婉接触时间长了，发现小婉也挺可怜的。自从三岁得了小儿麻痹后，她就很少有机会从屋里走出来。最初是她和母亲住在乡下，直到父亲当上了团长才把娘儿俩接出来，然后就是南征北战、东躲西藏的。也可以说，小婉从小到大，也没过上几天好日子。

小婉还说，每一次父亲带着队伍去打仗，她和母亲就会没日没夜地给父亲烧香，求父亲能平安地回来。直到父亲又站在她们面前时，她和母亲才把一颗心放下。

小婉因此就养成了神经过敏、多疑的毛病。她让二叔带她出来玩，稍不顺心，就冲二叔发脾气。弄得二叔都不明白小婉为什么冲他发火。

二叔面对小婉的发火，每一次都忍耐着，他别无选择，只能忍耐着。小婉一发火，二叔就想，她也不容易呢，忍一忍，也就过去了。

小婉虽然发火，但第二天，她还是让二叔把她带出去。

二叔有时把马和小婉一起带出来。他让小婉骑在马上，他牵着马，这里走一走，那里看一看。

小婉一骑上马，就看不出她有什么毛病了。二叔望着马上的小婉，心里就想：小丫头就是腿上有些毛病，除了腿，她还是挺不错的。

二叔这么想了，就狠狠地咽了口唾沫。

吃上了饱饭的二叔，已经不那么瘦小了，个子高了，人也壮了，脸上还带着一些红晕。以前的衣服穿在身上，已经明显地小了一号。

二叔已经出落成一个标准的小伙子了。这一点，他在小婉的眼里已经看出来了。他发现小婉望着他时的目光总是在走神。

二叔就和小婉有了故事。

四

故事自然和战争有关。

冀中五师和日本的一个联队打了一阵，这场仗却打得并不成功。日本人包围了五师的师部，其实日本人并不知道五师的师部，完全是小股敌人的一种误打误撞，才导致了这样一场保卫战。

严师长率领队伍和日本人在镇外的后山上开战，只留了两个排的兵力保护师部，二叔也在被保护的范围之内，虽然二叔已经当兵满两年了，可他就是一个马夫，连枪都很少摸到。打仗这个活儿，根本就轮不上他。

两个排的兵力，和摸进镇子里的小股日本鬼子遭遇上了。枪声一阵紧似一阵，日本人的迫击炮弹落在师部的院外，炸了，很吓人的样子。

镇子里响起枪声之前，二叔正陪着小婉在院子里下棋。棋是象棋，是严师长经常和手下的军官下的那副象棋。小婉平时闲着没事就教会了二叔下棋，三天两头，二叔就陪着小婉下棋，陪她打发寂寞的时光。

严师长领兵打仗去了，小婉照例在屋里点了炷平安香，然后就叫二叔陪她下棋。听着远处隐约传来的枪声，两个人的棋就下得有一搭无一搭的。部队毕竟在打仗，小婉在为她的父亲担心，她一边下棋，一边说：部队快回来了，仗该结束了。

她这么说，二叔就去看天。此时，太阳已经西斜了，他现在已经学会顺着小婉的心思说话了。于是，他就说：是快了，天黑前严师长就该带着队伍回来了。

两个人正有一搭无一搭地说着，镇子里就响起了密集的枪声，还有两发炮弹在不远处炸响了。就在两人呆愣的过程中，大约有一个班的士兵就冲进了院子，他们是来招呼师长一家转移的。

一个班长模样的人冲二叔喊：马夫，还不快牵着师长的马走，日本人打进镇子了。

二叔就惊醒了。他立马跑到马厩，牵出了师长的坐骑。就在他茫然四顾时，看到了惊慌失措的小婉。小婉在那一刻显得很是无助，起码二叔是这么认为的。

二叔牵着马是要逃跑的，可他一眼就看到了小婉，没有多想，便决定带着小婉一起跑。他冲小婉说：快上马，俺带你走。

小婉此时脑子一片空白。冲进来的一个班的士兵在师部里翻箱倒柜，撤退的样子颇显忙乱。小婉顾不上多想，趔趄着身子就奔向了二叔。

她被二叔轻车熟路地托到了马上。

起初是二叔牵着马在跑。刚跑出师部，他们就看到了鬼子，鬼子正从南街那边杀过来，十几个卫兵和二叔他们且战且退地往下撤去。

马上的小婉急了。小婉毕竟是严师长的女儿，见多识广，她冷静地冲二叔喊：石头，快上马。

二叔也反应过来，翻身上马，搂紧小婉，打马扬鞭地向北面跑去。

日本人显然也发现了他们，一边冲他们射击，一边追了过来。

二叔把身子伏下，用自己的身体护卫着小婉。两个人几乎趴在了马背上。

鬼子的子弹嗖嗖地在他们身边飞过，打到前面的土里，蹿起一片烟尘。

师长的战马果然是经过风雨的，临危不乱地载着二叔和小婉一口气把日本人甩在了身后。

战马最后跑进了一片树林里，才放慢了脚步。清醒过来的二叔让马立住了，自己先从马上跳下来，又回身把小婉从马上接下来。这一惊一吓，小婉的脸上早就没了血色。

她从马上下来，就瘫软在二叔的怀里。二叔只能被动地搂抱着她，过了半晌，小婉才吁口长气，抓住二叔的手说：你看把我吓的。

她的手抓住二叔的手，按在自己的胸口上。二叔感觉到她的胸膛小鼓般地擂着。转瞬，二叔的胸口也如鼓般地响了起来。这是他第一次如此近距离地接触异性，而且又是严师长的宝贝女儿。一时间，他云里雾里的，不知如何是好了。

二叔和小婉的爱情就是在这个时候悄然诞生了。

当两个人平静下来，看到彼此的姿态时，都红了脸，同时放开了手。

直到第二天早晨，镇子里的枪声平静下来，后山的方向也没有了枪声，师长的战马驮着两个人，小心翼翼地回到了镇子里。

严师长在这之前已经率领人马回到了镇子里，警卫排经过顽强的抵抗，以阵亡十几人的代价，保住了师部。可小婉和马夫却不见了踪影，严师长已经急坏了，正准备派人去寻找小婉。

就在这时，小婉和二叔回来了。

小婉扑到父亲的怀里，眼泪就不可遏止地流了下来。

身经百战的严师长，不怕死，不怕流血，他最见不得的就是女儿的眼泪。

小婉和父亲唏嘘了好一阵子。

严师长在知道救小婉的人就是二叔时，又感慨了一番。

第二天，严师长就下了一道命令，提拔二叔为少尉排长。

二叔被提拔为排长，就意味着他不可能再当马夫了。他将离开师部，被派到团里去。二叔不知这是好事还是坏事，但作为军人，他只能服从命令。

二叔从作战参谋手里接过委任状，然后就去与小婉告别。

小婉听说二叔要走时，脸都白了。她怔怔地望着二叔，说：石头，你不能走。

二叔扬了扬手里的委任状，说：俺有命令，是师长让俺走。

我找爹去。小婉说完，拐着一双腿去了师部。

严师长没想到小婉会为了二叔的任命来找他。

严师长意识到了什么，他背着手在屋里踱了几圈。他疼小婉，小婉的病也是他的心病，她眼看就十八岁了，想起她的终身大事，严师长就心急如焚。想不到小婉竟然会为一个马夫说情，看来小婉对这个马夫的感情不一般了。

严师长已经开始留意二叔了。现在的二叔英俊谈不上，但也仪表堂堂，五官周正。这时的严师长就想，要是这个叫小石头的马夫能和小婉有什么，也许是个不错的结果。

严师长没有往深处再想，于是又为二叔下了新的命令，任命二叔为师部警卫排少尉排长，同时兼管照料战马。

这样一来，二叔就是少尉级的马倌了。

从那以后，他和小婉的爱情就名正言顺了起来。

五

人配衣服马配鞍，二叔穿上国军的军官制服，人一下子就不一样了。他是师部警卫排的少尉排长，举手投足的也有了风范。

小婉面对着焕然一新的二叔，也是心花怒放。被爱情滋润着的小婉娇美可人，黑黑的眸子闪闪发光，由里到外，整个人就像打了一针兴奋剂。

她有理由也有更多的时间去纠缠二叔，让二叔带着她出去游玩。

二叔牵着师长的战马，小婉坐在马背上。两个人一个马上，一个马下，傍着夕阳缓缓地向前走去，留下了一双抒情的剪影。

众人看到了，就对二叔议论纷纷。议论二叔的都是那些年轻的下级军官。

一个连长就说了：这小石头，艳福不浅，居然泡上了师长的女儿。

另一个中尉说：大家看吧，用不了多久，这小子就会弄个连长、营长的干干，真他妈的。

……

二叔听不到这些议论。那些青年军官表面上对他都很尊敬，但说起话来还是酸酸的。人们见了二叔就说：大排长，啥时候请我们吃喜糖啊？

二叔愣了愣，他不是一个特别聪明的人，但也谈不上愚钝。小婉对他好，他一清二楚，小婉对他有那个意思，他也心如明镜，可小婉从来没说过要嫁给他。从二叔内心来讲，要是有天能娶小婉为妻，那是他家祖坟冒青烟了。虽说小婉腿有残疾，可毕竟是师长的女儿，没有师长的女儿，又怎么能有他的今天。二叔这个账还是算得比谁都清楚的。

二叔是个看眼前也看中实惠的人，以前当马夫时，两个月的军饷加起来才一块大洋，现在他是少尉排长了，一个月的军饷就是三块大洋。怪不得那么多人都想当官呢，能当官，才能发财，二叔现在终于知道升官和发财是联系在一起的。

二叔和小婉的爱情，严师长早就看在了眼里。这兵荒马乱、动荡不安的日子，严师长过得特别的揪心，小婉的腿疾让他牵肠挂肚了十几年。随着小婉一天天长大，他这种牵挂更是与日俱增，小婉毕竟是他唯一的女儿，而女儿能有个好的归宿，就是父亲的最大心愿。身为军人的严师长，知道自己的性命是系在枪柄上的，好汉难免阵前亡，这就是军人的归宿。小婉真有了幸福的归宿，父亲悬着的一颗心也就放下了。

于是严师长找到小婉，这是父亲第一次严肃地和女儿谈话。

父亲说：闺女，你今年十八了，也老大不小的了，那个小石头到底咋样，你让我心里有个数。

一提起二叔的名字，小婉就脸红心跳，头也低了，怀里像揣了一头小鹿。

父亲看看女儿，顿时心明眼亮了，说：闺女，你要是觉得小石头那小子行，你们就把事办了吧。日后小石头由我来栽培，弄个团副干干，没啥问题。怎么也不能让我闺女嫁个大头兵吧。

小婉突然仰起头，已是泪流满面了。

父亲见女儿这样，心里一热，就把女儿拥在胸前，喃喃道：闺女啊，谁让咱有病哪。

父亲虽然心有不甘，但他看重的更是现实。

严师长不久又单独约见了二叔。

这是二叔有生以来第一次走进师长的办公室，也是第一次单独面对师长。他的腿有些软，眼睛也有些花。

二叔战战兢兢地面对着严师长。

严师长没有马上说话，他背着手在屋里走了两趟，然后停在二叔跟前，盯着二叔的眼睛说：小子，你看着我的眼睛。

二叔就惶惑地看了眼师长，但马上又把目光躲开了。

师长就说：小子，我把闺女交给你了，你要对她好，要是日后你小子有啥花花肠子，你就是跑到天边，我也会把你拿下！

二叔一下子惊住了。虽然师长的话说得很严重，但透露出一个信息，也就是说师长接受他这个未来女婿了。这是二叔做梦都想的一桩大好事啊。二叔头昏脑涨，分不清东南西北了，腿一软，扑通一声，就给师长跪下了。二叔嗓子眼里湿乎乎的，说了声：爹，你放心吧。

这一声“爹”，叫得严师长的眼睛也湿润起来。

接下来，一切都变得顺理成章了。

在一个风和日丽的日子里，二叔和小婉隆重地结婚了。

师长的闺女结婚，那场面便可想而知了。全师放了一天假，杀猪宰羊地大吃了一天。

折腾了一天，走进新房的二叔，仍迷迷瞪瞪的不敢想眼前的一切。他面对着已经成了新娘的小婉，眼泪哗啦啦地流着。他哽着声音说：小婉啊，俺这辈子只对你好，你就放心吧。

二叔想跪倒给小婉磕个响头，想想不妥，就忍住了。他抱起小婉的一双腿，尽管那两条腿，一长一短、一粗一细，但这一切都不算什么。

新婚之夜的二叔想了许多。他想起了讨饭的日子，想起了为了吃上馍参加八路军，最后他就想起了父亲。自从离开八路军，他就再没有见过自己的兄弟。从小到大，两兄弟就从来没有分开过，这次是他们分别最长的一次。

二叔婚后不久，就成了中尉连副了，工作仍然没有变，还是为师长喂马，但他对外的身份是师警卫排的中尉副连长。军饷已经涨到了每月四块大洋。

二叔在幸福的日子里，异常思念父亲。

日本鬼子在那一年的秋天搞了一次大扫荡。

八路军和鬼子打了几场遭遇战，二叔所在的国民党冀中五师也和鬼子打了一仗。原因是面对着就要秋收的庄稼，谁也不想拱手送给日本人，粮食是队伍的生存之本。为了粮食，五师狠狠地和日本人打了一仗，双方都有些损失，队伍撤出阵地后，在北山上二叔和父亲见了一面。

五师和日本人狠狠打的时候，八路军也来参战了，最后两支队伍就同时撤了下去。

二叔就是在八路军的营地里见到了父亲。

父亲已经是八路军的排长了。二叔先是向父亲通报了自己结婚的消息，父亲就惊异地睁大了眼睛。反应过来的父亲着实替二叔高兴，他握着二叔的手兴奋地说着：小石头，你行啊。

父亲接下来又看到了扛在二叔肩上的中尉徽章，父亲就有些羡慕了。

二叔知道父亲的这份羡慕，便趁机说：哥，到俺们这边来干吧，俺现在一个月有四块大洋哩。

父亲听了二叔的话，就慢慢地把二叔的手放下了。

父亲义正词严地说：现在咱们虽然是友军，但是各为其主。你在八路军当了逃兵，哥可不能这么做。

二叔眼里点亮的希望就暗了下去，他真心希望自己的兄弟能弃暗投明。他没有更高的觉悟，但他知道在国民党的队伍里，吃得好，穿得好，挣得还多，这足以让人感到万分幸福了。想不到，他的愿望却被父亲的一句话击得粉碎。

二叔又说：哥，你可想好啊。

父亲就冲二叔挥挥手说：你走你的阳关道，俺走俺的独木桥。

父亲说完，就朝着自己的营地走去。

二叔咽了口唾沫，看着父亲的背影，眼睛就潮湿了，他在心里喊了一声：哥呀——

六

父亲和二叔的第二次见面是在日本鬼子投降之后。地点是河北的保定。

保定是日本人在冀中的大本营。日本人投降前，在这里驻扎了大批的部队，并囤积了大批军用、军火等物资。

日本人投降后，国民党部队和八路军都在争抢接收日本人遗留下来的物资。当时关于“二战”受降问题，中、苏、美等三国签署了一项协议，代表中国签署协议的是国民党的蒋介石。因此，日本人在受降书上签字后，他们只认国民党的部队，这样一来，就给八路军接管受降的日本人带来了不小的困难。

在日本人宣布投降后，八路军抢在第一时间进城，去接管日本人的营地。但他们还是比先其一步的国民党部队晚来了一步。

国民党部队已先一步接管了日本人的物资库。他们脱掉脚上的老布鞋，换上日本人的翻毛皮鞋，有的人还把日本人的军大衣穿在了身上。日本鬼子的军装都是呢子做的，穿在身上，人就显得很精神。当然，他们同时也把自己手里不顺手的武器扔了，换上了日本人的枪炮。

二叔此时已经晋升为少校营长了，他带着一个营的兵力，接管了日本人的一家仓库。仓库里有军火，也有被装等物资。二叔的这个营已经把日本人的穿的用的武装到每一个人的身上，此时，仓库里仍然存有大批的物资。

二叔披了一件日本军官的大衣，怀里还抱了一件，他想把这件给妻子小婉穿。二叔自从结婚以后，尝到了家庭的温暖，也感受到了美好的爱情。因为部队经常打仗，他不得不三天两头地和小婉分开。小婉随严师长的师部转移，二叔是放心的，但忍不住内心的牵挂。只要一有时间，他就会想起妻子小婉。

二叔以火箭升空的方式，在很短的时间内就从排长升到了营长的位置上，二叔知道这一切都缘于小婉。没有小婉，没有严师长，也就没有他的今天。二叔不是忘恩负义之人，他一想起小婉，心里就暖洋洋的，还有一股丝丝缕缕、扯不断理还乱的东西在心里滋生着。二叔统统把这些东西归结为爱情。

二叔送给小婉日本人的军大衣，是想让小婉也感受到日本人投降后的喜悦，这种喜悦不仅是精神上的，当然也有物质上的。他已经命人装了满满两箱日本的军用罐头，并差人送到了师部的家里。

二叔正心满意足地在大街闲逛时，就看见父亲正带着一队人马，向城里开了进来。

父亲此时已经是八路军的连长了，他带着自己的连队急三火四地赶到了保定，但还是比国民党的部队晚到了一步。父亲看到许多日本人的营地和仓库都被国民党的部队接管，正大箱小箱地往城外运。父亲急得不行，父亲此时已经急红眼了，像一只没头的苍蝇在大街小巷里乱窜。就在这时，他和二叔不期而遇。

二叔在保定看见父亲也大吃了一惊。此时的两个人都已经是男人了，和几年前相比，人不仅高了，结实了，脸上也生出了胡楂儿。但他们还是很快就认出了对方。

二叔抢先喊了声：哥，你咋来了？

父亲看了眼二叔的打扮，腮帮子顿时直冒酸水，骂骂咧咧地说：妈的国民党，好东西都让你们抢去了，我们八路军这日算是白抗了，到现在还喝西北风哪。

二叔就问：哥，咋的？还没拾到洋货？

父亲不想和二叔在这里耽误时间，他想催促部队继续向前搜寻，看还能不能找到一些日本人的东西。

二叔一把扯住父亲，说：哥，别忙活了。该接收的都让俺们部队接收完了，没有了。

二叔看到父亲失望的眼神，又看一眼父亲此时的打扮，心里就有些不好受了。父亲的军服一副千疮百孔的样子，尤其是脚上那双鞋都露出脚指头了。二叔再看一眼父亲手下那些兵，个个穿得还不如父亲，他的心里就一凛，声音就有些抖：哥，你们八路军咋弄成这个样子？

说完，二叔冲身后的卫兵挥了一下手，说：把仓库门打开。

二叔冲父亲说：哥，你带着人去搬吧。能搬走多少就搬走多少，这里俺说了算。

父亲睁大眼睛看着二叔，一副不相信的样子。

二叔就又说了句：让你去，你就去。一会儿上边来检查，就搬不成了。

父亲很快地看了二叔一眼，来不及多想，冲身后的战士一摆手，说：那就给我搬。

一个连的八路军战士，像饥饿的狼群，冲进二叔把守的仓库，很快就肩扛手提地退了出来。

父亲是最后一个出来的，肩上扛了一门炮。二叔看见了，就说：哥，你咋弄这个？

父亲冲二叔咧嘴一笑，说：弟，谢谢了。这东西比啥都管用。

二叔看着父亲有些心疼，忙把怀里的军大衣塞到父亲怀里。父亲看了眼那件呢子大衣，反手又塞到二叔的怀里，说：日本人的衣服我不穿，还是你留着吧。

父亲高兴地咧着嘴，扛着一门炮走出了仓库大门。

二叔叫了声：哥——

父亲停下来，又看了眼二叔。

二叔就说：哥，八路军就那么好？要不你来俺这儿吧，俺带你去见严师长。

父亲白了一眼二叔，说：严师长是你爹，又不是我爹，我见他干吗？

父亲说完，头也不回地走了。

走了几步，他高兴地回过头喊：我替八路军谢谢你了。

二叔张了张嘴，似乎有一肚子的话要对父亲说，可父亲就这么走了。

二叔看着洞开的仓库大门，愣愣地立在那里。

那些国民党士兵也愣愣地望着二叔，他们不明白，这些东西咋就让八路军给搬走了呢？

七

接下来的形势就发生了变化，还被称为友军的国共两支部队，随着日本人的投降，一山容不下二虎，蒋介石终于撕下了伪装的面具，同室操戈。

昔日的八路军此时被改编成了解放军。

父亲和二叔也就成了水火不相容的敌我两方。

父亲和二叔并没有机会在战场上兵戎相见。父亲所在的部队被调往了东北，组成了第四野战军，打响了解放东北的战斗。

直到平津战役前夕，父亲才和二叔又有了一次见面的机会。此时的父亲已经是四野部队的一名营长了，而二叔也是上校团座了。他的岳父、昔日的严师长已经荣升为中将军长。

随着二叔职务的晋升，他和小婉的孩子也出生了，此时的小婉就住在天津城内。二叔的孩子是个儿子，一岁多了。

小婉仍和严军长一家住在一起。兵荒马乱的岁月里，二叔虽然当上了上校团座，但还不能给小婉和孩子带来安全感，她仍然把自己的父亲当成了最大的保护伞。二叔也乐得清静，便让小婉和孩子一心一意地和她父母住在一起。二叔抽空回到家里，偶尔与小婉和儿子团聚一下，日子也算有滋有味。

带着部队驻扎在天津外围的二叔，在平津战役打响前，被父亲率领的队伍包围了。包围二叔部队的队伍有好几支，父亲的部队恰恰是先头部队。

战斗打响时，二叔的队伍也是拼死抵抗的，当时的二叔只有一个信念，就是拼死抵抗，保住天津。只有保住天津，小婉和儿子才是安全的。有了如此想法的二叔甚至走出团部，手里挥着枪，走到最前沿亲自督战。但这仍没有挽回部队失败的命运。四野的部队挟辽沈战役大胜的势头，一举把二叔这个团给攻克了。

当父亲率着先头营突进二叔的团部时，二叔带着身边的几个警卫员正准备逃跑。就在这个时候，父亲端着枪，拦住了二叔的去路。

两个人就在这种情境中相见了。

二叔把自己的手慢慢举起来，当啷一声，他手里的枪也掉在了地上。

二叔成了父亲的俘虏。

当人群散去，剩下二叔和父亲时，二叔一下子抱住了父亲，他顿时泪流满面，喊了一声：哥——

父亲这时心里是很得意的，他一直想找机会把二叔收编过来。当年二叔动员父亲去参加国军，父亲没有同意，当时父亲想得也很单纯，那时国共两党还在第二次合作，提出的口号是：一致对外，共同抗日。不管是共产党的八路军还是国民党的部队，都在进行着抗日活动，父亲当时也就没有去想太多。想不到，国共合作很快再次破裂，父亲便有了收编二叔的想法，可一直苦于没有和二叔碰面的机会。这次，父亲带着部队，端了二叔的团部，兄弟俩在这种情形下不期而遇了。父亲觉得这是上天赐给他的机会，于是，他让部队把别的俘虏押下去，留下了二叔。父亲的本意是要和二叔好好谈一谈。

父亲就说：小石头，三十年河东，三十年河西，你觉得是国民党的部队好，还是解放军好啊？

二叔此时已经是泪流满面了。这眼泪不是为自己流下的，当然也不是为父亲流下的，他想起了天津城内的小婉和他的儿子。自己就这么被俘了，再也没有机会见到老婆孩子了。他满脑子都是小婉和儿子，父亲说的话，他根本就没有听进去。

二叔终于又叫了声：哥呀——

父亲就望着二叔。

二叔又说：哥，你说俺是不是你兄弟？

父亲不解二叔为什么会问出这样的话，他以为二叔被吓傻了，便说：小石头，你啥时候都是哥的兄弟。

二叔就扑通一声给父亲跪下了，他颤着声音说：哥，你今天放俺一马，俺回城里看一眼小婉和孩子，俺就这一个要求，是剐是杀都随你。

父亲这才醒悟到，二叔已经是有家室的人了。父亲马上就想到了淑琴，淑琴此时就在师部的文艺宣传队里。早晨出发时，他还见过淑琴，眼下虽然还没和淑琴有什么，但两个人已经开始眉目传情了。父亲一想起淑琴，心里就麻酥酥的，甜蜜得不知怎么办才好。

想起了淑琴，父亲就感受到了二叔此时的心境。父亲把二叔拉了起来，他拧着眉头，冲二叔说：你真想回去看一眼老婆孩子？

二叔就鸡啄米似的点着头说：真的。哥，你有大侄子了，长得又白又胖，都快两岁了。

父亲听了，心里一下子就热了，眼睛也有些发潮。他毕竟是二叔的亲哥，此时二叔的儿女情长、婆婆妈妈他能理解。

父亲就说：小石头，革命不分早晚，哥在城外等你。你带着老婆孩子一起投诚过来，解放军欢迎。

二叔匆匆扔下一句：哥，俺忘不了你。

说完，二叔转过身，匆匆地向远处跑去。

二叔这一走，父亲又是两年后才见到二叔。那又是另一番情景了。

父亲原本以为二叔能够幡然醒悟，去看一眼老婆孩子，然后投入到革命队伍的怀抱。可直到解放军解放天津，他在所有俘虏队伍里寻了个遍，也没有见到二叔的身影。

原来，二叔回到城里不久，严军长也觉得大势不妙，在争得蒋介石同意后，严军长带着家眷和军部的一些高官，乘飞机撤到了南京。撤退的人员中自然也包括二叔。

二叔一见到小婉和孩子，便把自己说过的话都忘记了。他抱着小婉和儿子痛哭了一场。

严军长丢下部队撤到南京，尽管元气大伤，但蒋介石还是委以重任，严军长马上被任命为江防司令员。身为军人，必须服从命令，这时的严司令找到了二叔。

严司令当着女儿小婉的面，对二叔做出了如下的决定。

严司令说：你别在部队干了。你现在的任务就是和小婉在一起。

二叔就恭敬地回答：是！

严司令还说：部队打仗不缺你一个，你要有个好歹，小婉以后的日子就没法过了。

二叔还是答：是！

严司令是出于对女儿的爱，才做出如此决定，但即便这样，仍感动得二叔又一次泪流不止。

二叔和小婉以严司令家属的身份在南京城里，过了一段短暂而甜蜜的幸福生活。

可随着南京日后的陷落，二叔的幸福生活从此就结束了。

八

国民党的重庆撤退成了二叔命运的转折点。

南京，国民党最终也没有保住。许多国民党委员以及家眷就逃往了重庆。二叔随着小婉一家也辗转到了重庆。

蒋介石知道日子长不了了，他开始为自己安排后事，把能带走的东西通过水路和飞机运往台湾。国民党那些遗老遗少们，也坐着飞机到了台湾。

那一阵子，重庆最忙碌的地方一个是朝天门码头，另一个就是重庆机场。

解放大军分几路纵队，向西南压将过来。解放大军里自然也包括父亲的尖刀营。

自从父亲和二叔在天津见一面之后，一直放不下二叔。父亲每解放一个地方，就到俘虏的队伍里寻找二叔的身影。可惜的是，再也没有见到二叔，父亲的心里就沉甸甸的。父亲知道目前的局势大势已定，解放大军从北向南，一马平川，国民党的部队连抵抗的力气都没有了。可越是这样，父亲越是为二叔担心。正是这份担忧，使父亲更加速了率领尖刀营向前冲锋的脚步。父亲恨不能一口气把全中国都解放了，那时，也许就能找到二叔了。

父亲有时也恨二叔。当年就是为了吃上馍，二叔在八路军的队伍里当了逃兵，二叔的命运也就成了另一番模样。

当父亲率领尖刀营兵临重庆城外时，城里的国民党已经乱成一锅粥了。

国民党那些遗老遗少们蜂拥着挤向机场。此时的水路已经被解放军控制了，他们只能通过飞机逃往台湾。

要逃的人很多，飞机却很少，有时一天才能起飞两趟。每一次飞机来时，所有的人都拥向飞机，场面混乱得有些可笑。

二叔随小婉一家也挣扎在这混乱里，周围哭喊声一片。二叔抱着三岁的儿子，儿子早被眼前的场面吓坏了，小脑袋抵在二叔的怀里，一迭声地说：爹，我怕。

此时的二叔心里百感交集，他望一眼天空，又看一眼周围的人群，在心里呼天抢地喊了一声：老天爷呀——

二叔这时就想到了父亲，想到了自己眼下的命运，如果自己不投奔国民党，也就不会有今天。也许自己此时正在重庆城外向城里进攻着。

城外的枪炮声已经隐约可闻了，空气中飘浮的都是火药味。

最后一架飞机终于降落了。严长官此时已经顾不上风度了，他像个叫花子似的挥舞着双手，催促着一家老小向飞机上爬去。

二叔看着小婉爬上飞机，就把儿子递到了小婉的手里。三岁的儿子拼命地朝飞机下大喊：爹，快上来，你上来呀。

二叔何尝不想爬上飞机，可他已经被挤离了机舱口。他伸着手向前挣扎着，嘴里仍不停地喊着：小婉，小婉——

这时，一发炮弹落在机场，惊天动地地爆炸了。人群开始更加没命地向飞机舱门扑过去。

飞机启动了。飞机拖拽着人群，也拖拽着歇斯底里的二叔。二叔在嘈杂的引擎声里，听着儿子断断续续地喊着：爹，快跑！

二叔无论如何快跑，也追不上落荒而逃的飞机了。

飞机鸣叫一声，一下子冲上了天际。

二叔仰着头，看着那个大肚子飞机，在空中盘旋了半圈，向远方飞去。

二叔的头仍那么仰着，遥远的天边有着他的幸福和他的亲人。

孤单的二叔站在那里，一下子什么都没有了。由内而外感到空荡荡的二叔，最后瘫坐在草坪上。他已经没有气力喊叫了，他抱着头，突然压抑着呜呜地哭了起来。他一边哭，一边喊：俺什么都没有了，没有了……

枪炮声越来越近了。

二叔坐在被枪炮声包围的机场跑道上，周围的一切都与他无关了，一切都变得模糊而遥远。二叔恍然进入了梦境中，一切都极其不真实。

后来，二叔又看到了三两发炮弹落在机场的跑道上，优美地爆炸了。

接着，他就看见了蜂拥过来的解放大军，把整个机场都站满了。

九

重庆机场，塔台上的青天白日旗被解放大军连根拔掉，换上了一面鲜红的旗子，迎风飘扬。

此时二叔的身份是复杂的，自从到了南京，二叔就已经不是军人了。确切地说，他是国民党严司令的家属，从南京到重庆，他的身份就没有再变过。

二叔和小婉在最后的爱情岁月里，体会到了幸福和天伦之乐。

解放前夕的重庆，到处都是兵荒马乱的景象，逃的逃，躲的躲，没人能相信国民党守着陪都重庆能东山再起。城里城外乱成一片。

二叔和小婉躲在一栋小楼里，却过起了一段平静、幸福的日子。

三岁的儿子已经会说话了，每日里二叔牵着儿子的小手从楼上走下来，折一枝柳条，做成口哨吹。儿子高兴，二叔就高兴。当团长时的二叔，经常随军打仗，很少有机会回家。二叔虽然当上团长了，可他的心思一点也不在团长身上，他知道自己能当上团长凭的是什么。有许多军官也心知肚明，表面上对二叔谦恭有加，实际上没人把二叔放在眼里。背地里，人们都喊二叔是草包团长。这一点，二叔也是心知肚明。

二叔活得很真实，也很清醒，他一个马夫出身，是遇到了小婉，他的生活才发生了戏剧性的转变。这种变化太快了，快得让二叔有些云里雾里的。

岳父严长官不断地提携自己的女婿，当然是为了自己的女儿小婉。在岳父眼里，二叔也并不是一个当官的料。官当得越大，战斗打响后的安全性也就越大，他可以躲在后方，遥控指挥自己的部队。

当了团长的二叔还是被活捉了一次。捉他的要不是父亲，二叔无论如何也回不到小婉和儿子身边。严长官对二叔已经不抱任何希望了，严长官毕竟是小婉的父亲，他爱小婉如同爱自己。于是，下令让二叔脱掉了那身军装，让二叔一心一意地当起了女婿。

二叔没有任何野心，更谈不上胸有斗志，只要他能看到老婆孩子，他就是满足的、幸福的。现在的他正全身心地享受着天伦之乐。当太阳照在头顶上的时候，二叔牵着儿子的手，回到了小楼里。此时的小婉已经把饭菜做好了。

二叔的心里满足而又踏实。他刚当兵时，是为了吃上饱饭，现在他不仅吃上了饱饭，还有了老婆孩子，想到这儿，二叔的心里热热的，眼睛也有些湿润了。

二叔就起劲儿地冲儿子说：儿子，吃吧，多吃点儿。

在最后的幸福时光里，二叔每一分每一秒都在感动着。

现在，二叔的幸福戛然而止。他的幸福被飞机给驮走了。二叔的心空了。他能干的唯一的事情就是仰头，望着天。

天空很干净，有浮云一朵朵地游荡。二叔的脖子酸疼了，望得眼睛都流泪了，他仍然举头长久地望着。

解放后的重庆，一天一个样地变化着。二叔对这一切熟视无睹，他的目光只留在了天空中。

那一阵子，二叔想到最多的一个地名就是台湾。

二叔知道，那架飞机载着他的亲人飞到台湾去了。

后来，二叔就从地图上找到了台湾。

接下来，二叔就出发了。没有地理概念的二叔，心里却装满了一个地名——台湾。

刚刚解放的西南，一切都是百废待兴，交通并不顺畅，二叔只能用步伐去丈量脚下的路。出发时，他身上带了那本印有台湾的地图，又装了几双鞋子。很快，身上的钱就花完了，二叔就靠着讨饭，一路走下去。

小时候吃苦的经历拯救了二叔。毕竟眼下的苦在二叔的眼里并不算什么，他唯一的愿望就是这么一直走下去，一直走到台湾。

五个月后，历尽艰辛的二叔终于走到了福建的厦门。

此时，他脚下的路已经没有了，他被一片大海挡住了。人们告诉他，海的对面就是台湾。

与台湾一水之隔的二叔终于停下了脚步。

台湾在二叔的心里是那么的远，又是那么的近。每当听到孩子的哭声时，他都以为那是儿子在海的那一面呼喊他。

二叔的心软了，也碎了。

十

二叔面对着大海，一双目光望得痴痴呆呆，走火入魔。

天之涯，海之角，二叔寻找亲人的路走到了尽头，心却漂洋过海，再也扯不回来了。

二叔跪在海边的沙滩上，一声声呼唤着小婉和儿子，声音却被滔天的海浪撕扯得一缕一缕，晾在了沙滩上。

台湾岛似乎近在咫尺，可二叔却觉得遥远得没有尽头。他喊破了喉咙，心在流血。二叔梦游似的走在沙滩上，天还是那个天，二叔却觉得把自己弄丢了，再也找不回来了。

二叔记不清是何时离开大海的。

不知走了多久，也不知走到了哪里，当他出现在老屯时，二叔怔住了，眼前的老屯既熟悉又陌生。老屯是生他养他的地方，十五岁那年，他随父亲参加了队伍，从此便再也没有回来过。他在外面风风雨雨地走了一遭，然后又梦游似的回来了。不知是天意还是心意？总之，二叔走回了老屯。

老屯的人们在惊愕之后，还是很快认出了二叔。老屯的人都知道父亲和二叔当年去参加八路军了，以后就一直没有了消息，是死是活没人知道。此时的二叔梦一样地出现在老屯，人们在惊呼、愕然之后，就接纳了二叔。

二叔毕竟是从外面回来的，是当过兵的人，这一点屯里的人确信无疑。人们纷纷把二叔围了，七嘴八舌地打探着外面的消息。二叔痴着一双眼睛，瞪着似曾熟悉又陌生的乡亲们，说：俺是当过兵的人，怕啥？俺现在啥也不怕了。

在人们的心里，二叔就是当过兵的人，走南闯北，大难不死，如今又回来了。这在屯人面前，已经是了不得的一件大事了。虽然解放了，新中国已经诞生了，但老屯毕竟是老屯，外面的许多事情，老屯的人并不清楚，和以前相比，不过是多了一份土地。现在是自己在养活自己了，余下的，天还是那个天，地还是个那个地。日子还是一天天地过着。

老屯的人是善良的，也是宽容的。他们齐心协力，把父亲和二叔原来居住过的老房子重新收拾了，千疮百孔的老屋就又可以住人了。二叔便住了进去。

面对二叔，人们的新鲜感和好奇心过去之后，就都想起了父亲。大家围着那间老屋，便打探起了父亲。

一提起父亲，二叔的思路就从天上回到了人间。在平津战役之前，在天津城外，二叔最后见了父亲，再以后，父亲就像在空气中消失了一样。二叔也曾想过父亲，但只是一瞬间的事，那时他的心思都放在了小婉和儿子的身上。似乎他早已经意识到了，幸福的日子过一天会少一天。他在幸福中逃难，先是南京失守，然后是重庆，幸福始终在飘忽不定中。终于，他的幸福彻底地夭折了。

想到父亲，二叔就怔了怔，望着众人说：他要是不死，俺想也该当大官了。

二叔和众乡亲在念叨父亲时，父亲虽然没当上什么大官，但也是团长了。他的部队就驻扎在沈阳城内。父亲随解放大军，从东北出发，一直到海南岛，后来又从南方回来了。

部队终于进城了，经过了一轮又一轮艰苦的爱情追逐后，父亲终于和他暗恋的淑琴结婚了。

新婚的父亲在幸福生活中就想到了二叔。父亲想二叔的心情远比二叔想父亲时的心情要复杂得多。

天津城外见过二叔之后，父亲曾天真地认为，二叔会带着一家老小，从天津城里出来，回到他的身边。结果，二叔这一去便如石沉大海。

从那时开始，父亲就在每一次的战斗后，留意那些长长的俘虏队伍，也会找来俘虏的花名册，期望从中能看到二叔的名字。这是最好的一种结果了。在俘虏中找不到二叔，父亲就在阵地上查看那些阵亡的国民党军官，每次摸到那些发凉的尸体时，心里都会揪紧一阵子。结果，二叔似乎从这个世界消失了。父亲的心便一直悬着。

父亲对二叔的猜测大致有三种结果：第一种是阵亡了，在某次战役中了流弹的二叔，倒在了大批的国民党士兵当中。第二种结果就是逃到了台湾，那将是二叔的另一番世界。最后一种结果是，二叔被解放军俘虏后，发了回家的路费，又回到了老屯。

父亲想起第三种结果，便想起了老屯。此时的老屯在父亲的心中，变得既朦胧又清晰。

父亲就想：该回一次老家了。

十一

父亲回到老屯，是在他新婚不久。

父亲在阔别老屯十几年之后，骑着他那匹跟随他南征北战的战马，带着警卫员，出现在了老屯的村口。

父亲还没有进屯，就从马上下来了，把马缰绳交给了身后的警卫员。

父亲踩在家乡的土地上，一双脚变得轻飘飘的，仿佛喝醉了酒。望着眼前熟悉的屯子，想起十七岁那一年，他和二叔带着饥肠辘辘的肚子，参加八路军时的情景。十几年后，身为解放军团长的父亲，望着眼前熟悉的山山水水，已是热泪盈眶了。

父亲回来的消息，很快在屯子里传开了。父亲在乡亲们的眼里，已经是了不得的大官了。人们见过八路军，也见过日本人，当然也见过国民党，但他们从来没有见过团长这样的大官，况且又是从他们眼皮底下走出去的父亲。十几年之后的父亲，已不是那个半大小子了，他现在高大而结实，嘴上的胡楂儿又黑又密。

父亲回来的消息自然也传到了二叔的耳朵里。二叔得到消息时，正坐在土炕上发呆。刚才他睡了一会儿，就梦见了小婉和儿子。那个梦似乎发生在一片林子里，他和小婉走丢了，他大声地喊小婉和儿子的名字。结果，就醒了。空荡荡的梦境，让二叔的心在午后的时光里，悠悠忽忽的无法平静下来。

父亲的名字传进他的耳朵时，他仍怀疑自己是在做梦。他用手掏了掏耳朵，又摇摇头，瞪着眼前来送信的人。那人说：真的，你哥回来了，俺不骗你。骑着白马，还挂着枪哩。

二叔一时没有反应过来父亲回来对他意味着什么，仍呆呆地坐在炕上。

自从二叔回来后，就经常这么发痴。年老的一些人是看着二叔长大的，见到十几年后回来的二叔变成了这样，就武断地做出结论：这孩子是打仗打傻了。

回来的二叔觉得自己这十几年，是在外面走了一圈，如今，又走回到了十几年前的起点。所不同的是，当年走时，是他和父亲两个人，现在则变成了他一个。他两手空空地出发，又两手空空地回来了，在外面十几年的经历，仿佛是一场冗长的梦，留给他的只是一堆不堪回首的记忆。于是，二叔的脑子如同睡了一觉之后，梦去了，便空了。

父亲在乡亲们的嘴里也知道了二叔回来的消息。父亲这么快回到老屯，完全是因为对二叔的牵挂，如果没有二叔，他不会这么快地回到老屯。

当父亲得知二叔仍住在老屋时，就撇下众人，急匆匆地向老屋走去。

父亲急如风雨地走进老屋时，一眼就看到了站在门口的二叔。

在这个世界上，他们是对方唯一的亲人。二人在相距两步开外时，都怔在了那里。他们用目光探寻着对方，还是父亲先反应过来，向前一步，叫了一声：小石头。

二叔也向前跌撞着，迎上来，颤抖着声音，叫了声：哥啊——

两个兄弟就拥抱在了一起。

不知过了多久，二叔终于控制不住自己，孩子似的哭了。自重庆与小婉、儿子分别之后，二叔只在夜里想起那令人肝肠寸断的情景时，默默地流泪。但还从没有这么号啕地、彻底地痛哭出声。

父亲在二叔断断续续的哭诉中，知道了二叔的经历。

父亲一边听着二叔的哭诉，一边背着手转来转去。父亲的心情也不能平静。父亲为二叔难过。

最后，父亲扶住哭软了身子的二叔，红着眼圈道：小石头啊，你放心，台湾早晚有一天会解放的。到那一天，就是你们一家团聚的日子。

二叔在父亲的鼓励下，似乎看到了眼前的希望。他瞪大眼睛说：那啥时候才能解放台湾啊？

父亲用力地拍一拍二叔的肩膀道：快了，现在全国从南到北都解放了，就剩下一个台湾了，毛主席正在做决策哪。

父亲的话犹如一剂良药，一下子让二叔正常了起来。他不再痴迷了，目光也恢复了神采。

那天晚上，兄弟俩就躺在老屋的炕上，仿佛又回到了十几年前参军的日子。两个人东一句、西一句的，说着自己这些年的经历。那些经历如同生命的片段，连缀在一起后，就形成了两条鲜活生命线，尽管在一个源头出发，却是经历了不同的地界，最后，又交会在了一起。

父亲就叹口气道：小石头，要是你当年不投到国民党，也就不会有今天了。

二叔不同意父亲的说法，他扯着嗓门说：要是没有当初，那就不是俺了，哪还有小婉和俺儿子哩。

二叔说到这儿，就又哭上了。

父亲就在心里感叹：这就是命，啥人啥命啊。

第二天一早，父亲就走了。二叔找到了，他悬着的心也就放下了。

父亲在村头骑上战马，二叔在马下仰着头冲父亲说：哥，啥时候解放台湾，你告诉俺一声啊。

父亲坚定地点点头，冲二叔说：小石头，你放心吧。哥抽空会回来看你。

踏实的父亲挥马扬鞭地走了。他和警卫员的两匹马留下了一溜烟尘。

父亲的背影在二叔的眼里渐渐模糊了起来。

从此，二叔就多了份希望，那就是等着解放台湾的那一天。

解放台湾成了二叔心里唯一的念想。

十二

父亲对二叔承诺的解放台湾还没有实现，抗美援朝战争爆发了。部队从天南海北被调往了东北的丹东。丹东一时间成了人们提到最多的一个地名。

解放新中国的战斗刚刚结束，抗美援朝战争就爆发了，鸭绿江的东面烽火又燃。

身在老屯的人们，又把目光投向了陌生的朝鲜。在乡亲们的眼里，二叔是经过风雨、见过世面的人，就拥到二叔的老屋前，向二叔请教关于战争、关于抗美援朝这场战争的开始和结束。

二叔自然也知道抗美援朝这场战争爆发的消息，他的心一下子就凉了半截。父亲走后，二叔真的看到了解放台湾的希望和曙光——全国大部分地区都解放了，就剩下一个孤岛台湾，难道新中国连解放台湾的力量都没有吗？这是父亲对二叔说过的话。二叔觉得父亲说的话也是千真万确。

在抗美援朝战争爆发前，解放大军曾发动了两次攻击金门的战斗。由于海战经验不足，又没有足够的火力作为支撑，两次都是无果而终。

但这两次失败并没有影响我军解放孤岛台湾的信心，共和国正准备向福建前线调兵遣将，想一举拿下台湾。可就在这时，美国大兵在仁川登陆，一场更为迫切的保家卫国的战争爆发了。

二叔的心就凉了。他面对老屯的乡亲，顿时就哭丧了脸。二叔坐在自家的门槛上，袖着手，带着哭腔道：你们问俺，俺又问谁去呀？不是抗美援朝，说不定台湾就解放了，俺就会看到小婉和儿子了。

从那时开始，老屯的人才从二叔的嘴里知道了小婉和儿子的事。也是从那一刻起，他们知道了二叔的故事。人们在转瞬间知道了二叔当的是国民党的兵，而且还当过国民党的上校团座，娶了长官的女儿。

老屯的人们对待二叔的态度马上就发生了转变，无论从哪个角度看二叔，他们都觉得新鲜。以后，二叔的院子里总是聚集了更多的人，怀着好奇，向二叔打听着。

二叔像一位演讲者似的站在人们中间，一遍遍地讲述着自己的经历和爱情。二叔讲的时候，心里装满了巨大的温情。在一次次的叙述中，二叔完成了对小婉和独生子的怀恋。

二叔每讲一遍，就似乎又回到了从前。

在那一段时间里，二叔变成了祥林嫂，不厌其烦地跟别人讲着自己的故事。

老屯的乡亲在二叔颠三倒四的讲述中，明悉了二叔这十几年的经历。讲到国民党在重庆大溃退，他和妻儿生离死别的情景时，二叔呜咽起来，众人也红了眼圈。老屯的人们是善良的，也是有人性的，他们的情感立场此刻完全站到了二叔这一边，替二叔唏嘘不已。

老屯的乡亲开始随二叔一起关注着何时解放台湾这件事了。他们关注解放台湾，更多的心思是想早日看到二叔的媳妇小婉。在二叔的描绘中，小婉几乎成了一朵花，况且那又是国民党高官的女儿。

这里的人们连国民党的部队都没有见过几次，更别说国民党的大官了。他们对国民党说不上恨，也谈不上不恨。内战开始的时候，只知道解放军和国民党开战了。战争结束后，解放军胜利了，成立了新中国，人们理所当然地分到了土地，成了土地的主人。这一切已经足够了，在这些事情上，他们看到了共产党的好，理解了解放军为穷人打天下的理由。

解放军是好的，那国民党就一定是坏的，现在又逃到了台湾，乡亲们是怀着迫切的心情，希望解放军一举冲上台湾岛，把那里仍吃苦受难的穷人解放了，过上好日子。当然，二叔的小婉不在解放之列，大家只是带着好奇想看到小婉。二叔是老屯的人，小婉无疑就是老屯的媳妇了。如花似玉的小婉，在老屯人的心里就像一团谜似的盛开着。

老屯的人们和二叔一起期待着抗美援朝战争胜利的那一天。按照他们的思维，抗美援朝战争胜利了，伟大的志愿军班师回朝，就是解放台湾孤岛的那一天。

二叔终于忍不住了，他要给父亲写信。他要问一问，抗美援朝战争什么时候才能结束，啥时候大军才能去解放台湾。二叔甚至把自己想参加队伍去解放台湾的心思也写在了信里。二叔最后在信里说：哥，你放心，只要让俺参加解放台湾的队伍，俺再也不会当逃兵了。俺要和你一起冲上台湾岛，把小婉和你侄子解放出来……

二叔给父亲写完信，就开始了漫长的等待。

十三

二叔一直没有收到父亲的回信。许是父亲忙于打仗，回二叔的信是小事一桩，不足挂齿，或者父亲根本就没有收到二叔的信。

在漫长的等待中，抗美援朝战争结束了。

二叔在报纸上和广播里得到了抗美援朝战争结束的消息。二叔渐渐熄灭的希望，又重新被点燃了。可日子一天天地过去了，解放台湾的战斗仍然没有打响。

二叔坐不住了，他要找父亲问一问，究竟什么时候才能去解放台湾。

部队不断地有喜报送到父亲的家乡。此时的二叔作为父亲的家人已经被各级认可了，“军属光荣”的牌子就挂在二叔的老屋前。二叔已经是父亲的军属了，享受着军属应有的待遇。

二叔在父亲的喜报中得知，父亲立功了，父亲荣升为师长了。二叔终于耐不住等待的煎熬，他要找父亲打探解放台湾的消息。

二叔以一个军属的身份上路了。父亲是老屯走出来的，人们都知道父亲当了师长的消息。二叔要去看父亲，老屯的乡亲拿出家里最好的东西，让二叔给父亲捎去，还有人捎话，让父亲抽空再回老屯看看，老屯的人都惦记着当了师长的父亲。

二叔没费多大周折就见到了父亲。

当了师长的父亲比以前老成了许多。他让警卫员把二叔带到了自己的家里。

二叔见到了他的嫂子淑琴。淑琴还像当年那么漂亮，不同的是，她已经是两个孩子的妈妈了。父亲和淑琴已经勤奋地生了两个孩子，老大四岁，老二才一岁多。

二叔一看见父亲的孩子，就想到了自己的儿子。他把老大石权抱在怀里，哽着声音说：二叔来看你了。

话还没有说完，二叔的眼泪就流了下来。

淑琴现在是师医院的副院长，整日里早出晚归，带孩子的活就交给保姆了。在二叔来后的日子里，二叔就成了带孩子的兼职保姆。

白天没事，二叔就带着石权在师部的院子里走一走，看一看。二叔弯着腰，牵着石权的手，他没说几句话，就把话题绕到了自己的儿子身上。他对石权说：侄儿啊，你还有个哥哥，叫石林，今年也该七岁了。

石权就歪着头问：那我哥在哪儿啊？

二叔就说：在台湾。

石权又问：叔，那你咋不带哥来玩儿？

二叔沉默了，抬起头望天，冲着他大致所认为的台湾的方向。

石权又问：台湾远吗？

二叔飘飘忽忽地说：远，远得很哩，在海的那一边。

石权不依不饶地仍说：叔，你把石林哥接来吧，让他和我一起玩儿。

二叔一把抱起了石权，一边哭，一边说：台湾还没解放哩。

台湾解放不解放，石权是不懂的，但他知道台湾很远，那里住着哥哥石林。这对他来说已经足够了。从那以后，石权碰到院子里同样大小的孩子就骄傲地说：我有个哥哥叫石林，他在台湾。台湾在大海的那一边……

父亲一回到家，二叔就像看到了救星，目光里充满了希望。

饭桌上，二叔和父亲喝酒。刚开始两个人都是沉默着，喝了几杯酒之后，二叔就又旧话重提。

二叔说：哥，部队咋还不去解放台湾哪？

对于这个问题，这段时间里父亲已经无数次地回答过二叔了。

父亲有些不耐烦地挥挥手说：毛主席和党中央会考虑的，只要主席一声令下，部队说走就走。

父亲还说：弟呀，你放心吧，全国都解放了，抗美援朝战争也胜利了，一个小小的台湾还能跑了它不成？你放心，只要毛主席下令，解放个台湾就是抽支烟的工夫。

二叔在父亲家里住的日子里，一直没有等到毛主席解放台湾那一声命令。

看着其乐融融的父亲一家，触景生情的二叔就会把头蒙在被子里，泪流到天明。

后来，二叔就告别父亲一家，准备回家了。

二叔离开父亲家时，他抱住了石权。经过这一段时间的相处，石权和二叔已经感情很深了。

石权说：叔，你快点带石林哥哥来陪我玩。

二叔把石权抱在怀里，在他的小脸上亲了亲，仿佛是在亲着石林。在重庆和石林分别时，石林似乎也就这么大。那肝肠寸断的情景又一次浮现在二叔的眼前。

二叔的心一阵剧痛，他眼泪哗哗地流。他冲父亲挥了挥手，又冲淑琴挥了挥手。最后，他又一次把石权抱在怀里，说：侄儿啊，二叔真舍不得你。过些日子，二叔还会来看你。

石权不知深浅地说：别忘了带哥哥来。

二叔已经不敢回头了，他背过身，流着泪，走了。

回到老屯的二叔，天天在等待着毛主席解放台湾的命令。可他一直没有等到，却等来了那场轰轰烈烈的“文化大革命”。

十四

整个乡村在最初的日子里是平静的，人们依然过着日出而作、日落而息的生活。

土改之后，分到每个人名下的土地，又归为集体所有了。人们在村支书老奎的带领下，集体在田间地头劳作着。

二叔也是他们中的一员。此时的二叔回到家乡又已经十几个年头了。

二叔在乡亲们中间劳作，从来不多话。他的外表看上去已经和这里土生土长的人没有什么区别了。唯一的区别就是二叔总在那里发呆。乡亲们不发呆，顶多走会儿神，马上就回来了，该干什么还干什么。二叔的发呆和乡亲们不同，他像军人似的立在某一个角落里，挺胸抬头，向天边的一角遥望着，表情凝重而苍凉。人们看着二叔发呆，不得不想点儿什么。总在发呆的二叔，让人看了想哭。

老奎叔是村支部书记，老奎叔可以说是资历很老的党员了，抗联的时候就是地下交通员。如今做了村支书，在乡亲们的眼里，老奎叔和二叔是村里两个比较高级的人，是见过世面也经历过生死的人。只有他们两个人才有资格平起平坐。

老奎叔经常找二叔聊一聊。老奎叔看见二叔发呆，就凑过来，站在二叔身边，冲二叔望的地方望了眼，说：小石头啊，又望台湾哪。

听老奎叔这么说，二叔就缓缓地把目光移过来，悠长地吐口气，说：俺那小子，今年都二十岁了，昨天是他二十岁的生日。

老奎叔就把身子蹲下去了，叹了口气，掏出烟来吸，深一口浅一口的。

二叔也蹲下了，用个树棍去抠地上的土，一下一下的。

老奎叔就咒一声：狗日的台湾，咋还不解放哩。

二叔的目光又望着了头顶那方天空，他坚信那方天空下就是孤岛台湾。于是，二叔每天都无数次地朝那个方向呆望着。

二叔在乡亲们的眼里是个与众不同的人，二叔的做派决定了二叔的与众不同。

风平浪静的乡亲，在“文化大革命”的时候还是受到了冲击。人们要寻找批斗对象、革命的对象，于是老屯的地主、富农什么的便首当其冲。这些前地主式的富农，定期、不定期地胸前挂个牌子，低头站在众人面前。

乡亲们都是些老实巴交的人，肚子里没有那么多弯弯绕绕的东西。解放前，这些地主、富农是有些家产和田地，但那也是人家祖上挣下的产业，想开了，乡亲们也没啥可嫉恨的，有的只是羡慕而已，谁让咱八辈上没这份祖业呢。如今，看着这些已被改造过的地主、富农，颤颤抖抖地缩在那里，大家也就喊两声口号，挥挥无力的拳头，做做样子罢了。然后，就又该干啥干啥了。

一天，公社的胡主任来到了老屯，身后还带着民兵和乡助理等人。

胡主任背着手，脸色阴沉地找到了老奎叔。

胡主任声音沉重地冲老奎说：老奎呀，你这个老党员的党性不高啊。

老奎叔迷瞪着眼睛望着胡主任。

胡主任又说：你们屯的小石头可是有大问题的人哩。

老奎叔不解，一脸疑惑地问：他有啥问题哪？

胡主任就帮老奎叔分析道：他当过国民党的团长吧？

老奎叔点点头说：这俺听他说过。

胡主任又说：他娶过国民党大官的女儿做过老婆，还生过孩子吧？

老奎叔又点头，这些他以前都听二叔亲口说过。

胡主任还说：听人家说他一直在想着台湾，念着台湾。

老奎叔说：他那是想台湾的老婆孩子呢。

胡主任拍手道：这就对了嘛，种种迹象表明他是特务，是有海外关系的特务。

老奎叔立马就变声变色地说：怎么可能，不会吧？小石头回家这么多年，大门不出，二门不迈的，没事就是发呆，他也没干啥呀。

胡主任已经没时间听老奎叔解释那么多了，他挥挥手，冲身后的民兵助理喊：去搜一下，看他的电台藏到了什么地方。

胡主任带着民兵走进二叔的老屋时，人们都望见了门上那块“军属光荣”的牌子，人们愣了愣，甚至停了脚步。看到这块牌子，人们就想到了父亲，此时的父亲已经是一位军长了。

人们在牌子前怔了一下，很快就长驱直入了。

一干人齐心协力，翻箱倒柜地寻找着。

二叔不看他们，躲在院子里，望着头上的天空。

胡主任带领着众人找了一气，又找了一气。老屋从里到外就那么大一块地方，寻来找去的，也没有找出有价值的东西。最后，胡主任就停在了二叔跟前，背着手，微笑着冲二叔说：团座啊，想啥哪？

胡主任当过解放军的营长，当年和国民党的队伍厮杀过，他和国民党有着不共戴天的仇恨。

当过国民党团长的二叔，便成了他眼里最大的敌人，是天然的敌人。不用其他的证据，就凭二叔当过国民党兵这一点就足够了。

微笑的胡主任立马就不笑了，他冲民兵挥了一下手，喝道：给我绑上。

马上就有两个民兵冲上来，不由分说把二叔捆上了。二叔不推不拒的，有些困惑地望着胡主任。

老奎叔眼见着局势发展成了这样，便想上来解劝。他拉着胡主任的衣角说：不看僧面看佛面，小石头可是军属哩。

胡主任马上把脸拉了下来，他推开老奎叔，说：你别掺和，他哥是他哥，他是他。

胡主任挥着手，强行把二叔推搡着带走了。

二叔走得很平静，他的目光一直没有离开头顶的那片天空。

老奎叔觉得事情重大，赶紧派人去城里找父亲了。

十五

父亲为二叔的事情回了一次老家。

他在县上住了一个晚上，县上知道父亲是为了二叔的事情回来的，上上下下都很重视，他们亲自把公社的胡主任叫到了县上。

县上的人那晚陪父亲喝了许多酒，酒后的父亲显得很激动。胡主任从见到父亲的那一刻起，就一直站在那里。胡主任也是当过兵的人，懂得下级在上级面前应该如何保持军人的站姿。父亲让他坐，他也不坐，笔直地立在那里。

喝了酒的父亲就说：俺这个弟呀，是当过国民党的兵，那会儿国共两党还合作着，他是为了吃饱饭才去当的国民党的兵。他没干过啥坏事，日本人投降后，是俺这个弟打开日本人的仓库，给咱解放军装备了一个连队，一个连哪。后来，这个连成了俺手里的尖刀连，就是因为有了好装备，俺弟按理说是对革命有过贡献的。国民党还没撤到台湾，俺弟就脱了军装，成了老百姓。他老婆孩子是逃到台湾了，可这账不能算在他的头上啊……

父亲刚开始还想着为二叔辩解，后来说到动情处，父亲潸然泪下。父亲一边说，一边理清了思路，那就是自己这些年对二叔关心得太少了。他在城里有吃有喝，享受着天伦之乐，却把亲弟弟扔在了老家，吃苦受罪。父亲想到这儿，不能不流泪了。

父亲的态度是明确的，二叔是个好人。由解放军的军长亲自担保一个好人，作用是明显的。

胡主任虽然还有些想不通，但在父亲面前还是承认自己抓错了二叔，并保证立即放人。

二叔是被父亲亲自送回了家里。

父亲和二叔肩并肩地坐在车里，两人谁也没有说话。

由于汽车的颠簸，两个人的肩膀不时地碰到了一起。后来，父亲试探着用手抓住了二叔的手，心里顿时阴晴雨雪的很不是个滋味。二叔的表情仍然那么淡定，目光透过车窗，望着那片熟悉得不能再熟悉的天空。

父亲一直把二叔送到了老屋。

父亲随着二叔走进了老屋，炕上放着一床被子，一切都是那么简单。因为这两天二叔不在家，屋里的炉火都灭了。清冷的老屋让父亲的心里更不好过了。

安顿好二叔，父亲临走时，找到了村支书老奎。

父亲冲老奎说：奎叔啊，小石头的日子不能这么过啊。你帮他张罗个烧火做饭的人吧，他一个人怪不容易的。

老奎就吸溜着鼻子说：大侄儿啊，俺以前也想过，可小石头他不愿哩。

父亲又说：你再试试，小石头一个人真不易啊。

老奎就“哎哎”地应了。

在父亲走后的日子里，老奎成了不折不扣的媒人，从南屯张罗到北屯，又从西屯忙活到东屯，他给二叔张罗了一个又一个。

二叔铁了心，一个也不见，他对老奎只有一句话：俺有老婆，她是小婉。

老奎也就没辙了。

二叔一有时间就仰头望天，望那片他熟悉得不能再熟悉的天空。不论阴晴雨雪，那方天空在二叔的心里永远是晴朗的。在那片晴空下，生活着他的爱人和可爱的儿子。

孤单的二叔却守在老屋里，过着清冷的日子。

十六

时间转眼就到了二十世纪的八十年代。二叔在无限的仰望和等待中老了。头发慢慢地变成了灰色，最后就是一头苍白了。

在这期盼、等待中，二叔真的就等来了希望。二十世纪八十年代，改革的大潮滚滚而来，很多的港商、台商辗转着回到了大陆，隔绝了三十多年后，关于台湾的消息像三月的春风，吹向大江南北。

那一阵子，是二叔最忙碌的日子，他天天忙着写信，寻找着小婉和儿子。二叔怕自己写得不清楚，还把屯里识字的人叫到了家里。一张炕桌放在炕上，写信的人盘腿坐在炕上，二叔蹲在地上，仰着头，一腔的期望都汇集到了那双浑浊的目光里。

一封封信写好了，却不知投向何方。二叔只能在信封上写下“台湾”两个字。寄往台湾的信，像一只只鸽子从二叔的手上飞走了，剩下的只是甜蜜的等待。

在幸福的期待中，二叔一闭上眼睛就会做梦，梦里，他依稀地看到小婉牵着儿子的手，款款地向他走来，却永远也走不近他。二叔一着急就醒了，他睁开眼睛，仍没走出梦境。他用苍凉的声音高喊：小婉，你们可想死俺了。

二叔都不知道自己是在梦里还是梦外了。

二叔没有等来小婉和儿子，却等来了台办的人。

市台办来了两个人，一个戴着眼镜，另一个不戴。两个人找到二叔，就把二叔搀到了有阳光的院子里。

二叔的老屋原来是有窗子的，后来被二叔给封死了，屋里就昼夜不分了。二叔喜欢在黑暗中等待，黑暗中的二叔才会有梦。

此时二叔坐在院子里，明晃晃的阳光刺得他睁不开眼睛。

两个台办的工作人员很有耐心的样子，一左一右挨着二叔坐下了。然后，他们开始给二叔讲了一个古老而又冗长的故事。故事从当年的重庆讲起，讲到了最后飞离重庆的那架飞机。飞机起飞了，飞到了天上，一直飞到了福建，飞过了厦门的天空。在飞到海峡上空时，飞机就掉了下来。后来，就坠到了海里。人们分析飞机出事的原因是严重超载，又遇上了气流，飞机只能是掉到了海里。

刚开始，二叔还迷迷糊糊地听着，仿佛在听别人的故事，他甚至不停地冲两个台办的人点着头，表示自己听懂了。

过了一会儿，又过了一会儿，二叔就直愣愣地望着台办的两个人。他用劲儿地想，用尽浑身力气地想。后来，二叔咕咚一声，就倒下了。

二叔那片熟悉的天空里，小婉和儿子在那里永远地定格了。

又过了一阵子，人们才知道二叔出家了。

二叔出家的寺庙在一座山上。那里的香火很盛，善男信女排着队去寺庙上香。香雾整日在寺庙的上空缭绕着。人们走到这里，像是走进了另一个世界。

父亲终于离休了。离休的父亲享受着军区副职的待遇，住二层小楼，有专车，还有秘书。

离休后的父亲，又看望了一次二叔。

父亲的车开到山上，便开不动了。

父亲在秘书的陪伴下开始爬山。父亲一边爬山，一边看地形。父亲停下来喘息的时候，冲身边的秘书说：你看这地形，很适合打伏击。给我一个团，敌人一个军也休想冲破我的阵地。

秘书听了，笑一笑，擦一把脸上的汗。秘书很年轻，还没有打过仗。

在寺庙的大殿里，父亲终于见到了二叔。二叔也看到了父亲。

父亲不说话，二叔也没有说话。二叔出家之后，似乎换了一个人，浑浊的目光开始变得清澈，苍白的头发也有些泛黑了，脸色也红润了许多。

二叔突然拿出一炷香，递给父亲，说：上炷香吧。

父亲把那炷香接过来，又扔掉了。

父亲带着秘书走了，下山的父亲没有说一句话。

二叔望着父亲的背影，一直到父亲在台阶下消失。二叔把父亲扔在地上的香捡起来，端端正正地供在香炉里。

寺庙里又多了炷香火，飘飘袅袅，一直飞到了天上。

血红血黑

逃　兵

1934 年 11 月，湘江。

这是红军离开于都根据地后，最惨烈的一战。一军团的阵地上狼烟四起，哀鸣声，喊杀声，扯地连天。天空中，数架敌机在狂轰滥炸，敌人的炮弹如蝗虫般飞来。

一军团的阵地上沸腾了。

红军战士张广文伏在战壕里，不知杀退敌人多少次进攻了。士兵们都杀红了眼，烟熏火燎的，都让人分不出本来的面目了。身边的战友一批批躺倒了，有的受了伤，蜷缩在那里，一声接一声地哀叫着。

湘江，是红军长征通过的第四道封锁线，而前三道封锁线，红军并没有经历到更多的抵抗，一路喊着就过来了。湘江是湖南的地界，湘军唯恐红军占领湖南，他们拼死抵抗，誓死要把红军消灭在湘江两岸。

一军团、三军团担负起阻击湘军的任务，掩护大部队过湘江。十万红军，肩挑背扛着整个国家在迁徙。

已经一个星期了，部队还在源源不断地过着江。

在这一个星期的时间里，张广文见到了太多的死亡。好端端的一个人，刚才还和他喝着一壶水，转脸间，一颗炮弹落下来，人就随着一声巨响、一缕硝烟，消失了。眼前的敌人，也是成片地倒下去，敌军官舞着枪在后面督战。他眼睁睁地看见敌军官一连射杀了好几名溃退的士兵。士兵们被军官的威慑镇住了，又一窝蜂地拥了上来。红军长枪短炮的，只有拼了命地打，否则阵地难保。双方的拉锯战，使红一团的阵地成了一片焦土。

张广文是第四次反“围剿”之前参加的红军。那天，他正在山上放牛。村苏维埃妇救会主任于英来了。于英是附近十里八村最漂亮的姑娘，一条粗黑的辫子在腰间一甩一甩的。她见人就笑，说话就像在唱兴国的歌儿。她见到张广文就笑了，唱歌似的说：广文，放牛呢。

张广文一见于英的一双眼睛就定在那里，呼吸都不正常了。他还是第一次这么近距离地看着于英。于英迎面站着，高挺的胸脯一耸一耸的。他干干涩涩地说：啊——

于英笑眯眯地说：广文，参加红军吧，建立苏维埃，过好日子。

张广文的哥哥张广开是去年参加的红军，此时正在前线打着仗。他记得那天晚上，于英去了他家一趟，把哥哥叫出去。很久，哥哥才回来。第二天，哥哥就参加了红军，戴着红花，敲锣打鼓地上了前线。

想到这儿，他有些口吃地说：俺哥都当兵了，俺要去，俺爹娘就没人照顾了。

于英又笑了一下。她伸出手，拉过张广文的手，瞬间，他似触了电，浑身颤抖着。然后，于英看着他说：你爹娘有我们苏维埃政府呢，你放心走吧。以后你爹娘就是我爹娘，有我一口干的，就不让二老喝稀的。

她的眼睛像一道闪电，说话间击中了张广文。他似呻似唤地说：俺还没有讨上媳妇哩。

于英又说：等革命胜利了，人人都会成家的，女子们都喜欢革命郎哪。

张广文听得口干舌燥，什么都说不出来了。美丽的于英在刹那间定格了，永远地印刻在张广文的脑海里。

不久，他当了红军，和哥哥在同一个连队里。第五次反“围剿”的战斗中，敌人的一个机枪手的子弹射穿了哥哥的胸膛。哥哥牺牲在了他的怀里。他抱着哥哥，哥哥咽气前，脸上没有一丝的痛苦，气喘着说了一句话：告诉于英……后面的话还没有说完，哥哥头一歪，永远地闭上了眼睛。哥哥要告诉于英什么，张广文猜不出，这成了哥哥留下的一个谜。

不久，根据地越打越小，红军时刻感到被动。

又是不久，长征开始了。刚开始，他们管这次行动叫转移，到别的地方开辟新的根据地。但究竟去哪儿，没有人能说得清楚。

队伍踏上了征程，越往前走离根据地越远了。红色根据地，那是红军战士的家啊。张广文和所有的红军战士一样，越往前走，心里越空，越觉得没有底。不分昼夜地行军，让他们身体疲惫，可他的神经却灵醒着。他想到了爹娘，想到了战死的哥哥，爹娘现在只剩下他这棵独苗了，自己这一走，他们往后的日子该怎么过呀？想起爹娘，他就想起了半山坡上的那两间茅草房，心就火烧火燎的。

在这期间，连队有士兵开始溜号了。夜晚的部队就宿营在山野里，第二天集合时就少了几个兵。越往前走，这种情况就越严重。干部就开始做工作，讲革命和革命成功后的美好。张广文想到了于英说过的话。部队出发时，于英代表村苏维埃政府来看他们，一年多没见，于英瘦了，但还是那么精神。于英说：这次部队转移是胜利的转移，等红军回来了，我要站在村口接你们。说完，扑闪着两只大眼睛，话里有话的样子。他参军前就盼着革命胜利的那一天，到那时，于英就会来接他。那该是一种怎样的情景呢。

别的士兵开小差了，他也动过溜掉的念头，可一想到于英的那双眼睛，仿佛那双眼睛正在望着他。真要是溜了，回到村里，他如何面对于英的眼睛呢。于是，他忍住了，一走就走到了湘江。

湘江两岸的阵地依旧苦战着。红军刚出发时，连队里有七十几号人，兵强马壮的，此时只剩下不足二十人了，样子是人不人，鬼不鬼了。战事还在继续，张广文不知这场战斗何时才能停止。敌人的进攻一波强于一波，没完没了。

他终于意识到，这样下去迟早有一天，他会被敌人的子弹射死，或者被炸弹炸死。他又想到了年迈的爹娘，此时二老一定站在家门口，眼巴巴地望着队伍开拔的方向。想到这儿，他在心里号叫一声：爹，娘——眼泪就流下来了。

那一夜，敌人暂时停止了进攻。他被排长派去搬运弹药。离开阵地的一刻，他做好了逃跑的准备。他对自己说，这是最后的机会了，如果失去这个机会，明天一早敌人发动新一轮进攻后，自己说不定就死在这里了。

他走在搬运队伍的最后，借着小便的机会，跑进了林子里。

等了一会儿，见没人找他，就疯了似的跑起来了。一边跑，一边在心里说：俺不能死，死了就见不到爹娘了。这时他又一次想到了于英。

他一路疯跑着，跌倒了，再爬起来，心里只有一个念头：回家。

天亮的时候，他的身后隐约传来枪炮声。他知道，新一轮战斗又打响了，他却活着，走在一片树林里。他估摸着跑了十几公里后，终于放松下来，一摇一晃地向前走去。

突然，他发现不远处有动静，那是人发出的声音。他下意识地躲在一棵树后。那人近了，也是摇摇晃晃地走着。待他发现那人时，那人也发现了他。两人相隔不远，对望着。那是敌人的一个逃兵，身上什么都没有带，赤手空拳地立在那儿，但那身军装却掩不住他的身份。

两人经过最初的慌乱后，很快都沉稳下来，也同时意识到了对方逃兵的身份。

那个逃兵笑了，露出一口白牙，见多识广地说：兄弟，现在咱们都一样，你不是红军，我也不是湘军，咱们的目的只有一个，就是活命。

他长吁了口气，靠在一棵树上。逃兵走过来，在离他很近的地方，一边掏出烟来吸，一边眯着眼看他，说：兄弟，哪儿人啊？是回家还是另谋出路哇？

他指了指前面，那是江西的方向，嘴上说着：回家。他逃出来就是想回家，照顾年迈的爹娘。

逃兵甩了烟屁股道：还是你好啊，有家能回。我不能回去，回去还得被他们抓回来。得，我跟你走，走哪儿算哪儿，有口吃的，能活命就行。

张广文在前面走，那人在后面跟着。一路上，他说得少，那人说得多。从理性上讲，他不戒备那人；可在心里却无法接受，昨天他们还面对面地厮杀着，现在却走到了一起，共同的命运就是逃亡。他怎么也想不到，会在这里，遇到这样一个人。

那个逃兵天生就是个碎嘴子，仿佛不让他说话，就是不让他呼吸一样。他一刻不停地说着。他说他的家在湖南，当兵三年中，跑了三次，被抓回来三次。他是机枪手，在这之前就和红军打过仗，是“围剿”红军。这次也是“围剿”红军，却和前几次不一样，这次打得太凶了，死的人也太多了。他害怕了，所以跑了出来。

逃兵机枪手的身份一下子触动了张广文，哥哥就是死在敌人的机枪下，衣服被穿了一个大洞，哥哥在死前，连句完整的话都没有说完。哥哥是在五岭峰的战斗中牺牲的。

他立住脚，盯着逃兵问：你在五岭峰打过仗吗？

逃兵怔了怔，似乎在回忆，但很快说：我打的仗多了去了，五岭峰肯定打过。我的机枪一扫，人一片一片地往下倒。我晚上做梦，都有那些死鬼来缠我，净做噩梦了。

他望着逃兵，他相信眼前的人就是杀死哥哥的仇人。

他继续在前面走，脚下用了力。逃兵呼哧带喘地说：兄弟，那么急干啥，咱现在安全得很。你怕我跟着你，是不？别怕，等我走出林子，你就走你的阳关道，我过我的独木桥，咱井水不犯河水。

他不理那人，急急地在前面走。虽然脚下的步子加快了，回家的心情却淡了，身后那人是他不共戴天的敌人，用机枪杀死了那么多红军，也包括他的哥哥。

后来，他累了，不想往前迈一步了。于是，停下来，靠在一棵树上喘着。后面那人也立住脚，先是坐着喘了一会儿，然后就仰躺在草地上，一会儿就打起了鼾。湘江一战，就是七天七夜，人的眼皮就没有歇过。张广文的眼皮子开始有些发黏，可脑子还很灵醒——眼前躺着的是红军的仇人，他从队伍里逃了三次，又被抓回去三次，谁知道这次他能不能再给抓回去。被抓回去的他，就又是一名机枪手了。张广文的耳畔似乎又响起了机枪的鸣叫，他似乎又看见一排排的红军战士割麦子似的倒下了，还有哥哥临闭眼时的痛苦表情……

他站了起来，一步步向那个逃兵走去。他望着毫无戒备的逃兵，恶狠狠地扑过去。此时，他觉得自己又是一个红军战士了，他的双手掐在逃兵的脖子上，下死劲儿地用着力。

不知过了多久，他摇晃着站了起来，一瞬间，他的眼前闪过一双眼睛，那是于英的眼睛，饱含着赞许。他浑身一紧，望着眼前这片陌生的林子，人彻底清醒过来。他在心里说：我是红军战士。

想到这儿，他踉跄着向枪炮声传来的方向走去。他感到自己的背后，一直有一双眼睛在看着。

扩红女

苏维埃根据地的红军在广昌失守后，仗就越打越困难了。出发时，队伍是长长的几列纵队，很有声势。从战场上回来，队伍就短了一大截，士兵们低头耷脑的，很没有精神。

红军队伍在经历五次反“围剿”的失利后，严重缺员，各级苏维埃就把扩充红军队伍当成了首要任务。一时间涌现出许多的扩红妇女，后来，她们中的许多人就成了苏区的扩红模范。苏维埃政府把这项光荣又艰巨的任务交给女娃去做，也有着一定的便利条件。

苏维埃妇救会主任于英，那一年二十出头，长着一双会说话的眼睛，一条粗黑的辫子甩在腰间。那些日子，她脚不停歇地专找那些男娃说话。

村里村外，已经历了几次扩红高潮，年轻力壮的男人们在几次扩红中，都义无反顾地参加了红军。他们的目标只有一个，保卫苏维埃，保卫到手的胜利果实。他们参加红军是死心塌地的。

此时的青壮年能参军的都走了，有的牺牲在保卫苏维埃的战场上，有的仍在队伍中战斗着。村里还剩下一些十六七岁的半大小子，革命到了紧要关头，扩红工作就想到了这些准男人身上。当时村子里的大街小巷贴满了鲜亮的标语：保卫苏维埃，人人有责。村头村尾，一派热火朝天的革命氛围。

于英的两个哥都参加了红军，家里只剩下她一个女娃了。红军队伍不招女兵，要是招女兵，她早就报名参加了。革命的激情在于英的心里燃烧着，为了革命，她什么事都能做得出来，她日夜盼望着革命胜利的那一天。她现在是村妇救会的干部，她的工作是扩红，一拨接一拨的青年，经她的手送到红军队伍上，革命才有胜利的希望。

刘二娃正在山上放牛。刘二娃家里就他这一棵独苗，今年十七岁了。于英找到刘二娃时，刘二娃有些吃惊。他认识于英，这个妇女干部经常到他们村里搞扩红工作，一个又一个青年在她的动员下，参军走了。刘二娃看着那些青年，胸前戴着大红花，在漂亮的妇女干部于英的陪伴下，走出家门，走到队伍里，他心里也痒痒的。他也希望自己能参军，在于英的陪伴下，兴高采烈地走出家门。可爹娘不同意他参军，还给他定了亲，那个女娃他一点也不喜欢，他心里喜欢的是于英。

刘二娃做梦也没有想到于英会来找他。

那天的确是个好天，天上一丝云彩也没有，几头牛悠闲地在山坡上吃草。刘二娃坐在一棵树下，于英也坐了下来。刘二娃的心里痒痒的，他听于英说话，就像听一支歌。

于英说：二娃，参军吧。参军光荣哩。

于英还说：二娃，当红军，保卫苏维埃。

……

二娃听了于英的话，顿觉天旋地转。他语无伦次地说：可……可俺放牛哩。

于英说：你参军了，你家就是军属了，村里会有人帮你家放牛的。

俺爹俺娘不同意哩。二娃仍喘着气说。

你爹你娘的工作会做通的。于英仍像唱歌似的说。

俺爹俺娘让俺成亲，接香火哩。

等建立了新社会，再成亲也不迟，那时候的女娃任你挑呢。

二娃的眼睛一飘一飘地落到了于英的脸上，于英真诚火热地望着眼前的二娃。二娃似乎受到了某种鼓励，梦呓般地说：俺想……想要你这样的女娃。

二娃说完，觉得自己快成一条干死的鱼了。

于英用那双会说话的眼睛水汪汪地望着二娃，她红了脸道：二娃，等你参了军，革命胜利了，你成了功臣，俺就嫁你。

真的？二娃睁大眼睛站起来。

真的，我不骗你。于英也站了起来，目光真诚地望着二娃。

于英姐——二娃叫了一声，就死死地把于英抱住了。于英任凭二娃下死力气地抱住自己，她的心里充满了母性的柔情。她伸出手，摸着二娃的头。她知道，二娃这一走，说不定什么时候才能回来，也许会牺牲，也许成了功臣，一切都是未知的。不管怎样，他们是为保卫苏维埃参的军，他们不容易呢。想到这儿，于英的眼睛湿润了。

几天之后，二娃参军了。他穿着于英为他打的草鞋，戴着于英为他扎的红花，在于英的陪伴下走出了家门，来到队伍上。他和于英分手时，用湿润的声音说：姐，我终于当兵了，你等着俺。

于英坚定地点点头。

二娃走了，他带着梦想和希望。

于英背过身，有两滴泪水滚了出来。她知道，自己的任务还很艰巨，于是又向另外一个山坡走去。那个山坡上还有马家的老三，今年十六岁。她又一次向马三走去……

红军踏上长征路的那一天，于英亲手送走了十六个男娃参军。她被苏维埃政府评为扩红女模范。

几天之后，红军的队伍从瑞金和于都出发了。红军出发的那天早晨，于英在家里呆愣了好半晌，她不知道红军这一走，何时才能回来。一个又一个男娃的音容笑貌，清晰又深刻地出现在她的眼前。

马三说：姐，等革命胜利那一天，俺就娶你。

王小五说：姐，等俺回来啊。

……

想到这儿，她已经泪流满面了。

那些弟弟们就要走了，她要让他们记住她，记住革命胜利那一天回来找她。她没有什么东西可以作为信物，她在镜子里看到了自己的一头乌发。她找来剪刀，整齐地把头发剪下来，又仔细地分成十六份，然后揣在怀里，匆匆地走到红军集合的地方。

那里已经是人山人海了。送行的人和即将出发的人，喊着对方的名字。这个送过去两个鸡蛋，那个递过去一双草鞋，男娃们一边流着泪，一边说：俺们还会回来的。乡亲们也哽咽着说：我们等你们回来啊。

于英在队伍里找到了李柱，李柱也看见了她，亲热地叫一声：姐——

于英从怀里掏出一绺头发，塞给李柱道：拿着，这是姐的。

李柱望着剪短头发的于英，含着泪说：姐，你等着，俺一定打回来。

她咬着嘴唇道：姐等你。

说完，她冲李柱挥挥手，又向前跑去。终于在另外一支队伍里看到了马三……

队伍一步三回头地走了，带着眷恋和不舍，踏上了征程。

雨飘着，伴着送行亲人的眼泪，一起洒在这片赤色的土地上。

那以后，人们会经常看到于英站在村口的土路上，向远方张望。那会儿，有许多的人都这么日日夜夜地盼着、望着，盼望着自己的队伍早点回来。

后来队伍到了陕北，红军改成了八路军，又改成了解放军。全中国解放了，那些走出去的子弟兵们，该回来的也都回来了。唯有于英亲手送出去的那十六个红军，一个也没有回来。

于英一直也没有结婚，每天她都会走到村头的土路上，站在那里望上一阵子。这么多年了，村头的张望和等待，成了她生命中的一部分，不管风霜雨雪，从没间断过。村人们都说，于英是个怪人。

于英的头发早就长长了，先是乌亮水滑的一头长发，后来，一头乌发变白了，再后来就完全白了。现在的于英，仍每天站在村口张望。她的一双眼睛早就成了风泪眼，望一会儿，眼泪就不由自主地流出来了，她一边用衣襟擦眼，一边在心里说：姐等你们回来呢，咋一个都不回来呢？

再后来，七老八十的于英就活不动了。她死后，村里根据她的遗愿，把她葬在了村口的山坡上，坟前立了块碑，上面写着：扩红模范于英。

现在，她每天都立在村口的山坡上，望着远方，想着，念着，盼着。

西路女兵

红西路军在甘肃羊泉峪一战，妇女团的医生王茜被马匪活捉了。同时被捉的还有几十名妇女团的士兵。

王茜被捉前，做好了与敌人同归于尽的准备。马匪把妇女团的一个营包围了，那会儿她们已经把自己装扮成了男兵，长发塞到帽子里，又抓了土在脸上擦了。

马匪包围她们是在一个晚上，地点是羊泉峪。她们在夜半曾组织过一次突围，队伍也算是突围出去了，费了半天的力气，跑了有几里路，可马匪们的骑兵一眨眼的工夫又把她们围住了。

天亮之后，敌人发起了进攻。从被敌人包围，她们就没有活着出去的打算。她们把最后一颗子弹或手榴弹留给了自己。

敌人进攻了，一排骑兵刮风似的向她们袭来。她们伏在石头或凹地里，向敌人打了一排又一排子弹后，敌人有的落马，有的继续向前冲着，举在敌人手里的马刀，在太阳下闪着冷光。最后，她们的子弹射完了，敌人的骑兵轻而易举地冲进了她们的阵地。

王茜腰里还有最后一枚手榴弹，她想等敌人到了近前，再和敌人同归于尽。她看见两个敌人狞笑着朝自己策马冲来时，掏出手榴弹，拉开了保险。敌人怔住了，勒马立住，可她手里的手榴弹却并没有炸响。又是一枚哑弹！

敌人的马刀在她眼前一挥，便挑落了她头上的帽子。她的长发披散下来，另一个马匪惊呼一声：是个女毛贼。

她还没有从地上站起来，便被马匪提拎起来。她的身子一腾空，便不由她做主了。强悍的马匪提一只小鸡似的，活捉了她。同时被捉住的还有几十个妇女团的干部战士。

她们被集中地关在一个羊圈里。

马匪们为俘获这么多女人，着实欢欣鼓舞了一阵子。他们架起篝火，吃肉、喝酒，然后把女俘们拉出去过堂。

他们并不想从女俘的嘴里得到什么秘密，而她们也没有什么秘密可言。甚至，马匪们都不想关心她们的身份，在他们的眼里，她们只是些高矮不同的女人。他们的过堂，实际上就是相看。

生活在戈壁滩多年的马匪们，不论职务高低，大都没有成亲，茫茫戈壁，最缺的就是女人了。他们这一战，俘获了这么多女人，他们要享用，要生活。马匪们依据职务的高低，挑肥拣瘦地选择着这些女俘。

王茜被马匪中的一个团长选中了。这个团长姓马，马步芳的部下大都姓马。马团长让人看不出实际年龄，脸上的刀疤斧刻刀凿似的，穿着羊皮袄，手里提着二十响的盒子枪。他像头饿狼一样，围着王茜前前后后、左左右右地看了，就一挥手道：老子就要她了。

说完，两个卫兵架起王茜就走，任她挣扎喊叫都没有用。团部有几排土房子，东倒西歪着，一股羊圈味儿。在这戈壁滩上，能有这几间土房子就不错了。

马匪们早就为王茜准备好了衣服和一些吃的东西。衣服是西北女人常穿的土布衣服，吃的也就是奶茶和馕，这是马匪们最好的嚼谷了。

王茜不换衣服，也不吃。她从被俘的那一刻起，脑子里只有两个念头，那就是逃或者死。逃跑，她没有机会。她们集体被关在羊圈时，周围有许多的马匪把守，就是跑出去了，这茫茫戈壁，跑不多远就会被马匪抓回来。有人试过，结果以失败告终。她被马团长带出来时，以为会有机会，没想到房子前后总有几个站岗的兵，影子似的转来晃去。看来逃跑是没希望了，那就只有一死了。

屋子里除了土墙就是土炕，想死，却连个抓挠的东西都没有。此时，她恨死了那枚哑了的手榴弹。如果那枚手榴弹炸响了，她就用不着这么煎熬了。马匪把她带到这里，她知道等待她的后果是什么。

她被关在土房子里，急红了眼睛，她真正体会到了求生不成、求死不能的痛苦。

一阵马蹄声响过后，马团长提着马鞭，醉醺醺地出现在她眼前，屋里的光线一下子就暗了一半。马团长一双醉眼把她看了又看，然后道：咦，你不吃不喝，这是想甚哩？你从今儿起就是俺婆姨了，以后就跟俺过日子，生孩子。

说完，他红着眼睛扑过来，三两下就把王茜的衣服撕扯了。那是她的军服，虽然褴褛，但毕竟是一种身份象征。马团长扯完衣服，又把它们揉成一团，随手扔在门外，冲外面的马匪说：烧了，看她还穿甚！

接下来的事情就不可避免地发生了。马团长强暴了她。此时，她脑海里只有一个念头了：死，去死——

想死，却没有寻死的办法，她只能绝食，不吃不喝。两天后，就有了效果。此时的她虚弱得已经没有力气从炕上爬起来了。这一点，早就在马匪的掌控之中。几个士兵过来，掰开她的嘴，将一碗奶茶强行灌进去。她想吐，却吐不出，就那么干呕着。她终于明白，想死也并不是她想得那么简单。

事情的转机是在被马匪抓住的两个月后，她发现自己怀孕了，孩子已经在她瘦弱的身体中显形了。这孩子，正是她和张团长的骨肉。红军长征前，她就和张团长结了婚。长征开始时，他们一直在一起，他是团长，她是医生。两个月前，她随妇女团过了草地。刚开始张团长他们也过了草地，后来又一次过草地时，走了回头路，随另一路主力去了陕北。直到那时，她才和自己的丈夫分开。

这会儿，她才想起自从与丈夫分手后，她的月经就再也没有来过。前一阵疲于行军打仗，她根本就没有想起这事。现在她才意识到，肚子里的孩子是她和丈夫留下的。按时间推算，孩子已经有四个多月了。自己是医生，对这一点她坚信不移。

自从发现自己怀了孩子，她暂时不想死，也不想跑了。她唯一的信念就是把孩子平安地生下来，这是丈夫留给她的，更是红军的种子。她要让孩子生下来，并把他抚养大。决心一下，她就完全换了一个人似的，该吃就吃，该喝就喝。几日之后，她的脸色就红润了，身上也有了力气。一双目光不再那么茫然，而是坚定如铁了。

马匪团长先是发现了她的这一变化，接着又发现了她肚子里的孩子。马匪团长以为是自己的功劳，高兴地拍着自己的大腿说：俺马老幺也有后了，有后了。

那些日子，马团长对她关心备至，百依百顺。

王茜被俘八个月后的一天，产下一子，是个男婴，很健康，模样很像母亲。马团长的样子比她还要高兴，又是宰羊又是杀马的，庆贺了三天，逢人就咧着大嘴说：俺婆姨给俺生了个小马崽。

孩子出生，让王茜的心稳定了下来。随着孩子的一天天长大，她又想到了跑。此时，马匪们对她已经很放心了，早就撤掉了卫兵的监视，她也能在军营里自由地出入了。看似平静的她，一直在寻找着逃跑的机会。

一次马团长带着队伍劫杀一伙叛军时，只留下一个排看家护院。此时，她终于等来了机会。出发前，她把四岁的孩子绑在了马背上，然后又偷了一匹马，风一样地冲出了军营。卫兵发现了，想拦，她丢下一句：找俺丈夫去。

哨兵还没弄清楚团长太太到哪里找丈夫时，人和马就在眼皮底下风一样地刮过去了。她的马技就是这几年跟着马匪的骑兵练就的，为了这次的逃离，她做好了一切准备。

半年之后，她找到了西安的八路军办事处。办事处的人热情地接待了她，安排她吃住，并把她的情况一级级地上报到了延安总部。不久，总部就来了指示，鉴于王茜复杂的经历，又带着四岁的孩子，回部队有诸多困难，建议遣返。在这期间，张团长在陕北又一次结婚了。在战争年代，一个失踪四五年女人，又没有任何音信，后果可想而知。当然，这一切，王茜并不知道，她只是接到了遣返的命令。在她之前和她之后的许多与她同样命运的西路女兵，都面临了这一结果。

王茜别无选择，她怀揣着八路军办事处送给她的五块银圆，回到了老家湖南。那时，她一直坚信，她的丈夫张团长有一天会来找她的，因为她是他的妻子，况且他们还有了共同的孩子。

她在等待和守望中一天天地过着。儿子细芽仔也在一天天中长大。

先是日本人投降，然后内战全面爆发。她比别人更加关注战争的动向，因为队伍上有她的丈夫。

全国解放了。不久，抗美援朝战争又打响了。

细芽仔已经长成十几岁的小伙子了。王茜在等待和守望中，一头青丝隐约地现出了白发。这时的她仍坚信，丈夫会来找她的。

1953 年的一天，她意外地听到了丈夫的名字，这是她从政府的人口里听到的。那人说她的丈夫已经是首长了，过几天就带着全家人，回来省亲。丈夫的老家也是湖南的。

直到这时，她才知道自己的丈夫已经有了家室。那一年，细芽仔已经满十八岁了。她听到这里时，人就变了，不说话，只是流泪，细芽仔喊她，她也是一动不动。

又过了几日，从北京来的首长，终于回来了。他回到老家，为父母上了坟，看望了乡亲。有人就说到了她，丈夫也没有想到，她还活着，还有一个十八岁的孩子。

首长在城里安顿好家人，只身来到村里，要看看她。当人们前呼后拥地把首长带到她家里时，惊奇地发现，她把自己悬在了屋梁上。

众人大骇，不知道这一切是怎么了。

首长流泪了。临走时，给她敬了个军礼。

没多久，细芽仔参军了。

最后一个士兵

现　　在

现在只有那只狗伴着他了，狗是黑的，只有四个爪子上方有一圈白，他一直称它为“草上飞”。狗已经老了，早就飞不起来了，毛色已不再光鲜，眼神也远不如年轻那会儿活泛了。它和他一样，总想找个地方卧一会儿，卧下了就犯呆，看看这儿，望望那儿，似乎什么都看到了，又似乎什么也没看见，两眼空洞茫然。春夏秋冬，暑热严寒，四季周而复始地在身边流过。在他的记忆里，狗差不多有二十岁了，对人来说这个年纪正是大小伙子，日子可着劲儿往前奔，但对狗来说能活到现在已经是奇迹了。他总是在想：它是舍不得他哪，努力活着，好给他做个伴儿。它的母亲、母亲的母亲，已经伴着他几十年了。

此时，一人、一狗，蹲坐在院子里，太阳西斜，半个山坡都暗了下来。一人、一狗往那山坡上望，山坡上还是那十四座坟，坟已经培了土，很新鲜的样子。十四座坟似乎醒着，和一人、一狗遥遥相望着。

西斜的余晖染在他的眼睛里，眼睛早就浑浊了，脸也像树皮一样沟沟坎坎的，他凝在那儿不动，痴痴幻幻的，五十多年了，他就这么守望着。

太阳在他眼前跳了一下，隐到西边那个山尖后面去了。有风，是微风，飘飘扬扬地荡过来，五十年前那一幕又如梦如幻地走了过来，枪声、喊杀声，还有那一直没有吹响的军号，一起湮没了现在，湮没了现在已经七十二岁的王青贵。他蹲在那儿，如一只木雕，有泪水，是两行浊泪，热热的、咸咸的，爬过他的脸颊和嘴角。

那狗仍那么卧着，眯了眼，望着那十四座坟，他和它两双目光就望在一起，痴痴定定地看那坟，看那落日。落日只那么一抖，天就暗了。

1947 年，初春

1947 年初春，县独立团打了一场恶仗，他们的敌人是暂三军的一个师，那是一场遭遇战，打了一天一夜，双方伤亡过半。黎明时分，团长下达了突围的命令，王青贵那个排被任命为突击敢死排，那时他的排差不多还是满编的，他们一路冲杀出来。后面是独立团的主力，掩护着伤员和重型火炮。火炮是日本投降后，受降得来的，很珍贵。

那一场恶战，光伤员就有几十人了。野战医院在一个村子里，伤员被安排进了野战医院。四百多人的独立团，那一仗死伤过半，只剩下二百多人了，王青贵所在的三排，加上他只剩下十五个人了。他是排长，看着和他一道冲出来的十四个兄弟，他总有一种想哭的感觉，有个什么东西硬硬地在喉咙那儿堵着，却哭不出来。弟兄们烟熏火燎的脸上也有那种感觉。1947 年华北平原，双方的主力部队都在东北战场上鏖战，县独立团是地方部队，和敌人的暂三军周旋着，他们要牵制敌人的兵力，以免敌人的主力北上，东北的第四野战军正准备全力反攻，不久之后，著名的辽沈战役就打响了。那是一次绝地反击，整个中华民族吹响了解放全中国的第一声号角。

此时，独立团肩负着牵制暂三军的全部任务，按团长的话说：我们要死缠烂打，就是拖也要把暂三军拖住，绝不能让暂三军入关。

暂三军也把独立团当成了真正的对手，他们一心想把独立大队消灭，然后入关与主力会合。独立团如鲠在喉，摸不到、抓不着，就那么难受地卡在暂三军的喉咙里。

1947年初春，暂三军的一个团，发现了野战医院，他们的队伍分三面向暂住在小村里的野战医院摸来。独立团接到情报后，火速地组织医院转移。那一天，也是个傍晚，太阳西斜，把半边天都染红了。一个团的敌人，分三路追来。两辆牛车拉着医院的全部家当，伤员自然是在担架上，向山里转移。

暂三军的一个团，离这里越来越近了，如同一只饿猫闻到腥气，样子是急不可待的。王青贵所在的五连接到了阻击敌人的命令，五连在独立团是著名的，连长赵大发三十出头，满脸的胡子，打起仗来说一不二。五连是独立团的班底，那时还不叫团，叫小分队，现在的团长张乐天，是小分队队长，赵大发那时还是一名战士。五连可以说是独立团的主心骨、王牌连。此时独立团和野战医院危在旦夕，阻击敌人的任务就落在了五连身上。

此时的五连人员早就不齐整了，四五十人，两挺机枪，弹药还算充足，独立团把弹药都给了他们。

赵大发咬着牙看着眼前的几十个人，王青贵熟悉连长的表情，每逢恶仗、大仗时，赵大发就是这种表情。看着连长这样，战士们自然神情肃穆，他们明白，一场你死我活的激战已近在眼前了。

赵大发瓮声瓮气地说：暂三军那帮狗杂种又来了，医院和主力正在转移，我们在这里只要坚持两个时辰，就算胜利。

说到这儿，和那几十双正望着他的目光交流了一下，然后又说：两个时辰，绝不能让那帮杂种前进一步，就是我们都拼光了，也要用鬼魂把那些杂种缠上。

王青贵那个排被安排上了主阵地，另外两个排分别在主阵地的两侧山头上，赵大发最后又补充道：什么时候撤出阵地，听我的号声，三长两短，然后我们在后山会合。

赵大发的身边站着司号员小德子，小德子背着一把铜号，铜号在夕阳下一闪一闪的，炫人眼目。号把手上系着一块红绸子，此时那块红绸红得似乎有些不真实。独立团的人，太熟悉小德子的号声了，每当冲锋、撤退，或起床、休息，都听着这号声的指挥，有了号声，部队就一往无前了。

王青贵带着全排仅剩下的十四个战士冲上主阵地时，西斜的太阳似乎也是那么一跳，天就暗了下来，血红的太阳在西边的山顶上只剩下月牙那么一弯了。

接下来，他们就看见了暂三军的队伍，分三路向这里奔来，骑马的骑马，跑步的跑步，他们的样子激动而又焦灼。

战斗就打响了，枪声刚开始还能听出个数，后来就响成了一片，像一阵风，又像一阵雷，总之天地间顿时混沌一片了。天黑了，敌人的迫击炮弹雨点似的落在了阵地上，他们刚开始没有掩体，树或者石头成了他们的工事，后来那些炮弹炸出的坑成了他们的掩体，王青贵从这个坑跳向那个坑，手里的枪冲敌人扫射着，他一边射击一边喊：打——给我狠狠地打。后来，他听不见机枪响了，他偏头去看时，机枪手胡大个子已经倒在那里不动了。他奔过去，推了胡大个子一下，结果就摸到一手黏糊糊的东西，他知道那是血，他管不了许多了，他要让机枪响起来，把敌人压下去。机枪在他的怀里就响起来了。阵地上每寸土地都是热的，就连空气都烫喉咙，机枪的枪身烫掉了他手里的一层皮，他的耳朵嗡嗡一片，只有爆炸声和枪声。王青贵杀红了眼，火光中他模糊地看见了敌人，有的在退，有的在往前冲，他把枪口扫过去，在这期间，他不知换了多少弹匣，两侧的阵地刚开始他还顾得上看一眼，那两边也是火光冲天，现在他已经顾不上别处了，眼里只有眼前的敌人。打呀，杀呀，不知过了多久，阵地一下子沉寂了，一点声音也没有了，只有他的机枪还在响着。他停了下来，侧耳静听，他的耳鼓仍嗡响成一团，那是大战一场的后遗症，他以前也遇到过，过一阵就会好的。

他喊：苗德水，小柳子……

没有人回答，死一样的沉寂。

烧焦的树枝噼啪有声地响着。

三长两短的军号声他仍没有听到，在战斗过程中，他没有听到，现在他仍然没有听到。

他又大喊着：江麻子，小潘，刘文东……

他挨个儿地把全排十几个人都喊了一遍，没有一个人回答他，刚才还枪声炮声不断的阵地，一下子死寂了，他有些怕，也有些慌。机枪手胡大个子牺牲了，这他知道，可那些人呢？难道撤退的军号已经吹响，他没有听到，别人都撤了？不可能呀，要是战士们听到了，不能不告诉他呀。

王青贵不知道此时的时间，此时静得似乎时间都停止了。他又喊了一遍全排人的名字，包括躺在他身边的胡大个子，一个人也没有回答，就连山下的敌人也没有了动静，他在心里大叫一声：不好——

他抱过那挺机枪，借着夜色向后山跑去，那里是连长赵大发要求队伍集合的地方。独立大队的人对这里的地形并不陌生，他们一直在这里和暂三军周旋，这里的每一条沟、每一道梁他们都熟悉，有许多战士的家就是附近村子里的。

他跑过一座山，又涉过一条河，在一片平地里，他发现了一个马队，他们吆五喝六地向前奔去。他明白这是暂三军的骑兵营，他们跑过的方向就是主力部队和野战医院撤走的方向。他心急如焚，他想把这一消息告诉连长赵大发，他们要抄近路把敌人截住。他一口气向后山跑去。黎明时分，他终于一口气跑到了后山。后山脚下的那几块石头还在，几天前他们在这里扎过营，烧过的灰烬还在，可连长他们人呢？这里和阵地一样的静，他喊了一声：连长，小德子……空空的山谷只有他的回声。他想：坏了，连长他们可能仍在阵地上坚守呢，我怎么就逃了呢？这么想过，他又向阵地奔去。

迷　失

当王青贵又一次回到阵地上时，他被眼前的景象吓呆了，阵地上一片狼藉，满目疮痍。刚发芽的绿草已经焦煳了，那些树也枝枝杈杈的焦煳一片，有的被炮弹炸飞了，有的被炸得东倒西歪。在一棵树下，他看见了老兵苗德水，他入伍的时候，苗德水就是个老兵了。苗老兵很少说话，总习惯眯着眼睛看人，没事的时候就蹲在一角闷头吸烟，没人能说清苗老兵的年龄，有人说他二十多岁，也有人说他三十多岁，当人问起苗老兵的年龄时，苗老兵就淡然一笑道：当兵的没有年龄，要是有人能记住俺的祭日，这辈子也就知足了。

此时的苗老兵半躺半卧着，他的右手握着一枚还没拉弦的手榴弹，右手就那么举着，他生前的最后一刻，想把手里这枚手榴弹扔出去，结果就中弹了。子弹从右太阳穴飞进来，又从左后脑飞出去，这是一发击中要害的子弹，死前的苗老兵还没有尝到痛苦的滋味，他的眼睛仍那么眯着，很淡漠地望着前方。

小柳子在苗老兵的不远处，他靠在一棵树上，头低着，似乎困了，要睡过去了，他的枪仍那么举着。王青贵奔过去，叫了声：柳子——去推他，他却仰身倒了下来，这时，王青贵才看清，小柳子胸上中了一排子弹，那血似乎还没有完全凝固，随着小柳子的仰倒，血从胸口又一涌一涌地冒了出来。小柳子是排里最小的兵，今年刚满十七岁，一年零三个月前入伍，经历过六次战斗，负过一次伤，那一次他的腿肚子被子弹钻了一个洞，在野战医院休养了二十多天，刚回到排里不久。

王青贵身上的鸡皮疙瘩起来了，昨晚阵地上还是那么生龙活虎的一群战士，转眼便远离他而去。阵地上静得出奇，只有被炮弹烧焦的树枝发出的轻微爆裂声。他茫然四顾，觉得这一切很不真实，恍如梦里。他轻唤着战士的名字：刘文东，小潘，江麻子……

他看见了江麻子，江麻子趴在一块石头上，仿佛累了，趴在那里睡觉，血却浸满了石头。枪还在他身下压着，刚射击出一发子弹，弹壳还没退出枪膛，他正准备把子弹上膛的瞬间被敌人的子弹击中了。全排加上他十五个人，有十四个人都已经牺牲了，他们或趴或躺，他们战斗到生命的最后一刻，他们临死之前，都是一副无惧无畏的样子。十四个战士就这么安息了，他们还和生前一样，似乎在等待着排长的召唤。此刻的他没有恐惧，也来不及去恐惧，那一瞬，他的思维凝固不动了。他茫然地向山下望去，敌人的阵地已是人去皆空，他们是打扫过战场走的。天亮的时候，那里还有浓重的血迹，此时敌人已经把那些尸体收走了。天地间静极了，有三两只麻雀惊慌地飞过来，又惊慌地飞走了。

王青贵想到了连长赵大发，连长就在左侧那个山头上，他想到连长便疯了似的向左侧的山头奔过去。阵地上如出一辙，他看到了那熟悉得不能再熟悉的红绸子，系在小德子那把军号上的红绸子。此时，那块红绸布有一半已经烧焦了，另一半挂在一个树枝上，不远处的地上，那把军号被炸成了几截，横陈在地上，一摊血深深地浸在泥土里。恍然之间，王青贵明白了，他一直等待的军号永远也不会吹响了，连长的队伍撤走了，连同伤员还有那些牺牲的战士。他们在哪儿？他来到右翼阵地，右翼阵地也是一样，除留下了一堆堆弹壳，还有烧焦的土地以及那一摊摊的血迹，这里也是空无一人。他们都撤走了，在什么样的情况下撤走的，他不知道，这永远是个谜了。那把没有吹响的军号，把这一切画上了句号。王青贵立在那里，有些伤心，他像一个被遗弃的孩子，孤零零地站在那里。他喊了，是突然喊出来的：连长，你们在哪儿呀——

空空的山谷回荡着他凄厉的嘶喊，没人回应，只有他自己的声音在一波又一波地回荡。

太阳已过中天，明晃晃地照耀着寂静的山谷和他。他回过神来，一摇一晃地向主阵地走去，那里是他的战场，那里还有他的战友，他不能扔下他们。这是活着的人的责任，他要把他们掩埋了，这是一个士兵对牺牲的战友的义务。他刚开始用手，后来就用炸断的枪托、刺刀，他一口气在山坡上挖出了十四个坑，把最后一个战友小潘放进去，又用沙土埋了后，天上的星星已经出来了。

他坐在十四个坟头前，大口地喘息着，一天中他滴水未进，心脏的跳动轰轰有声地撞击着耳鼓。刚开始他在喘息，待血液又重新回到大脑，他的意识恢复了，望着月影下那十四座新坟，一下子感到前所未有的孤单。从参军到现在，他早就习惯了和战友们在一起的日子，不论是行军还是打仗，就是睡觉他也闻惯了众人的汗臭味。现在这一切都不复存在了，只剩下孤零零的他。天空像锅底一样罩着他，他有些恐惧，昨天这时候他还和战友们在阵地上激战着。射击与呼喊，那证明着一个活蹦乱跳的生命的存在，现在一切都结束了，就剩下他一个人了，在这静寂的山上。他站了起来，然后他明白了，他要去寻找战友，只有和战友们在一起，他才是一个战士。第一次，他是那么渴望战友和组织，他抬起头看了一眼北斗星，向大部队撤退的方向走去。

寻　找

又一个黎明到来时，他又回到了后山——连长赵大发让他们集合的地方，这时他有了新的发现，山脚下多了十几座新坟。显然，连长他们到过了，在他离开后，他们来了。这十几座新坟可以证明，他们一定从战斗中撤出后带着这些烈士转移到这里，也有可能是刚开始受的伤，走到这里后才牺牲了。他站在这十几座坟前，有些后悔，如果自己坚持等下去，说不定就能见到连长这些人，可是他回去了。但转念一想，他回去得也没错，他不能扔下那帮兄弟，想起长眠在战场的十四个兄弟，泪水又一次流了下来。掩埋那些弟兄们时，他没有哭，和他们告别时他才哭出了声，两天前还有说有笑的那帮兄弟，永远地离开了他，阴阳相隔，从此就各走各的路了。王青贵是个老兵了，自从当兵到现在大小仗打过无数次了，可从来没有经历过这么惨烈的战斗，一次战斗让他所有的弟兄都阵亡了。他不怕死，从当兵那一天起他就做好了牺牲的准备，可自己死和别人死是两码事，一个人一分钟前还好好的，跟你有说有笑的，一发子弹飞来，这个人就没了，就在你的眼前，你的心灵不能不受到震撼，那是用钝刀子在割你的肉啊。他现在的心里不是怕，而是疼。

他站在那里，茫然四顾，他说不清楚这里埋着的是谁，他只能用目光在坟头上掠过，每掠过一个坟头，那些熟悉的面容都要在他眼前闪过一遍。突然，他的目光定格在最后一个坟头上，那里压着一张纸，纸在微风中抖动着，他走过去，拿起那张纸，确切地说那是一个纸条。那上面写着一行字：

同志们，往北走。任勤友

任勤友是一排长，这么说连长赵大发已经牺牲了，如果连长在的话，哪怕是他受伤了，这张纸条也应该是连长留下的。他握着那张纸条，这纸条果然是留给他的，他们三排在这之前一个人也没有撤出来。他把纸条揣在兜里，他不能把纸条上的秘密留给敌人，他要向北走，去追赶部队。

他站在那里，他要和弟兄们告别了。他举起了右手，泪水就涌了出来，他哽着声音喃喃地说：弟兄们、连长，王青贵向你们告别了，等打完仗我再来看你们。说完，他转过头，甩掉一串眼泪，踩着初春的山岗，一步一步地向北走去。

途经一个村落时，他才想已经两天没吃一口东西了，水是喝过的，是山里的泉水。看到了人间烟火，他才感到了饥饿。于是他向村子里走去，他进村子有两个意思，一是弄点吃的，二是问一问大部队的去向。他在村子外观察了一会儿，没发现异常的情况，就向村子里走过去，在一户院门虚掩的人家前，他停下了脚步。他冲里面喊：老乡，老乡。

过一会儿，一个拢着双手的汉子走出来，看了他一眼，显然汉子对他的装扮并不陌生，自然也没恐惧的意思，只是问：独立团的？

他点点头，汉子把门开大一些，让他走进去。汉子不等他说什么，就再次进屋，这回出来时手里多了两个玉米饼子，塞到他手上说：早晨那会儿，暂三军的人马刚过去，独立团是不是吃了败仗？

他没点头也没摇头，他说不清楚两天前那场战斗是失败还是胜利。连长让他们坚守两个时辰，他们足足打了大半宿，不是不想撤，是没捞着机会撤，敌人一轮又一轮地进攻，他们怎么敢撤？如果说这也算胜利的话，那留在阵地上那些战士呢？他无法作答，就问：听没听到独立团的消息？

汉子摇摇头，说：没看见，只听说和暂三军打了一仗，没见人影。你是和队伍走散了吧？

他谢过汉子，拿了两个饼子出来了。他又走到了山上，在山头上，他狼吞虎咽地把饼子吃光了。这会儿他才感到累和困，两天了，他不仅没吃东西，连眼皮也没合过一下。暂三军的人来过了，独立团的人却没来，那大部队撤到哪儿去了呢？他还没想清楚，就迷糊过去了。

夜半时分，他醒了，是被冻醒的。初春的夜晚还是寒冷的，他的上身仍穿着棉衣，为了行军打仗方便，他们都没有穿棉裤，而是穿着夹裤。冻醒的王青贵脑子已经清醒了。

这次暂三军对他们不依不饶的，看来独立团的处境已经很危险了。独立团的任务就是拖住暂三军，不让蒋介石把部队调到关外去。这一年多来，他们一直和暂三军周旋着。以前也有困难的时候，那时候团长张乐天有把部队调到山西的打算，可后来还是坚持下来了。这次好像不同以往，前些天独立团和暂三军打了一场遭遇战，独立团死伤过半，野战医院一下子住满了人。野战医院归军分区管，原打算是想把野战医院调走的。军分区的大队人马已经开赴山海关去了，这是上级的命令，独立团的人意识到，在东北要有一场大仗、恶仗了。那会儿，正是辽沈战役打响的前夕，敌我双方都在调兵遣将。野战医院因为伤员过多，暂时没有走成，这回只能和独立团一起东躲西藏了。

王青贵坐在山头上，背靠着一棵树，他说不清独立团撤到哪儿去了。没有独立团的消息，他只能打听敌人的消息了，敌人在闻着风地追赶独立团，说不定追上敌人，离大部队也就不远了。事不宜迟，他说走就走。走之前，他检查了一下怀里的枪，枪是短枪，还有六发子弹。阻击战一战，他们不仅打光了人，还拼光了所有的弹药。有六发子弹，让他心里多少踏实了一些。他望一眼北斗星的方向，又踏上了寻找队伍的征程。

他知道，要想寻找到部队，他不能一味地在安静的地方转悠。暂三军现在在穷追不舍地猛打损兵折将的独立团，只有战斗的地方，才会有大部队的身影。他追踪着部队，也在寻找着暂三军。

王青贵就这么走走停停，不时地打探着。第五天的时候，他来到了辛集村。刚开始他不知道这个村子叫辛集，知道辛集还是以后的事。那仍是一天的傍晚，太阳的大半个身子已经隐没到西边的山后了，他想找个老乡家休息一晚上，打听一下情况，明天天亮再走，这几天他都是这么过来的。他刚走进村口，看见一个老汉放羊回来，十几只羊和老汉一样的精瘦。他看见了老汉，老汉也看见了他，老汉怔了一下，他走上前，还没开口，老汉先说话了：你们怎么又回来了？

他惊喜地问：独立团来过了？

老汉答：上午你们不是在我家里讨过水吗？

他立在老汉眼前，焦急又渴望地说：我在寻找队伍，独立团现在在哪儿？

老汉看了他几眼，似乎在琢磨他的真实身份，半晌老汉才说：独立团是昨天半夜来的，驻扎在南山沟里。早晨到村里讨水，还在南山沟里吃了顿早饭，后来又慌慌张张地往西边去了，抬着上百号伤员。他们前脚刚走，暂三军的人就追过来了，好悬哟。

王青贵不想进村了，看来独立团离这里没多远，抬着那么多伤员，还有医院、后勤的全部家当，想必也不会走得太远。他要去追赶队伍，也许明天他就会追上了。这么想过，他放弃了进村休整的打算，谢过老汉，向西快步追去，几乎是在跑了。身后的老汉道：我估摸他们要进雁荡山了。他又一次转身冲老汉挥一下手。

一口气跑下去，前面出现了黑乎乎的一片山影，那就是雁荡山了。雁荡山对他来说并不陌生，以前独立大队休整时，曾来过雁荡山。这个夜晚，月明星稀，很适合赶路，因为队伍就在眼前，他的双腿就有了动力和方向。他正在走着，突然前方不远处传来了一阵密集的枪声，这是他离开辛集村一个时辰后发生的事。星星还没布满天空，似圆非圆的月亮悬在东天的一角。他狂乱的心和那枪声一样突突地跳着。他知道，自己的队伍就在枪响的方向，从枪声中判断，在前方不到二里路的地方，就是战场。他从腰间拔出了短枪，迂回着向前跑去。这会儿，他看清了交火的阵势，一个山头上有人在向下射击，山两边暂三军的队伍在向上爬。他看清了地形，从左后山的坡地上摸过去，这样他可以和自己的人会合，又能避开敌人。

当爬到半山腰时，他几乎都能看到战友们的身影了，他甚至还听到了战友们一边射击一边发出的吼声：打，狠狠地打——

他想来个百米冲刺，一下子跃到阵地上去，这时他发现有一队敌人悄悄地迂回到战友身后，向山头上摸了过来。伏击的战友们只一门心思射击正面的敌人，没想到他们的后面已经被敌人摸上来了。如果敌人得逞，只需一个冲锋，我方阵地就会被敌人冲击得七零八落。事不宜迟，他来不及细想，大喊了一声：敌人上来了——就连放了两枪。他看见一个敌人倒下了。敌人迅速向他射击，他靠着树的掩护向山下撤去。他的目的达到，战友们已经发现了身后的敌人，掉转枪口向敌人射去。他们一定惊奇，在他们的身后怎么会出现援军。王青贵知道，他不能和敌人纠缠在一起，他和敌人一同处在山坡上，战友分不清敌我，那样是很危险的。他只能先撤下来，再寻找机会和战友们会合。

敌人被发现了，战友的火力很快把他们压制下来，他们也在仓皇地后撤，这时敌人发现了王青贵。有几个敌人一边射击，一边追过来。子弹在他身前向后飞蹿着。他又向后打了两枪，他数着自己射出的子弹，已经四发了，还有两发，最后一定得留一发给自己，他就是死也不能让敌人抓作俘虏。他正往前奔跑着，突然大腿一热，他一头栽倒在地上。前面就是一条深沟，他顺势滚到了沟里。他负伤了，右大腿上有热热的血在往外流。

敌人并没有追过来，他就一个人，目标并不大，敌人也许以为他已经被打死了。身后的敌人又向独立团的阻击阵地摸去。王青贵有机会处理自己的伤口，他撕开衣服的一角，把伤口扎上。他躺在那里，听着不远处激烈的枪声，心里暗恨着自己，战友就在眼前，他现在却不能走到队伍中去。他懊悔万分，但是身不由己，因为失血，也因为疲累，那些枪声似乎变得遥远了。他失去了知觉。

不知过了多长时间，他被一阵密集的枪声又惊醒了，枪声似乎就在他的头上。他睁开眼睛，看见有人越过沟在往前奔跑。突围了，这是他的战友们，他打了个激灵，喊了声：同志，我在这儿——

枪声和奔跑的脚步声响成一片。他的呼喊太微弱了，没有人能听见他的喊声。他恨自己受伤的腿，如果腿不受伤，他说什么也会追上去，和战友们一起突围，现在他不能拖累战友，战友们也没时间来救他。

他先是看到战友们一个个越过深沟，不一会儿，又看见敌人一窝蜂似的越过去。渐渐地，枪声远了、稀了。

他不能在这里再待下去了，他顺着沟底向前爬去。有几次他试着站起来，结果都摔了下去，他只能往前爬。战友们远去了，他错失了和战友们重逢的机会。他要活下去，只有活着，他才有可能再去寻找战友。他艰难地向前爬着，月亮掠过他的头顶。又不知过了多久，他的眼前一黑，人再一次失去了知觉。

王青贵醒过来时，一老一少两个人站在他的面前，确切地说他是被一老一少的说话声惊醒的。他看那老汉似乎有些面熟，又一时想不起在哪里见过。那少的是个女孩，有十七八岁，咬着下唇，眉目清秀的样子。

老汉见他睁开眼睛，就说：你伤了，流了不少的血。

他想说点什么，喉咙里干得说不出话来。

老汉弯下身去，冲女孩说：快，把他扶起来。

女孩托着他的上半身，他坐了起来，双手却用不上劲儿。老汉和女孩合力把他扶到老汉的背上。老汉摇晃着站了起来，然后又冲女孩说：小兰，把羊赶回去，咱们走。

老汉驮着他，小兰赶着那十几只羊往回走，这时他才想起来，老汉就是昨晚见过的放羊老汉。

歇了几次，终于到了老汉家。他躺在炕上，腿上的血还在一点点地往外渗着。小兰在烧水，老汉在翻箱倒柜地找什么东西。老汉终于拿出一个纸包放在炕上，那是红药。打高桥的时候他也负伤了，他用过那种药。独立大队解放高桥，那是一场大战，那时他是班长，全班的战士最后也拼光了，只剩下一挺机枪、一个人，向水塔冲去。水塔是高桥的制高点，上面插着敌人的旗子。那上面守了很多敌人，一个班的人就是攻打那个水塔时牺牲的。最后他一人一枪地冲了上去，把敌人的旗子扯下来，挂上了一面红旗，最后他扶着旗杆，坚持了好一会儿，才一点点地倒下去。那次他身受好几处伤，好在都不致命。他在野战医院休养了一个多月。他抱着旗杆的瞬间被战地记者拍了下来后，发在了报纸上，题目就叫《英雄的旗帜》。高桥战斗中他荣立一等功，出院后被任命为独立团的尖刀排长。

老汉让他把红药吃了下去，又在他的伤口上涂了些药，这才抬起头长吁口气道：枪子儿飞了，要是留在身上那可就麻烦了。

枪伤是在大腿的内侧，子弹穿腿而出，伤了肉和筋脉。小兰为他煮了一碗粥，是小米粥，他坐不起来，也趴不下去，最后是小兰一勺一勺地喂给他。他心里一热，眼睛就红了，眼泪一点一滴地顺着眼角流出来。

老汉在埋头吸烟，深一口浅一口的。老汉见了他的泪光就说：小伙子，咱爷们儿也是缘分，没啥。我那大小子也去当兵了，走了三年了，说是入关了，到现在也没个信儿。

此刻，王青贵理解了老汉一家人的感情，事后他才知道，他所在的小村子叫辛集村。昨晚那场战斗，村里人都听到了枪炮声。老汉姓吴，吴老汉一大早是特地把羊赶到那儿去的，结果就发现了他。

在以后的日子里，老汉和小兰对他很好，白天老汉去放羊了，只有小兰侍候他，给他换药、做饭。他现在已经有力气坐起来了，没事的时候，小兰就和他说话。

小兰说：我哥也就像你这么大，他离开家那一年十九。

他看着小兰心里暖暖的，他想起了自己的家，很小的时候父亲就不在了，他和娘相依为命。娘是他参军那一年死的，娘得了一种病，总是喘，一口口地捯气儿。有天夜里，娘终于喘不动了，就那么离开了他。娘没了，他成了一个没有家的孩子，是小分队扩编他才当了兵。他从当兵到现在没回过老家，他的老家叫王家庄，一村子人大部分都姓王。家里没有牵挂，他回不回去也都是一样。

小兰这么对待他，让他想起了娘。他生病了，娘也是这么一口口地喂他。可娘还是去了，娘的喘病是爹死后得下的，他对爹没什么印象，只记得村后山上的那座坟头。每逢年节，娘总是带他去给爹上坟，爹是在他两岁那年得一场急病去的。娘死后，他把娘埋在了爹的身边。

小兰和他说话，他也和小兰说话，他从小兰嘴里知道，小兰的娘也是几年前得病死了，家里只剩下她和爹，靠十几只羊和山边的薄地为生。哥哥当兵后，她一直在想念哥哥，她和爹经常站在村口的路上，向远处张望。她和爹觉得说不定什么时候，哥哥就会回来。

王青贵又想起那天傍晚吴老汉在村口张望时的神情，他是在吴老汉的视线里一点点走近的。说不定最初的那一瞬，老汉错把他当成了自己的儿子。

几天之后，他的伤渐渐好了一些，但他还是不能下地，只能靠在墙上向窗外张望。

小兰就说：你放心，队伍会来找你的。

他心里清楚，队伍里没人知道他在这里，他只能自己去找队伍。

小兰有时坐在那儿和他一起望窗外，然后喃喃地说：我可想我哥了，不知他现在好不好。

小兰这么说时，眼睛里就有了泪水。

他想安慰小兰两句，又不知说什么，队伍上的事真是不好说。他想起阻击战，自己一个排，十四个兄弟都留在了那个山坡上。他现在又受伤躺在这里，他能说什么呢？

晚上，吴老汉回来后，和他并躺在炕上，有一搭无一搭地说部队上的事，吴老汉通过王青贵对部队的描述，想象着自己的儿子。这种心情，王青贵能够理解。

友谊或爱情

十几天以后，王青贵能拄着棍子走路了，他更多的时候是站在院子里向远方张望。这么多天，他在心里一直牵挂着部队，可部队的消息一点也没有。每天，吴老汉放羊回来，他都向吴老汉打探部队的消息，然而独立团却是音信皆无。辛集这个四面环山的小村庄，这些日子静得出奇。王青贵只能在心里牵挂着部队了。

经过这段时间的相处，王青贵已经融入吴老汉这个家了，小兰叫他哥哥。有天晚上，王青贵身边的吴老汉一直在炕上吸烟，王青贵知道老汉有话要说，就静静地等着。终于，吴老汉开口了，他说：小王，你觉得这个家好不好？

王青贵说：好，你就像我爹，小兰就像我亲妹妹。

王青贵自从来到这个家，一直对父女俩充满了感激。他知道，要不是父女俩，他早就活不到现在了。

吴老汉又说：我那儿子一走三年多，连个信儿都没有。

王青贵听到这儿心就沉一沉，他知道打仗意味着什么。

吴老汉还说：我老了，小兰是个姑娘，我这家就缺个能顶事儿的男人。

他意识到吴老汉的用意了，但他沉默着，不知如何作答。

半晌，吴老汉又说：小王，你觉得我们小兰咋样？

他说：好。

他只能用“好”来回答了，这么多天小兰对他就跟亲哥哥似的，不仅照顾他吃喝，还给他端屎端尿，小兰做这些时脸都是红的。他替小兰心疼，也为小兰心动。在这之前，他还没有这么近距离地和一个姑娘打交道。

吴老汉似乎鼓足了勇气说：我这个家你也了解，也就这样子，要是你不嫌弃，就留下别走了。

他半天没有说话，这些天来，他第一次感受到了家庭的温暖。这么多年东打西拼的，家的概念早就淡漠了，说实话，他真想停在这里就不走了，可独立团牵着他的心，他担心团长还有那些战友，独立团现在是最困难的时候，被暂三军追得到处跑，此时他不能离开部队，离开战友。以前他也想过，仗不能打一辈子，要是能活下来，不再打仗了，自己去干什么。答案是肯定的，那就是二亩地一头牛，回家过日子。现在仗还没有打完，那些战友不知身在何处，他怎么能留下来过日子呢？

他冲吴老汉说：不，我还要去找队伍。

吴老汉不再说什么，弄灭了烟，躺在那儿不动了。他知道吴老汉没睡着，他们各自想着心事，就那么静默着。

突然，吴老汉说：你是看不上俺家小兰？

他答：不。

吴老汉又说：那你看不上这个家？

他说：不，我是独立团的人，这时候我不能离开他们。

吴老汉不说什么，叹了口长气，翻转过身去。

辛集四周的山都绿了的时候，王青贵的伤彻底好了。那天他在院子里试着跳了两步，又蹦了两下，伤口处还隐隐有些疼，但已经没有大碍了，他觉得自己该走了。在那次吴老汉和他谈话过后，他提出要走，但那时他还得拄着棍子。

吴老汉一听就急了，急吼吼地道：说啥？你这样就想走，你是怕留下担着情分是不？别忘了，我儿子也是队伍的人，这点觉悟我还有。

从那以后，他没再提出走的事。

小兰还是那么细心地照料他，这些日子，小兰望着他的目光和眼神已经有了变化，小兰的目光水水地望着他，没说话先脸红了。他看到小兰这样，心里也一跳一跳的。

那天，他又站在院子里向远方张望。小兰在这之前，把他的军装拆洗了，他是穿着棉袄、夹裤来的，现在天暖了，这些已经穿不上了。小兰替他找出了哥哥的衣服，做完这些时的小兰，不知什么时候在他身边站下了。她也和他一同向远方张望着。

他能闻到小兰身上散发出的兰草一样的味道，半晌，小兰说：那天晚上，你和爹说的话我都听到了。

他回过身望着小兰，小兰红了脸，低下头，揉着自己的衣角。

他说：对不起。

她说：不怪你，你是队伍的人。

他看见有两滴泪顺着她的脸颊流了下来。

他的心疼了一下，一抽一抽的，眼睛也有些湿。他说：等不打仗了，我一定回来找你们。

小兰低着头回屋去了。那一刻，他的心七上八下的。

现在他的伤终于好了，在这春的日子里他要上路了。

那天，小兰起了个大早，烙了一摞饼，用一个包袱皮仔细地包了，这是带给他路上吃的。

吴老汉一直蹲在门口吸烟，轻一口重一口的。像以往一样，三个人吃完早饭，都明白他就要上路了。吴老汉说：我和小兰送送你，反正我也要去放羊。

三个人、十几只羊就离开了家，向山坡上走去。东西南北，他没有个目标，他说不清部队去哪儿了。一个月前，他亲眼看见部队向西走了，他决定首先向西走。三个人和羊默默地向前走，来到他受伤那条沟旁时，吴老汉停住了，用手往前一指道：往前走是雁荡山了。

他也立住脚，小兰把那包袱递给他，他接过来，手里感到了饼的温热。他不知说什么好，三个人都望着别处。

他终于说：等我找到部队，不打仗了，我就回家。

他说完这话时，泪水已经出来了，他向吴老汉和小兰敬了个礼，转过身，大步向前走去。

走了很远，他回身去望时，吴老汉和小兰仍在那里伫立着，在他的视线里，只是一团模糊的影子了。他的泪水又一次涌出，心里暗自说道：只要我还活着，我会回来的。

留 守 处

王青贵又走了许多村庄和山梁，以前独立团经常活动的地方他都找遍了，没有一点关于独立团的消息。他也问过许多人，那些人也说好久没有见到独立团的人了，就连暂三军也消失得无影无踪。他从春天一直找到秋天，山上的树叶绿了又黄了。

在这期间，东北和华北战场上发生了许多变化。辽沈战役已经结束，平津战役也已接近尾声，天津解放后，北平也和平解放了。最后，王青贵找到了县委，以前他在县委开过会，也送过通知，暂三军在的时候，县委也一直在打游击，这个村子里驻一阵，那个村子里停一下。最后，他想到了县委，在好心人的指点下，他在一个镇子里找到了县委，接见他的是位书记，姓周。当得知他在寻找独立团时，姓周的书记吃惊地睁大眼睛，上上下下地把他打量了好半天，他就说出了自己的姓名和掉队的原因。周书记叹口气道：独立团半年前就被整编了。

这时他才知道，不仅独立团被整编了，许多地方军都被整编了。暂三军也被蒋介石的部队征调去参加了平津战役。独立团已经被正规军整编了，现在是什么编号，驻扎在哪里，县委也不清楚。最后周书记还是告诉他，地方军有个留守处在省城，到那里去问问，也许能打听到独立团的消息。

王青贵步行了十几天，终于来到了省城。省城早就解放了，到处都是自由的人们，墙上贴满了红色的标语。

他走走问问，终于在一个胡同里看见了留守处的牌子，全称是：地方军改编留守处。他推开留守处的大门时，发现里面并没有多少人，一个戴眼镜的清瘦男子用疑惑的目光把他迎了进来。那人问他有什么事，他说要找独立团。戴眼镜同志又上上下下地把他打量了一遍，他看出对方的怀疑，就又一次把自己掉队的经过讲了一遍。戴眼镜同志吁了口气，从抽屉里拿出一个本子，在上面找了半天才说：你们原来那个团被整编到一八二师了。

他似乎看到了一线曙光，迫不及待地问道：一八二师现在在哪儿呢？我要去找他们。

戴眼镜同志摇了摇头说：这是机密，部队上的事我们就不清楚了，听说部队又要南下了。

在留守处他还算有收获，他知道独立团现在属于一八二师了。有了这样一个番号，他就有可能找到独立团了。

他又一次来到街上，这才发现大街上有许多军人，他们唱着歌，列着队，在向一个地方行进。也有一部分军人，在一块空地上练习刺杀、格斗，场面热火朝天。直到这时他才意识到，自己的军装和眼前这些军人的服装有很大的不同。他在独立团时穿的是灰布衣服，现在的军装都是土黄色的，不少军人都很怪异地看着他。他在众人的注视下，感到有些脸红。在一列军人的队伍里，他看见一个首长模样的人，他立即上前，敬了个军礼道：首长同志，我想问一下一八二师在哪里。

那位首长就把他打量一下，说：不知道，我们这是七十三师。

那位首长又要走，他扯住首长的衣袖道：首长告诉我吧，我是独立团的人，独立团整编到一八二师了，我要找自己的队伍。

首长似乎认真了一些，又道：我真的不知道，部队布防是军事机密，一八二师可能在南面，我们不是一个军的，对不起。

那位首长说完，转身就走了。

他站在那里，看着远去的队伍，心里突然感到很孤独。以前他在寻找队伍时，一直有个念想，那就是不论早晚一定能找到自己的队伍，现在队伍就在眼前，可却不是自己的队伍，也没人认识他。他不甘心，他要找这支队伍中官最大的首长，首长肯定知道一八二师在什么地方。

打听了好久，又走了好久，他终于找到了军部的办公地点。门口有卫兵，不停地给进出办事的首长敬礼，他走过去，卫兵拦住了他，客气地问：你是哪部分的，有什么事？

他说：我是独立团的，找你们军长。

卫兵说：独立团的？没听说过。你找我们军长干什么？我们军长很忙。

他说：我就问一下一八二师在什么地方，问完我就出来。

说完就要往里走，卫兵拦他，他不听，他迫切地想知道一八二师目前在什么地方。卫兵就强行把他拉住了，他和卫兵撕扯在一起。这时，一位首长走出来，喝了一声：干什么呢？

卫兵住了手，忙向首长敬礼道：军长，这个人要找你，说是独立团的，我没听说过。

他也看见了这军长，军长长得很黑，面目却和善。他跑过去，向军长敬礼道：报告首长，我是独立团五连三排排长王青贵。

军长就仔细地把他打量了一番，似乎军长也没有听过独立团这个称谓，于是他又简短地把自己掉队、找队伍的经过讲了一遍。军长似乎听明白了，然后皱了皱眉头说：你说的一八二师是南下先遣部队，他们已经出发十几天了。

他似乎又一次看到了希望，急切地追问道：那他们现在在哪儿？

军长摇摇头，说：只有他们的军长知道。

那他们的军部在哪儿？他不甘心地问下去。

军长又道：他们军都出发了，具体位置我也不清楚。

军长说完转身要往院子里走，走了两步又停下道：小同志，我劝你别找了，找也找不到，等解放全中国了，部队还会回来的，到那时你再找吧。现在正是打仗的时候，部队一天一个地方。

军长的话他记在了心上，军长说的是实话，别说一八二师，就是他们独立团在县里那么个地方他都找不到，何况部队又南下了。想到这儿，他也只能等待了，决定等待的瞬间他的眼泪流了下来。

等　待

王青贵回来后去的地方，是埋着十四个战友的昔日战场。十四座坟静静地立在那里，坟上长满了青草。他在“战友”跟前坐下，望着那十四座坟，时光似乎又回到了阻击战前。十四位战友并排立在他的面前，等待着任务，苗德水、小柳子、江麻子、小潘、刘文东、胡大个子……一个个熟悉的面容，又依稀地在他眼前闪过。终于，他喑哑着声音冲他们说：我回来了，回来看你们来啦。

这时，他的心口一热，鼻子有些发酸，又哽着声音说：咱们独立团整编到一八二师了，队伍南下了，等队伍回来，我领他们来看你们。

说完，泪就流了下来，点点滴滴地弄湿了他的衣襟。他举起右手，给十四个战友长久地敬了个军礼。

秋天的阳光很好，静静地流泻下来，坟上泛着最后一抹绿意。他望着这十四个战友，一时有些恍惚，这么多年独立团就是他们的家，现在“家”没了，他一时不知往何处去。在这之前，他一直把寻找独立团作为目标，步伐坚定，义无反顾，可现在他的方向呢？他不知要到何处去。

告别十四个战友后，他的脚步飘忽游移，不知走了多久，当他驻足在一个村口时，他才发现，这就是他离别多年的家。曾经的两间小草屋已经不在了，那里长满了荒草，几只叫不上名的秋虫在荒草中，发出最后的鸣叫。他的出现引来许多村人的目光，他离家参军，当时半大的娃娃现在已经长成大小伙子了，他们不认识他，他也不认识他们。他想在人群中寻找到熟悉的面容，于是他看到了于三爹，他参军走时，于三爹还在自家锅里给他烙过两个饼子。此时的于三爹老了，用昏花的双眼打量着他，他叫了一声：于三爹——便走过去。于三爹茫然地望着他，他说：于三爹，我是小贵呀。

于三爹的目光一惊，揉了揉眼睛说：你是小贵，那个参军的小贵？

于三爹握住了他的手，终于认出了他，就问：你咋回来了，独立团呢？

他就把说了无数遍的话又冲于三爹说了一遍。

于三爹就说：这么说，你现在没地方去了？你家的老房子早倒了，要是你不嫌弃，就住到我家去。

他住不下，走回到村子里他才明白，他就是回来看一看，自从参军他就没回过一次家。他现在的家在哪儿，他自己也说不清楚。当他出现在后山的爹娘坟前时，他才意识到，这里已经没有他的家了。他跪在爹娘的坟前，颤着声叫：爹，娘，小贵来看你们了。

想到自己的处境，想到自己早逝的爹娘，他的泪水又一次涌了出来。

半晌，他抬起头又道：爹，娘，小贵不是个逃兵，我在等队伍，我还要跟着队伍走，那里才是我的家。

他冲爹娘磕了三个头，他站起身来的时候，夕阳正铺天迎面而来。这时他的心里很宁静，一个决心已下了。他要去看望那些牺牲了的战友的爹娘，把战友的消息告诉他们的家人和地方政府，他要为他们做些什么。组织上的程序他是知道的，在独立团时，每次有战友阵亡，上级都会做一个统计，然后部队出具一张证明，证明上写着某某在何时何地的某某战斗中阵亡，然后由组织交给烈士家乡的政府，地方政府又会给死者家属送去一份烈士证书，那是证明一名士兵的最终结果。

那场阻击战后，他们和大部队失去了联系，他是他们的排长，他是活着的人，他要为战友们把烈士的后事做好。王青贵有了目标，他的步伐又一次坚定起来。排里的战士们的家庭住址，他早就牢记在心了，记住每个战士的地址是他的工作。

他第一个来到的是苗德水的老家，他先到了区上，接待他的是位副区长，副区长听说他是部队上的同志，对他很热情，又是握手又是倒水的。他把苗德水的情况告诉了副区长，副区长低下头，半晌才道：这回我们区又多了一个烈士。

然后副区长就望着他，他明白了，抱歉地说：我和队伍也失去了联系，部队没法开证明，我是苗德水烈士生前的排长，我可以写证明。

副区长抓头，很为难的样子道：这种事第一次遇到，我不好做主，我请示请示。

说完副区长走了出去，不一会儿又回来了，这回来了好几位领导，他们没问苗德水的事，而是开始盘问他何时当兵，独立团的团长、政委是谁，经历过什么战斗等等。

王青贵知道人家是在怀疑他呢，他就把自己的经历，还有那次最后的阻击战和寻找队伍的经过又说了一遍。

几位区领导对他很客气，但也说了自己工作上的难处，以前烈士都是先由部队组织来证明，然后才转到地方。苗德水是烈士，可王青贵却拿不出证明，他不仅无法证明苗德水，就连他自己也证明不了。他拿不出任何能证明自己身份的证据，唯一能证明他身份的就是在独立团时穿着的那身军装，此时那套军装就在他随身的包袱里，可这又能证明什么呢？任何人都可以弄到这身衣服。

离开队伍的他，如同一粒离开泥土的种子，不能生根，也不能发芽。几位区领导看出了他的失望，便安慰他：王同志，咱们一起等吧，等队伍回来了，开一张证明，我们一起敲锣打鼓地把烈士证给苗德水烈士的父母送回家去。

看来也只能如此，区领导留他住一日，他谢绝了。他要到苗德水家看一看，他知道苗德水爹娘身体不太好，爹有哮喘病。他打听着走进苗德水家时，发现家里很静，似乎没什么人。当他推开里屋门时，才发现床上有个声音在问：谁呀？

他立在那里，他看见了一个瞎眼婆婆在床上摸索着，这一准儿就是苗德水的娘了。苗德水的娘试探着问：是德水回来了吗？娘在这儿，是德水吗？

他心里一热，想奔过去叫一声“娘”，可他不能这样开口，他走上前轻声地说：大婶，我不是德水，我是德水的战友，我姓王，我替德水来看你了。

德水娘一把拉住他，似乎拉着的是自己的儿子，她用手摸他的脸，又摸他的肩，然后问：你不是德水，俺家的德水呢？

他想把真实情况说出来，可话到嘴边又停住了，他无法把苗德水牺牲的事说出来，他不忍心，也不能，半晌才说：大婶，德水随部队南下了。

德水娘说：南下了，我说嘛，这一年多没有德水的消息了，他南下了。他还好吧，他是胖了还是瘦了，他受没受过伤……

德水娘一连串的询问，让王青贵无法作答，他只能说自己掉队挺长时间了，最近的情况他也不清楚。

德水娘又流泪了，刚刚才有的一点惊喜一下子又被担心替代了。正在这时，门吱呀响了一声，德水的爹回来了。他一进门就靠在墙上喘，半晌才说出：你是队伍上的人？

王青贵把刚才对德水娘说的话又讲了一遍，德水爹勾下头半晌才说：等队伍回来了，你告诉德水，让他无论如何回家一趟。德水一年多没有消息了，他娘天天念叨，眼睛都哭瞎了。

王青贵本想把战友牺牲的消息告诉他们的亲人，可他此时无论如何也张不了口。他不知道说什么，也不知道该怎么说，他只能在心里流泪，为战友，为战友的父母。他本想把自己那个排十四个战友的家都走一趟，到了苗德水的家后他改变了最初的想法。他不忍心欺骗他们的父母，但也不忍心把真相告诉他们。一切就等着部队回来再通知他们，也许一纸烈士证书会安慰他们。在这段时间，给烈士的父母一点美好的念想，让他们在想象中思念自己的儿子，等待奇迹的出现。他心情沉重地离开了苗德水的家。

王青贵感到前所未有的茫然和沉重。他不知往何处去，他只有等待，等待队伍回来的日子。

守　望

当白雪又一次覆盖了十四座坟的时候，王青贵来了。这次来他就不准备走了，他在等待队伍的日子里，不论走到哪里都感到孤独，眼前总是闪现出以前在部队的日子，以及排里那些战友熟悉的面孔，他觉得他们一直活着，活在他的心里和记忆的深处。

他砍了一些树木，在山坡上搭了一个木屋。木屋离那十四座坟只有几十米，他想把木屋离那十几座坟更近一些，可是坡太陡了。以后，他就在木屋里住了下来。

白天的时候，他大部分时间在那坟冢间走来走去，这个坟前坐一会儿，那个坟前又坐一会儿。坐下了，他说：小潘，跟排长唠唠，想家吗？现在咱们部队南下了，等部队回来，给你出份烈士证明，我亲自给你送家去。

他说这话时慢声细气，仿佛怕惊吓了战友。他又换了一座坟，冲那坟说：小柳子，咋样，还哭鼻子不？你那小样儿想起来就好笑。记得你刚来排里那会儿，第一次参加战斗，吓得都尿了裤子，抱着枪冲天上射击，我踢了你，你还怪俺吗？

有时他把话说出声，有时也在心里说，不论怎么说，他觉得战友们都会听得到，然后他就一遍遍在心里说：等队伍回来了，我就带着团长和战友们来看你们。团长多好哇，把咱们当成亲兄弟，他知道你们都在这儿牺牲了，再也不能跟着他东打西杀了，一准儿会哭出来。想到这儿，他的眼睛里也是热热的。

王青贵和团长张乐天的关系非同一般。刚当兵那会儿，他的个子还没有枪高，团长捏着他的耳朵看了半晌，笑着说：这娃娃小了点，打仗都拿不动枪，就给我当通信员吧。从那以后他就成了团长的影子，就是晚上睡觉，他也是和团长在一个被窝里滚。团长爱吃炒黄豆，那时行军打仗的也没啥好嚼谷，每个人的干粮袋里装的都是炒黄豆，炒黄豆吃多了，人就不停地放屁。那会儿，他比赛似的和团长一起放屁，团长一个，他也来一个，两人就你看我、我看你地哈哈大笑。团长后来不笑了，就说：小贵子，等革命胜利了，咱们天天吃猪肉，肥肉片让你吃个够，到时你放屁都是一股大油味儿。团长的话就让他的肚子一阵咕咕乱响。

还有一次打仗，那时他打仗一点经验也没有，就知道瞎跑瞎蹿。有一次，他跟团长去阵地检查，他听到炮弹声打着呼哨传来，越来越近，他还傻站在那儿，仰起头去找炮弹。团长一下子把他扑倒，把他压在身下，两人刚趴下，炸弹就在离他们不到五米远的地方爆炸了。是团长救了他一命。后来，他学会了打仗，他不仅学会了听炮弹，还能听枪子，听枪子的声音就知道子弹离他有多远。从那以后，他不仅当通信员，还给团长当了上警卫员，很多时候，都是他提醒团长躲过了炮弹和子弹，不久，团长就拍着他的肩膀说：小贵子，你行了。后来他就下到连队当上了一名班长。又是不久，著名的解放高桥的战斗打响了，他们和野战部队一起参加了战斗，最后是他把红旗插到了高桥的制高点——水塔上。那次他立了大功，团长高兴，全团的人都高兴，他成了解放高桥的英雄，后来他就当上了排长……

和战友们在一起的日子是快乐的，他思念战友，思念团长。

夜晚，他望着满天繁星就在心里一遍遍呼喊着：团长，你们在哪儿呀，小贵子想你们呀。

他每十天半月的，就要到区里去一趟，一是打听部队的消息，二是在那里领一些口粮。他来这里和战友们住在一起时，曾到区里去过一趟，他把对战友们的感情说了，也说了自己的打算，区长也是部队下来的，因为受伤后不适合在部队工作了，就回到区里工作。区长很理解他，握着他的手说：你去吧，有困难就来找我。

他每次去区里，区长都会给他解决十天半月的口粮。区长也把部队的最新消息告诉他。区长陆续对他说淮海战役打响了，部队胜利了，部队过了长江，部队还要往南挺进……

每次的消息都让他振奋，快了，全中国就要解放了，一八二师就该回来了。到那时他就会见到战友们和团长了，那也是他归队的日子，和那么多的战友们在一起，该是多么幸福啊。

他每次从区里回来，都不失时机地把部队的最新消息告诉他的那些战友。他站在坟前，仿佛面对着队列中的战士，这时他才惊奇地发现，十四个战友在他身边分成两排，很整齐。他掩埋战友时没顾上那么多，只是拼命地挖坑，然后把他们一一放进去。那时，他一心想着去追赶队伍。

他站在那里就说：同志们，全中国就要解放了，咱们的队伍就要回来了。到时候我让团长在你们坟前放鞭炮，咱们一起热闹热闹。

说这话时，他仿佛等来了那样的日子，他的眼角挂着泪花。

那些日子，他整夜整夜地睡不着，他站在山坡上，抻长脖子向南边张望，他的眼前是墨一般的夜空，视线的尽头是一层层的山。他的目光似乎穿过了夜空，穿过了山峦，一直通向南方——那里有热火朝天战斗的战友。他盼着天明，盼望着时间快点过去，盼望着战友们早日归来。

一八二师

南下的部队陆续回来了，在这期间新中国发生了许多大事，毛泽东站在北京的天安门城楼上向世界宣布：中华人民共和国成立了。百万雄师打过了长江，后来又解放了海南岛，大陆已经全部解放了，周边地区还有零星的剿匪战斗，那只是时间早晚的问题。

王青贵找到一八二师驻地的时候，一八二师到处喜气洋洋，他们没有固定的营房，在山脚边搭了一座座帐篷。是卫兵把他带到师长面前的，师长姓唐，红脸庞，说话粗声大气的。他一见到师长，眼圈就红了，仿佛见到了久别的亲人。他说明了来意，师长就和他握手，又让人给他倒水，接着就命人拿出全师的花名册来。

他先说出团长张乐天的名字，唐师长摇摇头道：张乐天这人我听说过，他在整编到我们一八二师之前就牺牲了。

他怔在那里，团长牺牲了他却不知道，那么好的一个人再也见不到了，这时他又想到了那十四个兄弟。

接着他又提到赵大发，他的连长。唐师长摇摇头，看来赵大发连长也牺牲了。

他又想起了二连长孔虎，还有三连长刘庆，他们也都是独立团的“老人”了，他参军的时候他们还都是班长。

唐师长翻出阵亡人员名单，二连长孔虎在解放苏北战役中牺牲了，三连长刘庆渡江时被炮弹炸沉了船，人牺牲在了江里。

他一个个地回忆着，唐师长一个个地寻找着，唐师长的手一直没有离开那本阵亡人员名单。他把独立团的那些人都想了个遍，结果他们都没有回来。

他一脸的惊慌和茫然，唐师长的表情也凝重起来，唐师长说：要革命就要有牺牲，现在一八二师的官兵已经换过几茬儿了。

也就是说，整编过去的独立团那些人，没有一个人能够回来。王青贵又想到了那场阻击战，全排的人只有他一个人活着。这就是战争，胜利是靠鲜血换来的。

这一次，一八二师自然无法证明什么，他只能证明在这之前，独立团归地方的县委管。如果独立团还有人活着，那结果就另当别论了。

他呆呆地坐在那里，他本以为找到一八二师就找到了自己的家，没想到的是一八二师找到了，却已是物是人非，那些熟悉的战友再也不能回来了。他为那些牺牲的战友难过，对那些不能证明自己身份又已经牺牲的战友，他更加感到悲哀。他们牺牲了，却没有人能够去证明他们。

王青贵又一次流泪了，唐师长的眼圈也红了，唐师长握住他的手真诚地说：你还是到县里找一找吧，也许他们能证明你们，我们这里确实没有整编前的独立团任何情况。

还能说什么呢，一八二师有他们的组织，他们有自己的规定，他不认识唐师长，也没在一八二师待过一天，人家凭什么给你证明，又怎么证明呢？

当告别一八二师时，他的心里很空，无着无落的。他满怀希望地来，这些年他一直在有念想的期待中一天天地熬过来，现在念想没了。他不知道怎么走回去，回去了又怎么和战友们交代。

没有人能够证明他，他不能得到证明，就无法证明那些牺牲在阻击战中的战友。这就像一个连环扣，扣子在他这里打了个死结，这里无法打开，后面的扣子便也成了死结。

在一八二师那里得到的消息，给王青贵带来了强烈的震撼——他熟悉的战友们都牺牲了，只有他一个人还活着。和这些牺牲的战友相比他是幸运的，可这种幸运让他生不如死。不能帮助那些牺牲的战友做出证明，那他活着还有什么意义。

一时间，他不知该往何处去。来一八二师之前，他是满怀一腔热血和希望，想象着战友重逢的场面，他们一起回忆一起缅怀，不仅自己的身份能证明了，战友们也能安息了。他从此就有家了，他会成为一八二师的一员，有了归宿的生活是踏实的。

然而，现在的一切让他又回到了起点，一切努力与等待都失败了，他的念想瞬间化为了泡影。

这时他想到了山坡上的那十四座坟，还有那间小木屋。他离开战友时，已经和他们许了愿，他冲着战友们说：咱们的队伍回来了，我找咱们的亲人去，到时候我们一起回来看你们，你们也该安息了。

现在那些战友们还能安息吗？他又有何颜面去见那些无法安息的战友呢？

他自己这么活着，又有什么意义和价值呢？他不知何去何从，几天的路程他走得迷迷糊糊，分不清东西南北，当他清楚过来的时候，他惊讶地发现，自己不知为何走到了辛集村。走到这里，他才想起吴老汉和小兰。

小兰就站在自家门前看着从村路上走来的他，她似乎不相信自己的眼睛了，就那么呆呆地望着他。

结　婚

王青贵自己也说不清楚为什么会来到辛集村，直到看见了小兰，他才从恍怔中醒悟过来。他和小兰呆呆地对望着，他看到了小兰眼里的泪光。他张开嘴，想说句什么，却觉得自己一点气力也没有了，他看到小兰时有想哭的感觉。小兰上前一步，一下子把他抱住了，他就软软地倒在了小兰的怀里。

那一次，他在吴老汉家里一连昏睡了三天，他发着高烧，不停地喊：苗德水、小柳子、刘文东……我对不住你们呀，咱们独立团的人一个也没有了……

当然，这都是他醒来后小兰告诉他的。他醒过来时，发现小兰家的墙上多了一张烈士证，那是小兰哥哥的。

他似乎又看到吴老汉和小兰望着村口的身影，他们痴痴地望，痴痴地等，没有等来亲人，却等来了那张烈士证。

小兰后来告诉他，哥哥等不回来了，她就开始等他，像等哥哥一样。吴老汉就劝她，不让她再等了，她坚信他会回来，因为走前他说过，等找到队伍就回来。现在全国都解放了，他也找到队伍了，也该来了，果然他就回来了。

一转眼，他已经离开这里三年了，三年来他一直在盼着部队回来，有时也会在心底里想起小兰一家，那只是一个闪念，那时他觉得自己还是部队上的人，等部队回来了，他又会回到部队上去。直到这时，他才意识到这么多年过去了，他心里已经把吴老汉一家当成自己的亲人了。

这是他心里最后一道防线了。

他别无选择地和小兰结婚了，这一年他二十五岁，小兰二十岁。结婚后，他就和小兰一家过上了普通人的日子。

白天，他们下地种田，他一边干着活，一边会恍怔，他觉得眼前的一切太不真实了，如同在梦里。他望着山山梁梁，似乎又回到了队伍里，他们在山上打游击，那些日子是艰苦的，又是兴奋的。

晚上，和小兰回到家里，看到小兰在他眼前转来转去，他一时不知身在何处。夜半一觉醒来，看一眼身边的小兰，他又掐了一把自己的大腿，才相信这一切都是真的。然后，他就再也睡不着了，呆呆地望着窗外。他又想起那些死去的战友，他们并排躺在山坡上，孤苦无依。

有时在睡梦里，他又见到了苗德水、胡大个子、小潘……他们跟生前一样，站在他的面前，一遍遍地说：排长，我们想你呀。

他一抖，醒了，脸上凉凉的，全是泪。躺在他身边的小兰也醒了，伸手搂住他，发现他哭了。她不说什么，在暗夜里就那么幽幽地望着他。

有时，他就问道：我是掉队的，你信俺吗？

小兰就点点头，说：你受伤了，我亲眼看到的。

他又说：我找部队了，没有找到。

小兰又点点头。

他还说：我不是个逃兵。

小兰还是点头。

半晌，他又道：可我这么不明不白的，别人会以为我是逃兵。

小兰又一次搂紧他道：别人是别人，反正我知道你不是。

他为了小兰的理解，拥紧了她。

更多的时候，他会望着墙上小兰哥哥那张烈士证发呆。那是小兰哥哥身份的证明，不仅如此，他们家的大门上还挂着“烈士之家”的木牌。他真羡慕那张证明，他想到那次去苗德水家的情景，儿子牺牲了，他们一家人却什么也没得到；他们天天盼望儿子回来，可儿子却永远也回不去了。没有人能够通知他们，他们一家人也就不明不白地等待着。想到这些，他心里就针扎一样难受。他寝食难安，他清楚那么多战友都死了，就连团长都牺牲了，他却活了下来，因为那场阻击战，因为自己的掉队。他应该庆幸自己不仅活着，还和小兰结婚，有了家，他也认为自己够幸运的了，可他心里就是踏实不下来。睁眼闭眼的，都是以前的景象，要么和战友们行军，要么是打仗……总之，部队上的事情在他脑子里挥之不去。

那年秋天，他料理完农活后，对小兰说想外出走走。小兰没拦他，又给他烙了一摞饼，让他热热地带在了身上。他没有到别处去，又来到了十四位战友长眠的那个山坡。

夕阳西斜，他坐在山坡上，望着坟头上长满的荒草，流泪了，他喃喃地说：胡大个子、苗德水、小潘……排长看你们来了。

说完这句话，他的心就静了下来，他挨个儿地在每一座坟前坐一会儿，说上几句话，还和他们生前一样，望着说着，天就暗了下来。他点了支烟，坐在战友们中间，一口又一口地吸着。他已经把部队回来的消息告诉战友们了，也把团长和战友们相继牺牲的消息说了，说完了，他就那么静静地望着西天。那里有星星，三颗两颗远远地闪着。

他又说：独立团的人就我一个还活着了，你们可以做证，我不是个逃兵。

那间小木屋还在，他又来到小木屋里躺下，不一会儿就睡着了，他睡得前所未有的踏实。第二天，是鸟鸣声让他醒了过来，他一睁眼就望到了山坡上的战友，他在心里说：伙计们，我在这儿呢。

那一刻，他想：以后就住这儿了，再不走了，这儿就是我的家了。

这么想完，他心里一下子豁然开朗，眼前的世界一下子变得可爱起来。

踏　实

他做出这一决定后，回了一趟辛集村。他把自己的想法对吴老汉和小兰说了，小兰似乎猜到了他的心思，一点也不觉得意外，就那么望着远方，就像当初她望着他一步步地走来。吴老汉没说什么，蹲在墙角一口口地吸烟，烟雾把吴老汉的身体都罩住了。

结婚这么长时间，你一天也没有踏实过。爹是不会去的，他都在这里生活一辈子了。你先走吧，等给爹送完终，我就去找你。

他听完小兰的话，默默地流泪，为了小兰这份理解。从认识小兰那天起，他就认定小兰是个好人。

他独自一人回到小木屋里。山脚下有一片荒地，他早就看好了那块地，他要开荒种地，自食其力，以后这里就是他的家。

不久，著名的抗美援朝战争又打响了，部队又开赴前线了。那些日子，他长时间地蹲在山头上，向远方凝望。他知道在他目力不及的某片天空下，部队正在进行着艰苦的战斗，有胜利也有失败，有流血也有牺牲。望着、想着、念着，他就对山坡上的战友说：咱们的部队又开走了，这次是去朝鲜，是和美国鬼子打仗去了。那是咱们的部队……

现在他一直把一八二师当成自己的部队，独立团的人没了，可独立团的魂还在，那些阵亡士兵的名录上还记载着独立团的人。自从把一八二师当成自己的部队，一想起一八二师，那些熟悉的人便又活灵活现地在他的面前闪现，以前那些激情岁月就成了他美好的回忆。

秋天到了，他开荒的地有了收获，他又把那间小木屋翻盖一新。木屋还是木屋，比以前大了，也亮堂了许多，他等着小兰来过日子。后来，他又跑到八里外的小村里要了一只狗，黑色的皮毛溜光水滑，只有四个爪子带一圈白。一个人，一只狗，他们在山坡上守望着。守着那十四座坟，望着远山近云。有时，他和战友说话，有时也和狗说话，说着唠着的就有了日子，有了念想。

又过了不久，地方组织来了一些人，他们是来看那十四座坟的，又问了他许多情况，他就把当年阻击战的前前后后又说了一遍，组织上的人认真地记录了下来，包括那些牺牲战士的名字，当然也问了一些他的情况。组织上的人留下话，让他找原部队上的人，把他的情况进行说明，组织好给他一个名分，也好对他进行一些照顾。

组织上的人走后，他就又想到了一八二师，还有长睡在那本烈士花名册里的名字，他自己肯定无法得到证明了。他觉得证明不证明自己无所谓，重要的是那些烈士们，他们在这里默默地躺了几年了，他们的亲人已经望眼欲穿了。

果然，又是没多久，组织上在这座山上立了块碑，是烈士纪念碑，碑上写着烈士的事迹和他们的名字。组织上的人对他说，这些烈士的家人都会得到名分和照顾，同时又催他到部队上去找人证明自己。

从此，在山坡上他的目光中就多了一块碑，他悬着的心终于落下了，他为烈士们感到欣慰。望着想着，思绪又回到了那场阻击战打响的那个傍晚，太阳血红血红的，他和战友们列队站在山上，听着风声在耳旁吹过。此刻也是傍晚，那时站在他身边的是十四条活蹦乱跳的生命，现在他们却躺在他的眼前。一想起这些，他就感到惭愧，为自己还活着。

日　子

那天，他坐在木屋的门前，望着通往山下的那条小路。小路是他踩出来的，还有那只狗，他们上山下山，山下是他开垦过的庄稼地。每年的清明节，政府会有人来给烈士们献花，花儿摆在纪念碑前，很新鲜的样子。政府的领导每次都会和他说会儿话，来时握手，走时也握手，他向领导们敬礼，来了敬，走了也敬，然后目送着领导们下山。

这些日子，他开始思念小兰了。有小兰的日子是温暖的，小兰是个好女人，跟了他就一心一意的，无怨无悔。他去看望过几次小兰和吴老汉，吴老汉的身体一天不如一天。他每次见到吴老汉，心里都沉一沉。他在家里住上个三天两日的，心里就像长了草似的，他又惦记那些战友了。他离开家时，小兰每次都给他烙上一摞饼，让他带着。他回来后，要吃上好些日子，他每次吃那些烙饼都会想起小兰，想起小兰的种种好处。

这一天，他在小路上看见了小兰，小兰正吃力地一步步向山上走来。刚开始他怀疑自己的眼睛花了，他用手揉揉眼，待确信是小兰时，他向山下奔去。小兰变了，她挺着个身子，气喘吁吁地站在他的面前。他上下打量着小兰，不认识了似的。小兰用手指点着他的额头道：傻瓜，我有了。

他想起自上次回家到现在已经有半年了，他小心地拉着她的手，把她带到了木屋里，喘过气来的小兰说：爹一个月前就去了，他去时一直喊你的名字，可你就是不回去。

小兰眼圈红了，他也忍不住流下眼泪。

爹是个好人，救了他，又把闺女嫁给了他，他却是说来就来，说走就走，老人家从没有一句悔话。爹走时他应该陪在身边的，他捧起脸，泪水顺着指缝流了下来。他在心里发誓，以后要常去看爹，在他的坟前烧纸磕头。

他有孩子了，孩子生在一个雨夜，那天晚上的雨很大，他给孩子取名叫大雨。一家三口人，从此就在木屋里站稳了脚跟。

那年的冬天，大雨半岁时，他突然想出去走一走。这阵子做梦，老是梦见团长张乐天，每次团长都在梦里冲他说：小贵呀，我想你啊。他每次从梦中醒来后，都要冲着黑夜发呆。从一八二师那里知道，团长在整编之前就牺牲了，独立团有自己的活动范围，应该集中在本县，他要去看团长，可他又不知道团长在哪里，去政府打听过，政府的人也是不知道。

他只能像当年追赶队伍一样，满山遍野地找了。出发前，小兰又给他烙了一摞饼，他背个包袱，把那些饼带在身上出发了。

雪深深浅浅地在他的脚下，沟沟坎坎、山山岭岭都留下了他的脚印。他每到一个村子里，都要打听当年的独立团，询问独立团是否在这一带打过仗，他会依据这些信息，去寻找独立团当年的踪迹。

经人指点，他坐了一程汽车，来到了叫吴市的地方。别人告诉他，独立团在整编前曾在吴市和暂三军打了一仗，不久就整编了。他来到了吴市的烈士陵园，那里躺着许多烈士，这些烈士当然都和吴市有关。烈士坟前都有碑，碑上刻着烈士的名字和他们的事迹。

当看到张乐天三个字时，他震住了，团长张乐天的坟靠近烈士陵园里面一些。他浑身颤抖，没想到真的见到了自己的团长，他举起了右手，给团长敬礼，然后在心里悲怆地喊着：团长，小贵来了——

他双腿一颤，跪在了团长的墓前。

后来，他坐在了团长的墓前，看到了团长的事迹——

> 张乐天：1917—1947　河北赵县人
>
> 1947 年 6 月 14 日，在吴市马家沟为掩护野战医院转移，被暂三军一个团包围，突围中不幸牺牲。

1947 年 6 月 14 日，他正在小兰家养伤，那会儿他的伤还没有痊愈，但已经可以拄着棍子下地了。

他在团长的墓前，喃喃着：团长，小贵可找到你了。那次的阻击战中，我一直在等军号吹响，军号一直没有响，我们就一直打呀。后来我就去追你们，可就是没追上，现在独立团的人就剩下我一个了，只有我还活着，可我的心里一点也不好受。你们死了，我却还活着……

他一边哭着一边说着，他又抱住团长墓前冰冷的石碑，仿佛抱着的就是团长。

他又哭诉道：团长，我想你呀，这么多年了，我一直没有忘记你。我现在还和全排的人在一起，我们每天唠嗑儿，和原来一样。你一个人躺在这里，离我们那么远，我们都很想你，团长啊……

那一次，他在团长的墓前坐了又坐，站了又站，从天明到天黑，又从天黑到天亮。他把想说的话都说了，最后要离开团长的墓时，他又给团长长久地敬了个军礼，然后一步三回头地走了。

走之前，他发誓般地说：团长，我以后会常来看你，你一个人待在这里太孤单了。我会常来陪你的。

他走了，走得依依不舍、难舍难离的样子。

回到山上木屋，他没顾上吃饭，也没喝水，就来了墓地里。坐在战友们中间，仿佛在组织战士们开会，他把团长的消息通知给了大家，然后才完成任务似的回到小木屋里。

大雨一天天地大了，日子也就一天天地过去了。

大　　雨

已经懂得一些事的大雨开始关注墓地了。会走路的大雨就经常出入墓地，他在墓地里跌倒了又爬起来，他问父亲：爸爸，土里埋的是什么？

王青贵说：是人。

大雨又问：是什么人啊？

他说：是爸爸的战友。

他们为什么埋在这里？儿子似乎有问不完的话。

他答：他们死了。

大雨还不明白什么是“死了”，他好奇地看着那一排排整齐的墓。

大雨又大了一些，王青贵就给大雨讲那场阻击战，大雨津津有味地听着。刚开始孩子似懂非懂，王青贵讲的次数多了，就慢慢听明白了。孩子已经知道，父亲的这些战友就是在阻击战中死的，他们死前和父亲一样，都是能说话、会走路的人。

从此，孩子和眼里就多了些疑问和内容。

八岁那年，大雨去上学了。他要去的学校需要翻过一座山，走上六七里路，到最近的一个村子里去上学。

每天夕阳西下的时候，王青贵都会坐在山头上，向山下那条小路上张望，看着儿子幼小的身影一点点走近。大雨每次回来，都要在父亲身边坐一坐，陪着父亲，陪着父亲身边的战友。

父亲指着一个墓说：那是小潘，排里最小的战士，那年才十七岁，人长得机灵，也调皮……

父亲又说：那是胡大个子，个子高，力气大，是排里的机枪手，五公里急行军都不喘一口大气……

时间长了，大雨已经熟悉父亲那些战友了，什么苗德水、小柳子、江麻子、刘文东……大雨不仅记住了他们的名字，在父亲的描述下他甚至看到了他们的音容笑貌，仿佛早就认识了他们。

晚上吃完饭，王青贵总要到墓地里坐一坐，这个坟前坐一会儿，那个坟前坐一会儿，絮絮叨叨地说一些话。大雨也会随着父亲来这里坐一坐，他已经习惯父亲这种絮叨了。

他听父亲说：江麻子，今天是你的生日，如果你还活着，今年你都有三十五岁了。

大雨看到江叔叔的墓前多了一只酒杯，还有一支点着的香烟。他望着这一切，心里就暖暖的，有一种东西在一漾一漾的。

有一天放学回来，大雨又来到父亲身边，坐在父亲的对面，望着父亲道：爸——

父亲抬起头望着儿子。

儿子盯着父亲的眼睛说：爸，你真的打过仗，不是个逃兵？

父亲的眼睛一跳，他不明白儿子为什么要这么问他。他盯着儿子，恨不能扇他两巴掌。

大雨说：爸，这不是我说的，是我那些同学说的，他们说你是逃兵，你才没有死。

父亲望着远方，那里的夕阳正一点点地变淡。父亲的眼里有一层东西在浮着，大雨知道那是泪。

大雨很难过，为自己也为父亲，他小心地走过去，伏在父亲的膝上，叫道：爸，他们不信，我信。你是独立团最后一个战士。

父亲的眼泪滴下来，落在儿子的头上，一颗又一颗。

许久，父亲抬起头，抚摸着儿子的头道：大雨，记住这就是你的家，你以后会长大，也许要离开这里，但爸爸不会走，爸爸死了也会埋在这儿。你别忘了爸爸和爸爸的这些战友。

大雨抬起头，冲父亲认真地点了点头。

以后，王青贵又开始给大雨讲张乐天团长的事了。后来大雨知道，父亲的团长张乐天的墓在吴市的烈士陵园里。大雨非常渴望见到父亲的团长张乐天，在父亲的描述里，张伯伯是个传奇式的人物，神勇善战，这对大雨来说充满了诱惑和神往。他认真地冲父亲说：爸，你啥时候去吴市，带我去看看团长伯伯吧。

父亲郑重地答应了他。

在这之前，每逢团长的祭日，王青贵都要去看望团长，在团长身边坐一坐，说上一会儿话，临走的时候给团长敬个礼，三步两回头地走了。现在去吴市不用走路了，他们只要走出山里，到了公路上，就有直通吴市的汽车，方便得很。

那一年团长祭日的前一天，王青贵带着大雨出发了。小兰为他们烙了饼，这次是糖饼，还有几个煮熟的鸡蛋。

大雨终于如愿地见到了英勇传奇的张乐天团长。父亲给团长敬礼，大雨在团长墓前摆放了一捧野花，那是从山里采来的，特意带给团长伯伯的。父亲抱着石碑在和团长说话，父亲说：团长，小贵看你来了，小贵想你呀，那年军号没有吹响，小贵掉队了，小贵悔呀——

父亲又流泪了，大雨也流泪了。

那次他和父亲从太阳初升，一直待到太阳到了正顶，才离开团长张乐天。父亲走得依旧是恋恋不舍，大雨也是一步三回头。

那回父亲还领他去了百货商店，为他买了新书包还有铅笔。这是他第一次进百货商店，看什么都新鲜。

后来，他就和父亲坐上了长途汽车。上车后，父亲问他：大雨，以后还来吗？

大雨点点头。

父亲又说：以后爸爸老了，走不动了，你就替爸爸来看望张伯伯。

大雨郑重地点点头，父亲似乎很满意，他坐在车上打起了盹儿。大雨看着车窗外，怀里抱着新书包，他看到外面的一切都是新鲜的。

就在这时，长途车出事了，过一个急转弯时，为避让路上的一头牛，车滚下山坡。

父亲下意识地去抓身边的大雨，大雨已经从车窗飞了出去。当父亲从车里爬出去，找到大雨时，大雨已经被滚下去的车压扁了，他仍大睁着眼睛，怀里死死地抱着他的新书包。

大雨呀——

他趴在儿子被压扁的身体上。

那一年，大雨十二岁，上小学四年级。

从此，王青贵失去了儿子，失去了大雨。

证　明

那座山上两个人、一条狗。

狗是一条母狗，每年都能生下一窝崽儿，那些狗崽儿长得很快，两个月后就能跑能跳了。两个月后，也是王青贵最心狠的时候，他明白自己没有能力养这一窝狗，山下那几亩荒地，只够他和小兰两张嘴的。

两个月后，他就抱着小狗，站在山下的公路上，那里经常有人路过，他就把狗送给愿意养狗的人，如果还有送不出去的，他就硬下心肠把小狗轰走。母狗在失去儿女最初的几天里会焦灼不安，尤其是晚上就一阵阵地吠。那时他就会陪着狗，伸出手来让狗去舔，然后絮絮叨叨地说：你就认命吧，狗有狗命，人有人命。我的命里就该没有儿子，大雨都走了，你是条狗，这就是你的命，认了吧……

狗在他的絮絮叨叨中，渐渐地安静下来了，时间一长也就习惯了没儿没女的生活，忠诚地绕着王青贵的膝下跑来跑去。

小兰也认命了，刚来到山上那会儿，她才二十出头，水灵滋润，现在她已经老了。山风把她的皮肤吹得粗糙不堪，一双手也硬了。

一年四季在山下那片荒地里忙碌，春天播种，夏天侍弄，秋天收割，地是荒地，肥力不足的样子，长出的庄稼也是有气无力的，总是不能丰收。小兰还要不时地到山里采些野货，春天和夏天是野菜，秋天会有一些果子，这些野货自己是舍不得吃的，都背到二十里外的供销社卖了，换回一些油盐什么的，有了这些日子就有了滋味。

大雨那天夏天跟父亲去了吴市，那次是儿子第一次出远门，小兰站在山上，望着一大一小两个身影在她的视线里消失。第二天，她仍在山上等待着一大一小的两个身影回来，一直等到天黑。第三天，王青贵抱着儿子踉踉跄跄地出现在她的面前，她看到儿子就瘫倒了。

王青贵一遍遍地冲她叨叨着说：车为了躲头牛，就这了，你看就这了……

她那次在炕上一躺就是几个月，人都变形了，头发白了一层。

他们的儿子大雨埋在山脚下那块荒地的地头上，这是小兰的意思，这样她每天到地里劳作就可以看到儿子。

小兰老了，他也老了。

每天，她去地里干活，累了歇了都会坐在儿子身边，轻声细气地说：大雨呀，妈在这儿呢。你热不热、冷不冷啊？想妈了，就睁开眼看看妈吧。

每逢儿子生日那天，小兰也会在儿子坟前坐一坐，他陪着。小兰就说：大雨，今天是你的生日啊——

说完，从怀里摸出一个煮熟的鸡蛋，放到坟头的草里，又说：大雨，你平时就爱吃妈煮的鸡蛋，今天你过生日，就再吃一个吧。

说完，小兰就呜呜地哭。他蹲在那里眼泪也吧嗒吧嗒地落下来，砸在草地上。那条狗蹲在一边，似乎懂得人的悲哀，它也眼泪汪汪的，平时它是大雨的伴儿，大雨没了，它的伴儿也没了。

更多的时候，王青贵都会坐在山头上呆定地往山下望，他也不知道自己在想什么。那天，他又坐在山头发呆时，看见小路上来了几个人，中间还有两个军人。他一见到军人心里就跳了一下，他缓缓地站起来，目光迎着来人。待那些人走近自己时，就有人介绍说：这就是王青贵。

两个军人向他敬礼，他也举起右手敬礼道：报告首长，我是县独立团五连三排排长王青贵。

两个军人上前就握住了他的手，很感动的样子。其中一个军人说：王青贵同志，这么多年让你受委屈了，我代表一八二师的官兵来看你来了。

一提起一八二师，王青贵的眼泪就哗哗地流了下来。这么多年，他想着一八二师，念着一八二师，现在终于盼来了。他心里说不清是什么滋味。

原来一八二师所在的那个军，整理军史时发现了当年的一张军分区的报纸，那张报纸记录了独立团和野战军解放高桥的全部经过，那上面提到了王青贵，还有一张他把红旗挂在水塔上的照片。看到这张报纸的不是别人，正是当年一八二师的唐师长，他还记得王青贵找到一八二师的情景，那时没凭没据的，组织不好给他下结论。现在终于找到了证据，唐军长就派人到地方上来解决王青贵遗留的问题了。

民政局的人递给了王青贵复转军人证书，然后拉着他的手说：这么多年，让你受委屈了。

王青贵看重的不是那纸证书，他激动的是他终于找到了组织，组织终于承认了他，以后他就是有家可归的人了。

那次领导征求他的意见，想让他下山，给他找一份力所能及的工作，他想都没想就拒绝了。这么多年，他在山上已经习惯了，他离不开他的战友，也离不开山下躺着的儿子。

现在地方上的领导每逢年节，都会到山上来看望他，带来一些慰问，还有补助金。每次有地方上的领导来，他都用敬礼的方式迎接这些领导，走的时候他也敬礼相送。他不会说什么，也说不出什么。他为自己的身份骄傲，他现在有权利敬礼，因为人们承认他是一名军人，是一个士兵。

晚　年

在以前，没有人相信他是个老兵，甚至怀疑他是个逃兵时，只有小兰一个人坚信。当他站在墓地上向战友们敬礼时，小兰站在他身后瘪着嘴说：谁说你不是老兵，你是最后一个老兵。

这么多年了，小兰一直让他感动，她和他一同在坚守着阵地。

大雨突然离去，似乎伤了两个人的元气，尤其是小兰，她的身体和精气神儿真的是一年不如一年了。她恍恍惚惚地总觉得大雨还活着，每天起床时她都要喊一声：大雨起来了，太阳都晒屁股喽。然后就坐在那里发呆。

他们的儿子就埋在山下，大雨走了，小兰的魂儿也走了，她整个人如同梦游似的穿梭在山下和山上。

王青贵更多的时间停留在墓地里，这儿揪一把草，那儿铲一锹土，嘴里不停地叨叨着：看看吧，小潘，你屋前都长草了，我来帮你拔掉，这回敞亮了吧……

上海往事

一

1937年秋，上海，著名的淞沪保卫战，已进行了两个月。日军调集众兵，对国军实施了反包围，国军接到了全线大撤退的命令。

国军三排阵地，经过一夜激战，晨光微露时，枪炮声喊杀声，一切都安静下来，整个阵地似乎都死了。

晨光中，双方士兵横陈在阵地上，胳膊和腿挂在树杈上，大刀把上的红布，挂在一条纤细的树枝上，在晨风中似一面飘扬的旗帜。硝烟静静地散着，木质枪托因燃烧未尽，发出哔剥之声。

日军阵地上，一个简易掩体内，电台的天线微微抖颤着，一个身体蠕动着，推开压在身上的一只脚，又推开半截身子，一张士兵的脸露了出来。这是一张少年的脸，眼神惊惧迷乱，他打量着阵地，目光渐渐收回，看到了身边横七竖八、血肉模糊的尸体，他哎呀叫了一声，这一声在死寂的早晨给他自己吓了一抖，他忙用手捂住了嘴，手上的伤口已经凝了，乌紫的血痕在晨光中透着亮光。

少顷，少年士兵推开周围横七竖八的士兵的尸体，弯着腰疯跑起来，几步之后，他被一具尸体绊倒了，他几乎趴在了这具尸体上，尸体还流着血，他认出这是电报组成员佐佐木的尸体，佐佐木的眼睛仍睁着，死不瞑目的样子。少年士兵爬起来，滚到一边干呕着。

少年士兵是几个月前来到中国上海参战的，他叫健三一郎，今年刚满十六岁。两年前在国内富士山下学的报务员，四个月前来到了中国，又来到了上海，参加了这次后来被永远载入史册的淞沪会战。

健三一郎停止了呕吐，扶住一棵树，树冠已被炮弹炸飞了，光秃秃地立着。健三一郎一时不知何去何从，惶惑迷离，他望着阵地，死尸遍地的阵地，突然他哎呀叫一声开始漫无目的地向前跑去。一件肥大的士兵衣服，包裹着他瘦小的身躯，他身上挎着一把手枪，还有一个牛皮文件盒，文件盒里装着他们联队的密码本，还有两份有关淞沪战役的尚未执行的作战文件，枪和牛皮文件盒因他的跑动，毫无节奏地拍打着他的腰和屁股，像一面鼓，又像一面锣，催促着他没命地向前跑去。

天光大亮了，上海郊区破烂的景象呈现在他面前，虽然破烂，却是一个城镇的模样，健三一郎似乎清醒了一些，他把帽子摘下，犹豫一下扔到地上。他向前走去，看到了一队百姓，背包驮罐地匆匆跑路，这是中国百姓，男人和女人，拖家带口地跑路。

健三一郎把自己小小的身子藏在一处隐秘角落里，看着这一队逃难的百姓走过去，他走出来，脚有些站立不稳的样子。他看见了逃难百姓丢落在地上的一件花衬衫，他走过去，拿起花衬衫看了看，似乎有所醒悟，他左右看了看，先把自己背在身上的枪和文件盒卸下来，又把自己上衣脱下去，露出他细瘦的身子。这还是一个没长大的孩子。

他把花衬衫穿在自己身上，不大不小，还算合身。健三一郎此时就很可笑的样子，下身穿着军裤、军鞋，是翻毛的那种，上身是一件女孩子的衬衫，手里提着文件盒和一支装在枪套里的枪。他又向前走去，先是发现了一只鞋，不远处又是一只，他甩开自己原来的军鞋，把鞋穿上。又向前走，又发现地上掉落的一只包裹，他上前打开，里面是一些衣物，他胡乱地翻拣着，找出一条裤子，躲在一个墙角里把裤子换上，这次，健三一郎变成了一个跑路少年。

他看着脱下的衣物，拎起文件盒还有那把手枪，一时无所适从，他的脑子里马上跳出三天前，电报组组长佐佐木交给他任务的情形。佐佐木把密码本和机密文件交给他，恶狠狠地说：这是联队所有的军事机密，你要保护好它们，这比你命都重要。

他接过文件盒，挎在自己身上，觉得自己半边身子都快被压垮了，不过他还是立住脚冲佐佐木说了一声：是！并向佐佐木敬了个军礼。

此时健三一郎提着文件盒还有一把手枪，仍觉得这两样东西重如千斤。他把牛皮文件盒打开，拿出里面的密码本和文件，想了想，胡乱地装在腰间，就剩下那把枪了，枪不大，此时提在他手里却触目惊心。他先是把枪拿出来，把枪套扔掉，提在手里仍沉甸甸的。索性他又把枪插在裤腰上，整理好衣裤。

一发冷炮打过来，带着啸叫，在不远处炸了。健三一郎下意识地趴下，炸响过后，他爬起来，没命地向前跑去，何处是落脚之地，他并不清楚，只是奔跑。

弄堂里一个普通的人家中，林嫂奶着出生不久的孩子，她坐在屋里几乎一夜没有合眼，枪炮声在郊外响了一夜，她就不错眼珠地抱着孩子坐了一夜。

林嫂的丈夫是名军人，职务是副连长，在上海已经战斗两个月了，前几天部队换防，曾经回来过一次，留下两块银圆，没说几句话，只是用眼睛狠狠地看了一眼她们娘儿俩，说了一句：我走了，你们保重。

林连副说走就走了，他是个军人，帅气而又阳刚，卡宾枪背在他身上，子弹袋鼓鼓的，林连副告别林嫂，就又融到郊外的枪炮声之中了。

丈夫在外面浴血战斗，林嫂片刻不得安宁，丈夫的安危，她只能靠想象了。林嫂心里装着上帝，她不停地为丈夫祷告，在胸前画着十字。

孩子睡着了，她把孩子放下，外面的枪炮声又隐约地传来了。

林嫂把孩子放下，拿出一朵棉花，撕开，塞在孩子耳朵里，又在孩子身上盖了一床小被子，轻手轻脚地走出去。

林嫂站在院子里向远处眺望，她并看不到什么，弄堂里的人大都跑路了，拖儿带女，拉家带口的。林嫂一直没走，她在等她的丈夫，那个林连副，林嫂知道，林连副不会不管她们娘儿俩的，丈夫是军人，他会为她们安排后路的，即便丈夫本人回不来，他也会托人告知她们娘儿俩的，这就是她在这里等下去的理由。

健三一郎昏头晕脑地跑进弄堂，外面枪声响着，还有奔跑的脚步声，不知是中国军人在追杀日本军人，还是日本军人已经打进了城内。

健三一郎很怕，他怕中国军人，也怕日本军人，他怕的不是人，是战争。枪炮声就是战争。

健三一郎来到中国几个月了，他没开过一枪。他只会发报，接收电报，把电文译出来交给他的长官。昨天的一战是短兵相接，仗打了一夜，他抱着电台蹲在掩体里一夜，一发炮弹落下来，他便什么也不知道了，醒来的时候，阵地已经死寂了。

健三一郎糊里糊涂地跑进中国弄堂，他下意识地要躲起来，他怕人，也怕枪声，此时，他只想躲起来。

他跑进弄堂，试图去推开一扇又一扇门，门都被关死了，他没推开，也没敢驻足，他像一只没头苍蝇，稀里糊涂地撞开了林嫂的门。林嫂的门没插，那是留给丈夫的门。

门被推开，或者说被撞开，林嫂吃了一惊，欣喜的神情马上被惊愕所代替，开门的不是她期盼的丈夫，而是一个惊慌失措的少年。

少年惊怔地打量着林嫂，林嫂也如此这般望着少年。两人相视着。

林嫂颤颤地喊了一声：你是谁，为什么到这儿来？

他听不懂她的话，眼神里有些犹豫，更多的是慌乱。

林嫂看到了门后顶门的木棍，跑过去，抓过木棍指向他，仍颤着声说：你不是打劫吧？除了屋里的孩子，家里什么也没有。

林嫂拿着木棍，像拿了一杆枪一样地对着少年。

少年想转身跑掉，少年很饿，他原本想进门找点吃的，他已经几天没有吃东西了，自从进入阵地开始。他被眼前女人的敌视吓着了，还没转过身，他摇晃一下，最后跌倒了，直挺挺地摔在了林嫂面前。

少年倒下了，林嫂握着木棍，样子有些手足无措。她提着木棍，绕着少年走了两圈，跪下身，又用手试了试少年的鼻息，鼻息微弱。她扔掉木棍，抓起少年的肩，摇晃着，喊：醒醒，醒醒，你从哪里来，你醒醒……

少年仍昏迷着，身子随林嫂的摇晃东倒西歪的。

林嫂放下少年，一筹莫展，她想起了什么，奔回屋内，少顷出来，拿过一个盛水的缸子。她又蹲下身给少年喂水，水流进了少年嘴里，少年下意识地吮吸着水，胸部剧烈起伏着，呼吸声急促有力起来。

林嫂放下水缸子，复又进门，拿出一个菜团子去喂少年，少年因没苏醒，无法去吃，林嫂几次尝试，少年都无法吃到菜团子。林嫂叹口气，茫然四顾，她低头看见奶水浸湿了衣襟，她又望一眼少年，拿起喝水的缸子，走回屋内。林嫂站在一角，撩起衣襟，往缸子里挤奶，奶水恣意地冲在缸壁上，她挤完这只乳房，回头看了眼熟睡的孩子，又去挤下一只乳房，奶水很冲、很旺，哗哗地冲进缸子里。

林嫂站到少年面前时，缸子里已有了小半缸奶水，林嫂蹲下身，把少年的头放到自己的腿上，用奶水喂着少年，少年喝了一口，又喝了一口，然后大口地喝了起来，一直到缸子里再也没了奶水。林嫂把最后一滴奶倒进了少年的嘴里。

少年哼了一声，眼皮动了动，慢慢睁开眼睛，他抬头的第一眼看见了林嫂俯视他的那张女人的脸。

少年一惊，闭上了眼睛。

林嫂：小弟，别怕，你这是要去哪儿呀，你的家人呢？

少年睁开眼，挣扎一下坐起来。

林嫂站起来说：你不是本地人。

少年很惊恐，看着女人的衣襟，又用指头碰了一下嘴角的一滴奶，闻了一下，他眼圈一下子红了。突然他跪下了，冲林嫂磕了一次头。

林嫂：小弟弟，用不着这样，快起来，你是和家人走散了，还是迷路了，你从哪里来？

少年不语，跪在地上往后退。

林嫂：你等一下。

林嫂复又走进屋内，出来时，手里拿了一个菜团子，递给少年，少年先是后退了一下，又马上抓过菜团子，吃得狼吞虎咽，恨不能一口把菜团子吞到肚子里。

林嫂笑一笑说：别急，看把孩子饿的。

少年噎得直抻脖子，眼泪流了出来。林嫂似乎还想说点什么，突然孩子在屋内啼哭起来，是一声巨大的爆炸声惊醒了孩子。有枪声传了过来。

林嫂冲进屋内，抱起孩子，拍着受惊的孩子。

枪声由远而近，林嫂把孩子抱在怀里，又把两块布条揉成一个团塞在孩子的耳朵里，做完这些，她抱着孩子来到院内。

枪炮声惊着了少年，他已经躲进院内一个杂物堆里，一只脚还露在外面。

林嫂看见那只脚便说：看把孩子吓的。

说话间弄堂里响起了杂乱的脚步声，是皮鞋蹬踏着石板路发出的声音。还有砸门声，一间间门似乎开了，翻找的声音也传了过来。还有日本人的喊叫声。

林嫂惊诧了，她以为丈夫带人接她来了，没想到却等来了日本兵。林嫂想用门杠顶住那扇单薄的门，她刚拿起杠子，门突然被踢开了，四五个日本兵荷枪实弹地冲了进来，林嫂一惊后，下意识向杂物堆靠过去。一个日本军官模样的人，冲她叽里哇啦说了几句什么，林嫂听不懂日本话，抱紧孩子，惶恐地摇着头。

两个日本兵冲进屋内，砰砰地翻砸着，另外两个日本兵，打量着小院。

一个日本兵端着上了刺刀的枪向林嫂走来，林嫂回了一下头，她看见从杂物缝隙里露出的少年的一只惊恐的眼睛。那个日本兵越来越近，林嫂哎哟叫了一声，半真半假地跌坐在杂物堆上。林嫂很怕，她这是第一次见到日本兵，还有枪，以及枪上明晃晃的刺刀。林嫂跌坐的位置，正是少年隐身的地方。她似乎听到少年深吸了一口气。

日本兵在杂物堆上胡乱用枪刺扎了一气，两个进屋搜查的士兵自然一无所获，只拿出了几个菜团子，递给院内站立的军官。军官把菜团子分了，每人一个，他们立即狼吞虎咽地大吃起来。

林嫂看着菜团子有些心疼，那是她为丈夫准备的。

毫无收获的日本人，嚼着菜团子，离开了林嫂小院，于是弄堂内又传出了砸门声和脚步声。

林嫂奔到门前，快速地把门关上，并用门杠把门死死地顶住了。她回过身来时，少年已经爬了出来，头上沾了一些草屑。少年怯怯地看着林嫂。

林嫂上前拉住少年的一只胳膊，急切地说：孩子，你这是要去哪儿呀，你家里人呢？

少年突然冒出一句日本话，他说了一句：谢谢。

这句普通的日本话，犹如一颗炸弹在林嫂身体里炸开了，她抱着孩子的手一紧，下意识地又问：你是日本人？

少年看出了林嫂的惊惧，忙跪在地上，他跪下时别在腰间的那把手枪掉在了地上，少年一把按住枪，似乎想用自己的手掌把枪盖上。

林嫂一下子跌坐在地上，脸色惨白，孩子因受到了惊吓，大哭起来。

少年惶惑不安，他把枪拿起来，又去往怀里藏，林嫂惊惧、厌恶地望着少年。少年读懂了林嫂的眼神，他把枪捧在手里，递给林嫂，林嫂躲闪着，像躲一只毒蜂。

少顷，少年清醒过来，他又说了几句什么，爬起来，向屋内望去，灶间内，炉火正燃着，他跌跌撞撞地向屋内走去。他站在炉火旁，回头看了眼林嫂，林嫂也在看他。少年把枪扔到炉火里，熊旺的炉火很快吞噬了那把小小的手枪。

林嫂松了一口气，从地上站起来。少年想了想又从腰里掏出密码本还有那些往来的机密文件，一股脑把这些东西扔到了炉火里，火燃了一下，冒出一缕青烟，瞬间就灰飞烟灭了。

少年在身上摸索着，他又掏出了只荷包，打开来，只有一张照片，那是母亲的照片，一个三十多岁的妇女，穿着和服正冲镜头慈祥地微笑着。

少年拿着母亲的照片，手有些抖，眼里瞬间噙了泪。他犹豫着。

林嫂过来，一把夺过那张照片，林嫂看清了那张照片，又去看少年，母子眉眼间竟有许多相似之处。她下意识地看一眼怀里的孩子，孩子正睁眼望着她。

林嫂把少年手里的荷包拿过来，认真地把照片放回到荷包里，又还给少年，在他手里用力按了按。林嫂说：你妈的照片，你该留着。

少年似乎在林嫂的眼神里读懂了林嫂的意思，把荷包挂在脖子上，又用手按了按。

林嫂望着少年，她似乎有许多疑问和不解，她说：你是日本人，为什么来这里？刚才有你们的人来，为什么不走？

少年不懂，但似乎明白林嫂的意思，他站在灶间里，又一次给林嫂跪下了，不停地给林嫂磕头，头磕在地上，认真而又执着。

少年磕了头，起了身后，又冲林嫂深深地鞠了一躬，他倒退着走出灶间，回到院子里，他走向门口，伸手要拉开院门。

这时外面又传来拍门声，一声紧似一声，少年似乎被吓到了，他退后两步，又看到了那堆杂物，他快速地又钻了进去。

拍门的人在外面喊着：是我，快开门，快开门。

林嫂听清了，那是丈夫的声音，她日思夜盼，担惊受怕，就是等着丈夫回来找她，她抱着孩子，三步并作两步地奔到院内，一脚踢开顶门杠，拉开院门。丈夫立在面前，衣衫不整，一副经历了枪林弹雨的样子。丈夫的身后，站了七八个士兵。

丈夫一把抓住林嫂的手，只说了一句：快走，日本人进城了。

丈夫拉着林嫂就走。

林嫂哎了一声，她回头望了一眼院内的杂物堆。

丈夫说：来不及了，再晚就走不出去了。

丈夫接过林嫂手里的孩子，拉着林嫂，在几名战士的护卫下，匆匆地向弄堂外走去。

没有多余的话，更没有时间交流，只有匆匆地跑路。

院门开着，院内又静了下来。

少年试探着动了动身子，他从杂物堆里站了出来，院内瞬间空了，少年心里也空了。他在院内立了少顷，便撒开腿向弄堂里跑去。

远远近近的枪声、喊声不时地传来，笼罩了弄堂，笼罩了世界。

少年跑出弄堂，来到了街上。少年一时不知如何是好，东南西北他辨不清，他只能跑，似乎只有跑才是安全的。刚才他在杂物堆里已经看清了几个国军把林嫂接走了。他庆幸自己没有落到国军手里，他感谢那个素昧平生的女人，像照片里的妈妈。一想起妈妈，他身上就有了力气，他要跑，跑到海边离家就不远了，他要越过海回到家乡神户去找妈妈。

迎面一队日本士兵跑过来，他们打着旗帜，一副胜利者的样子，不可一世，耀武扬威。一队牛哄哄的日本士兵就横在了少年的面前。

少年错愕，转瞬间，他就下定决心逃离，他不想再回到队伍中去了，那最后的结果只有死路一条。

日本人发现了奔跑的少年，似乎猎人发现了猎物，士兵们振作起来，大步追过来，一边追一边喊叫着：站住，站住……

少年没有停下的意思，他奔跑着，满耳的风声。

一个日本士兵举起了枪，简单地瞄了瞄，枪声响过，少年像一只断了翅膀的鸟，突然栽倒在地上。他在倒地的瞬间，手握住了胸前的荷包，他仰过脸时，满世界都是红色了，那是血的颜色。

几个日本士兵拥过来，一个士兵用脚踢了一下少年。

一个士兵冲另一个士兵说：竹内，你又多了一个猎物，可以邀功了。

竹内笑着说：这一定是个中国兵，你看他跑得很快。

说完从腰下掏出刀，日本上司有规定，杀死中国兵，要把中国兵的手剁下来，回去才能邀功请赏。

竹内手起刀落，一只手被剁了下来，另一只手在少年胸前，这也没有影响到竹内的刀法，又是一剁一挑，少年的手飞了出去。少年断掉的手里仍死死捏着那只荷包。

竹内惊奇，弯下腰从少年手里拿过荷包，一张照片掉在地上。

一个日本女人慈祥地微笑着。

几个士兵一惊，从照片上收回目光，虚虚实实地望着竹内。

竹内捏起照片，惊叫一声：他是日本人?!

二

沈老板站在工厂院内，焦急地等待着卡车早点回来。

淞沪保卫战打响的时候，那时战场离城区还很远，几乎听不到枪炮声，国军大部队开赴战场时，人气很旺，声势也很浩大，拉着炮的卡车一辆接着一辆，头上还有飞机掠过，军人们更是一队一列源源不断在街上过了三天。后来保安团、警察都上了前线，这一仗，一打就是两个多月。

起初的日子里，就有许多工厂在大搬家，那是一些国家的工厂，有兵工厂、造币厂，还有生产黄金的工厂，随着战事的吃紧，不少私人工厂也开始搬离了，他们花高价雇了卡车还有船，源源不断地把工厂搬走。

沈老板一直期望这战争早点结束，最好的结果是国军大胜，把日本人赶出上海地界，他的工厂就可安矣，一家老小也可安矣。沈老板已经五十多岁了，五十多岁的人，已经不喜欢动荡了，折腾不起了。

最近一些日子，枪炮声在城里已经能清晰地听到了，有钱有势的人家都在搬家了，不仅搬走一家老小，还有自己在上海建立起来的企业。上海是做生意的宝地，有铁路有码头，交通四通八达，外国各领事馆林立，外滩在和平时期，更是国旗飘飘，一副万国大会的场景。

沈老板这个产业说不上大，也说不上小，是专门做服装的工厂，尤其是旗袍，那是沈老板的专利。沈老板家已经三代人在上海经营这个服装厂了，他这个服装厂叫大龙服装厂，在上海，提起大龙服装厂无人不知，无人不晓。

大龙服装厂生产出的衣服不是一般人能消费得起的，那是上等人的品牌，是老板、阔太太，甚至一些外国使节享受消费的品牌，也就是说，大龙服装走的是高端路线，从清朝到民国，一百多年的时间里，大龙服装见证了上海的兴旺过程。

枪炮声已经由远及近了，上海许多有头有脸、家大业大的豪绅举家带厂地迁徙了，到最后许多平头百姓也开始逃离了。那些日子，上海的大街小巷窜动着逃离的人群，上海要陷落了。

沈老板有父母，还有三个太太，大太太是原配，年纪和他相仿，那是父母给他定的亲，后来顺理成章地结了婚，生了两个儿子。两个儿子已经到英国留学去了，一走几年再也没有回来，只是不时地有些家信，汇报学习和工作情况。沈老板不时地差账房先生去银行汇款，供给这两个公子在英国的花销。

二姨太四十出头，以前是服装厂专门设计旗袍的，自己也穿旗袍，一年四季都穿旗袍，旗袍是她的最爱。二姨太生了个千金，已经十八了，叫晓婉，晓婉念了女子国立高中，也准备去英国留学的，后来因战事，暂时放弃了去英国的计划。

三姨太三十出头，也为沈老板抚育一子，叫小龙，小龙五六岁，虎头虎脑的，五六岁的孩子，正是天真可爱的样子。

一直跟随沈老板的，除了沈老板父母和三任太太外，还有就是几个老妈子、管账的吴先生、跑腿打杂的小李子。账房吴先生五十多岁，和沈老板年龄相仿，两人是同学、发小，沈老板接管工厂后，吴先生便也跟着进了工厂。小李子是跑腿的，跑腿的人需要年轻麻利，小李子才二十岁出头，很精明很懂事的一个孩子。

淞沪战役打响的时候，沈老板就动过搬家的念头，他把自己的想法和父亲说了，沈老太爷是这个服装厂第二代传人，也是守业的人，创业容易，守业难，大龙服装的品牌就是经过沈老太爷这代人创建起来的，他把服装厂看得比自己的老命还金贵。沈老太爷当然不想走，他的原话是：大龙服装离开上海，还算个什么？

大龙服装是贵人的服装，只有上海人认，也只有上海的绅士太太穿大龙服装才相得益彰，离开上海，大龙服装连条蛇都不是。沈老太爷坚定地要和服装厂共存亡。

有了父亲的话，沈老板只能等待着，期待这场战役国军能够胜利，保住大上海，自然也就保住了大龙服装厂。

期待永远是期待，结果是几十万国军战败了，乌泱乌泱地往下撤，城里的人又乌泱乌泱地往外地跑，有的去了南京，有的去了苏州和苏北。

眼见着战火都烧到城内了，在沈老板的再三劝慰下，沈老太爷只能仰天长叹：小日本要灭我大龙啊！

沈老太爷这一声感叹，等于默认了沈老板的提议，于是在三天前，沈老板雇来几辆卡车，当然是花高价雇来的，比平时翻了近十倍的价钱，几辆卡车拉着大龙的服装，还有一些生产服装的机器、旗袍的模板，兴师动众地开向了苏北。

苏北是沈老板的家乡，一百多年前，他们闯上海就是从苏北来的。他们人虽到了上海，但仍和苏北有着千丝万缕的联系，远房亲戚平时也时有走动，沈家的血脉连着苏北。大难临头了，他们又想起了故乡，于是故乡成了避难场。

沈老板第一批运走的都是一些家当，沈老板已经交代好了，等车到了苏北，回来就接他们一家老小。依据车程，下午某个时间车就该回来了。

沈老板站在服装厂院子里，身后是沈家的家业，一幢楼是生产服装的车间，现在车间一片狼藉，散乱着布匹和大小不一的模板，另一幢小楼是他们一家生活起居的地方，已经乱了，衣柜的大门开着，金银细软都装在了太太们各自的包里。一家老小聚集在一楼的厅堂里，大包小裹的值钱家当就放在他们身边，随时要走的样子。

东西已经收拾几天了，没什么可收拾的了，一大早，他们一家老小就等在厅堂里，等着去苏北的卡车回来，一车拉走他们，让他们远离这战乱的上海。

两天前他们就能听到远处的炮声了，越来越近的炮声震得房屋一抖一抖的，一家老小的心也随之战栗着。从昨天开始，不仅能听到炮声，还能听到枪声，枪声不是一个一个的，是一团，像放鞭炮一样，有时又像一阵风。他们知道，上海终于守不住了。于是众人就开始焦急，他们焦急地等待着离开这个战乱之地。

唯一不焦急离开的就是晓婉，她住在自己的闺房里，没有收拾东西，甚至都没有做好离开的准备。她不想离开这里，是因为还没有完成她的约定。

她的约定是和肖立下的，国立高中毕业了，她和肖约定要一起去英国留学，他们的决定得到了沈老板一家人的支持，这是没有异议的。三个月前在英国领事馆都办好了护照，船票两个月前就定下了。两天后就是她和肖登船去英国的日子。船票就放在她的手袋里，已经两个多月了，不仅有她的船票，还有肖的，两人说好，她要在家里等肖，然后两人去大不列颠。晓婉似乎听见了码头上客船的鸣笛声，一想起客船的鸣笛声，晓婉就兴奋不已。

晓婉不是因为大不列颠有多么好而兴奋，而是能和肖在一起她就抑制不住地高兴，浑身上下每个细胞都是战栗活跃的。肖比她大一岁，是一个长发男孩，脸很白，戴着眼镜，晓婉喜欢这个男孩已经有两三年了，那时只是喜欢而已。国立高中毕业时，两人才各自说出爱慕对方的想法，可以说两人一拍即合。两人恋爱了，同窗的生活已经铺垫过了，初恋就是暗恋，打开心门，便是热恋了，情感的闸门一打开，感情这个东西就乌泱乌泱地喷薄而出了。

两人没有咬牙切齿地发誓生死在一起，他们只有一个约定，共同登上赴英国的客船，去追求他们的爱情和前途。英国是陌生的，也是熟悉的，晓婉在两个哥哥的来信中，似乎对英国已经很熟悉了，但想象的英国还是陌生的。

别人都要走了，她不想走，因为和肖的约定，船票还在她的手袋里，肖还没有来找她，她不能走，为了自己的爱情和约定。

沈老板站在院子里，看了眼表，估摸着去苏北的卡车快到了，他似乎已经隐约听到卡车由远而近的轰鸣声了。

他朝厅堂走去，父母坐在沙发上，父母在上海生活了差不多一辈子，父母两人就很有上海人的样子，精致而不油腻，衣衫永远是整洁的，头发不乱，打了发胶，很讲究，很阔绰。

大太太和二姨太常年如一地穿着旗袍，外襟配着披肩，只有三姨太喜欢西化，穿裙子西服，牵着小龙的手。小龙并没有意识到事态的紧迫性和严重性，他牵着母亲的手望着大人们齐聚在这里，他显得很兴奋，一家人齐聚在一起的时候并不多。小龙就人来疯似的表演起来，他的表演是背唐诗，这是爷爷教他的唐诗：远上寒山石径斜，白云生处有人家……

就在这时，沈老板进门了，随着他的开门声，又有几声枪火声传进门来，一家人就焦急地看着他。

大太太上前道：车来了吗？

沈老板又看了眼腕上的表，低下声音说：还没有，不过快了，顶多一个钟头。

二姨太就冲沈老板说：快看看你的宝贝闺女去吧，她说什么也不走。

沈老板又低声说了一句：我去看看。

说完他提起长衫向二楼而去，沈老板虽然做西装做旗袍，他却爱穿长衫，他十几岁站过门市，那时就穿长衫，到现在了，他一直穿着长衫，觉得只有长衫才适合自己。他提着长衫的衣襟走到二楼，来到女儿的房前敲门。

晓婉拉开门，看见了父亲，她有些失望，又转身倚窗而立，她在等肖。说不定某个瞬间，肖就会出现在她的面前。

沈老板望着女儿的背影说：晓婉，一会儿接咱们的车就要来了，咱们马上就走。

晓婉头也不回地说：我不走，我要等肖。

沈老板叹口气说：外面的仗都打成这样了，英国的客船不会来了，就是来你也走不成。

晓婉说：我一定要等，肖还没来，他的船票还在我这里。

沈老板来到晓婉身边，一起向外看了一眼，说：肖早走了，他家是开车行的，要走很方便。

晓婉说：肖不会走的，即便走，也会告诉我的。

沈老板说：日本人马上就要打进城内了，也许他顾不上了。

晓婉淡淡却坚定地说：不可能。

沈老板此时心急如焚，外面的枪炮声越来越近了，他担心接他们的卡车还没到，日本人却先来了。他没心情和女儿说这些了，他坚定信念，只要车一来，他就是拖也要把女儿拖到车上去。

他转身走出去，他要站在院子里等接他们的卡车。他从楼上下来，小李子不失时机地站在他的面前。小李子很有眼力，他知道沈老板什么时候需要他，又什么时候不需要他。需要他时，他总是不失时机地出现，不需要时又见不到他的人影，这就是小李子存在的意义。

小李子站在沈老板面前。

沈老板冲小李子说：看着大小姐，等车一来，你帮我把大小姐弄到车上。

小李子脆脆地答道：是！

小李子望着沈老板又走进院内。

小李子十几岁就来到了沈家，他是看着大小姐长大的，从小女孩，变成了如花似玉的大姑娘。小李子知道大小姐的命和自己的命不同，两人是在两个世界，但他就是爱看大小姐，大小姐的一举一动他都留意着，大小姐在他眼里就是一朵花，五月的鲜花。

林连副带着林嫂和孩子，在几名士兵的护卫下，一路向北而来。

林连副所在的团本来就是撤出的最后一支部队，他们负责阻击日军。在他们撤之前，已经有小股日本部队，先他们一步进了城，他们一撤，大批日军部队便像潮水一样涌进城里。

林连副走了不远，便与一小股鬼子相遇了，狭路相逢，两股士兵对射着，利用楼房作为掩体，林连副带着士兵和林嫂穿弄堂，走小路，一路向北而来。

当他们来到大龙服装厂附近时，看见了敌人一队士兵正在向一辆卡车射击，司机中了枪，歪倒在方向盘上，卡车的油箱也已中弹，随即大火燃烧起来。

鬼子兵四散开来，他们挨门逐户地开始搜查。也就在这时，林连副被日本兵发现了，十几个日本兵，朝林连副几个人开始射击，一个身背步话机的鬼子，向上级汇报着。

突然而至的鬼子让林连副暂时中断了撤退的打算，他们已经无路可退了，面对包围而至的鬼子，他们只能应战。

在两三个士兵的掩护下，他们且战且退到大龙服装厂，林连副让一个士兵上去敲门，门从里面反锁着，没人开门。林连副蹲到墙下，招手让一个士兵踩在自己的肩上，士兵在林连副的托举之下，翻墙而入，从里面打开了门闩。林连副带着林嫂和两个士兵进入到大龙服装厂。外面掩护的三个士兵，被鬼子的火力压制在空地上。

林连副一挥手，几个士兵向厂房的楼门跑去，他们抢占了有利地形，从楼上窗内向日军射击，掩护另外三个士兵撤进大龙服装厂。马班长在跨进大门那一刻，腿上中了一枪，马班长是翻滚着进大门的。随后，大门就被另外两个士兵关上了。门是铁门，用电焊焊接过了，子弹打在铁门上，发出砰砰的回音。

沈老板站在院内，先是看见来接他们的卡车朝大龙服装厂驶来，车像一个醉汉开得呼呼喘喘的，那一刻沈老板内心是欣喜的，但马上他就失望了。

他看见弄堂里冲出一队日本士兵，先是冲着车喊叫什么，车没有停下，鬼子便开始射击了。那个姓陈的司机中弹了，车一头撞在一个墙角上，接着燃起了大火，再接着一队中国士兵冲出来，两伙人在相互射击。在中国士兵接近院门时，他跑进了楼内。他死死地又狠命地把身后的门关上了。

外面的枪声大作。

沈老板望着一家老小，一家老小也望着沈老板。他们明白，日本人来了，他们出不去了。

沈老板低低地说：日本人来了，我们走不成了。

三个太太一下子围了过来，大太太是原配，又为沈家生了两个儿子，她在沈家太太们中地位最高，不论事情大小，都是她先发声。她拉住沈老板的胳膊，抖颤着声音问：那我们该怎么办？

沈老板面对突然的变故，知道自己无力回天了，他亲眼看到卡车司机陈师傅被日本兵打死，日本兵包围了大龙服装厂，此时的一家老小已无路可退了。

他去看坐在桌前的父母，外面的枪声一阵紧似一阵，父亲从八仙桌旁站了起来，接着是母亲，母亲搀着父亲，颤颤巍巍地上楼梯，他们这是要回到自己的房间里去。

沈老板绕开太太们上前叫了一声：爸，妈……

父亲回了一下头，脸上波澜不惊的样子，说：儿呀，这都是命，命让我们守着大龙！

父亲和母亲上楼了。

沈老板知道，不走，也许是父母期盼已久的，父亲生在大龙服装厂，长在大龙，又老在大龙，他真的是不想离开自己的家业，也许这份天意成全了父母。

想到这儿的沈老板心安了一些，回过身来，看着三个太太说：回自己的房间吧。

三姨太把孩子抱在怀里，孩子似乎明白又似乎不明白地望着沈老板。沈老板过来摸了一下儿子的脸，在心里叹了一口气。

三姨太就问：这孩子怎么办？大人也就这样了，你就忍心看孩子落在日本人手里？

沈老板瞪了眼三姨太，三姨太年轻，正得着沈老板的宠，说话就很冲。

沈老板望着三个太太说：你们回房间，照料好你们自己。

三位太太相互看了一眼，平日里她们虽然不断地钩心斗角，争风吃醋，可现在她们要一致对外了，因为鬼子就在门外，外面的枪声正紧。她们不再说什么了，蹑着脚上了楼，几个老妈子提着大包小裹也上了楼。

小李子从楼上下来，他是去看大小姐了。他一直希望把大小姐带到苏北去，离开上海，离开肖，他在楼上晓婉的房间里看到了卡车，也看到了日本人，卡车被鬼子兵烧了，他的心就凉了。

大小姐晓婉和他的心情却不一样，在屋里蹦跳着喊：快看，卡车着火了，真好玩。

晓婉不想走，她心里装着肖，一切似乎都和她无关。她一点也不理解此时小李子的心。

二姨太上楼时，小李子就离开了房间。他寻找沈老板，沈老板才是他的主心骨。

小李子从楼上噔噔跑下来，账房吴先生挓挲着手，正一副不知如何是好的样子，此时沈老板望着小李子和账房吴，表情就多了一份悲壮和激昂。

沈老板说：卡车被鬼子烧了，我们走不成了！

账房吴看看自己的大褂，除了会打算盘、记账，别的他想不出自己还会什么了，他只能听沈老板的吩咐。

小李子望着沈老板，目光如铁，他十几岁就到了沈家，沈老板就像他的父亲，沈老板说啥是啥。

小李子就说：老板，你说咋办。

沈老板就一副鱼死网破的神情了，说：把家伙拿出来吧。

沈老板所说的家伙是前些年从德国人手里买的几支枪，枪自然是德国造的，封了油一直放着，沈老板是想看家护院用的，一直没用上，就放在一楼的角柜里。小李子平时喜欢枪，有事没事地拿出来，擦拭养护一下又放回去。

沈老板一说家伙，小李子自然知道指的是什么东西，忙跑到柜子旁，把头探进去，抱出了一捆用油布包裹的三支枪，又跑到厅堂内打开。

三支枪被油封过了，崭新的样子，还有一盒子弹锃亮地摆在地上。

沈老板拿起了枪，一边往枪里压着子弹一边说：鬼子来了，咱们走不成了，一家老小就看咱们几个男人的了。

账房吴拿过枪就小声地说：外面不是还有一队国军吗？

沈老板向外看了一眼，外面正打得火热。他咬着牙说：是这几个当兵的，把日本人招来了。

沈老板说完，已经把子弹装满了，他又在往大褂口袋里装子弹，抓了一把又一把，直到沉甸甸的，子弹已经下坠了，他才住了手。

沈老板扛着枪冲出门去，小李子端着枪随后，接着是账房吴，账房吴拿枪的样子有些可笑，但还是像男人一样出去了。

外面枪声大乱。

有两个士兵扒着墙头在向外射击，日本兵的子弹嗖嗖地从头上飞过，账房吴刚迈出门槛，一颗子弹飞过来，打在后面的墙上，他腿一软就跌倒了。

小李子回头看了账房吴一眼，着急地喊：吴先生，把腰弯下来。

说完小李子弯腰端枪，像一个战士一样随沈老板向前跑，账房吴得到要领，学着小李子的样子，也向前跑去，兜里的子弹哗哗啦啦地响着，声音像一堆银圆。

沈老板跑到厂房，上了楼，那里地势高，可以清楚地看到外面。

他上到二楼的时候，看到林连副正带着几个士兵躲在窗子后，朝外面射击。马班长受伤的腿被纱布缠上了，白花花地缠了半截腿。此时的马班长，正拼命地往外射击。

沈老板上楼的时候，林连副回头望了沈老板一眼，一眼便看中了他手里拿着的德国造卡宾枪，林连副不看沈老板，却看着他手里的枪，赞叹了一声：好家伙。

沈老板冲林连副说：你是领头的？

林连副就说：十九路军五团七连，林大可。林连副说到这儿，从窗子里往外射击。

沈老板一下子用枪抵住了林连副的头，林连副没动，枪就僵在那里。

沈老板说：是你们把日本人引到了这里。

林嫂抱着孩子，躲在墙角里，看到了这一幕，惊惧地睁大了眼睛。

马班长过来，用手推开沈老板的枪，将自己的枪抵在了沈老板的胸前，咆哮着说：整个上海都沦陷了，日本人是自己找上门来的。

随后赶来的小李子和账房吴站在楼梯口，看到这一幕有些发傻。

林连副起身，把马班长的枪挡开，低声说了句：你是这儿的老板？

沈老板没有说话，算是默认了。

林连副道：日本人包围了这里，你们怎么还不走？

沈老板一指院外，说：卡车被日本人烧了。

院外不远处，卡车还在燃烧着，冒着不大不小的青烟。

林连副就又说：你们早该走。

沈老板看见了躲在墙角的林嫂，林嫂抱着孩子，一脸镇定，丈夫就在身边，她有足够的理由让自己镇定。

沈老板说：这里不安全，让这位太太去后院吧。

林连副看了眼林嫂。

沈老板就冲小李子说：快带这位太太去后院。

小李子过去，拉过林嫂就向外走。路过林连副身边时，她看了一眼林连副，叫了一声：大可……

林连副冲林嫂笑了一下道：看好孩子。

林嫂被小李子带了出去。

院外，一群日本人又向院内攻来，林连副和马班长躲在窗后向外射击，几个日本兵接连倒下。几个鬼子抬了一挺重机枪，掩在一个街角，向院内射击，子弹打得窗子乱飞。

一发炮弹落在院墙内，两个士兵瞬间被炸飞了，墙上也炸出了一个豁口。

楼上除林连副外，还有负伤的马班长，还有另外两个士兵，他们占据窗口，齐心协力地向外射击着。

沈老板站在楼上，他就看得很远，日本人已经把这里当成了阵地，一队队日本兵，从不同角度向这里拼命射击。身后就是他的家小，还有他的大龙服装厂，这里是他的一切，他只想把日本人挡在大龙服装厂院外。

沈老板也开始向外射击，虽然不专业，毕竟他打响了第一枪，账房吴也学着他的样子，向外射击，弹壳从枪膛里迸出的那一瞬间，让账房吴热血沸腾。

小李子已经又从后院赶了回来，他占据一个窗口，一边向外射击，一边喊叫着。

这一场战斗，从下午打到傍晚，日本人仍没能前进一步，不是日本人无能，是林连副抢占了有利地形，楼房成为他们最好的掩体。此时的日本人已占据了大半个上海，散落的国军各自为战抵抗着。整个上海，都被枪声淹没了。

后来被历史记载的八百壮士坚守四行仓库的故事，就是在这时发生的。

此时，林连副还有他的几个幸存的士兵，包括沈老板一家，仍然坚守在大龙服装厂的院内。他们没有那么坚实的掩体，也没有那么多士兵和弹药，他们的楼房差不多快被日本人炸塌了，已经没有一扇完整的窗子了。他们抵抗的枪声已经开始稀落了，因为没有多少子弹了，但日本人仍不能向前，精准的射击让日本人无法前进。

这时，天已经黑了，枪炮声稀疏下去。日本人围而不攻了，日本人在院外的空地上生起了几堆火，他们担心国军会趁夜突围。他们不知道这间院内有多少国军。

林连副已经无力突围了。账房吴被日军的子弹击中，穿着大褂的账房吴，趴在窗子上，那样子像是在打算盘。小李子的胳膊也被击中了，沈老板撕了自己的长衫，给小李子包扎了伤口，此时，小李子满手是血地握着枪，张大嘴巴，气喘着，他似乎已经很累了，精疲力竭的样子。

林连副还有马班长，还有另外一名士兵，这是他们坚守的最后的力量了。

林连副数着子弹，一粒粒压到枪膛里，只剩下五发了。

马班长拖着一条腿，倚在墙上，他在用衣襟擦着两粒子弹，那是他最后的弹药了。

林连副用眼睛去寻找另一侧的那个士兵，士兵向林连副伸出了三个指头，林连副明白，他们的弹药加在一起已经不足十发了，这是他们最后的本钱了。

入夜时分，日本士兵暂时停止了进攻，把大龙服装厂围了，几挺机枪架在角落里，他们是担心中国士兵趁夜突围。

林连副何尝不想突围，现在把他自己加上，只有三个人了，马班长只能算是半个人，一条伤腿，拖累了马班长。

沈老板和小李子来到了后楼，一家老小躲在楼上父母的房间里，他们从来没有如此团结过，以前他们都各自待在房间里，三个太太彼此也很少说话，关起门来，打发自己的日子。而眼下，她们需要对方，似乎，她们从对方身上才能找到力量和希望。

父母坐在太师椅上，从下午到现在一直就那么端坐着。三个太太，有的坐在床上，有的蹲在地上。她们谛听着外面的枪炮声。刚开始小龙在大喊大叫，嚷着要去外面看炮仗，他把枪炮声当成了春节的炮仗。直到三姨太把他领到窗前，抱起他看到了院外的鬼子，小龙一下子吓傻了，一直伏在母亲的怀里，大气也不敢出了。

沈老板和小李子出现在大家伙面前时，像个战士一样端着枪。沈老板的礼帽上，被鬼子的子弹射穿了两个洞，长袍又撕了半截包扎在小李子的胳膊上。小李子也像个战士一样，满脸烟色，他的脸在灯下有些白，因失血，白得有些虚假。

沈父一直闭着眼睛，沈老板进来时，他睁开了眼睛，问询地望着儿子。

沈老板望了眼父母，又望了眼三个太太，最后目光盯在小龙的身上，小龙见到了父亲，胆子大了一些，扑过来，抱住了父亲的腿，沈老板弯腰把小龙抱起来，哑着声音说：日本兵还在外面围着。

大太太立起来说：这么说，我们出不去了？

沈老板抬眼看父亲。

父亲又把眼睛闭上了。

三姨太过来，从沈老板手里接过小龙，深深地望一眼沈老板，哽着声音说：我们大人倒好说，孩子怎么办？

提起孩子，所有人都有些酸楚，他们所有人都清楚日本人攻打进来的后果。

三姨太哭了，一边哭一边说：绍更，你是男人，带着孩子走吧，只要把孩子带出去，我们留下。

沈老板叫绍更。

沈老板咽了口唾液，他挨个儿看看，先是看着三个太太，最后把目光落在父母身上。

父亲又睁开眼睛，说：绍更，你要是能走，就带着孩子走吧。我和你妈哪儿也不去。说完把手递给老伴，两位老人的手隔着茶几就握在了一起。

大太太跪下来，她抖着声音说：绍更，我们不想死，想活命呀。

接着就是二姨太，然后是三姨太，女人们跪下了，低下头，抽泣着，眼泪冲花了她们并不年轻的脸。

沈绍更从没经历过这种情景，她们没有走成，完全是因为自己一时疏忽，如果他先把一家老小撤离，也许就不会有现在这种情况发生了。现在后悔已经晚了，他眼里有了泪，便含泪说：都怪我糊涂，要财不要命，我对不起你们。

此时，沈绍更觉得无论说什么都那么苍白。

小李子见老板这么说，他把沈绍更拉到了门外，沈绍更不知他要说什么，怪怪地看着他。

小李子说：老板，我冲出去，引开鬼子，你带一家老小跑。

沈绍更望着这个伙计，在这以前他只把他当成一名伙计，从没对他另眼相看过。此时，他看了伙计一眼，又看了一眼。

小李子又说：我出门就跑，鬼子一定去追我，你和家小准备好，也冲出去。

沈绍更在万般无奈之际动心了，他问了句：你一个人能行？

小李子说：死马当活马医吧，我一个人，你不用担心我。

沈绍更握住了小李子的手，用力捏了捏，说：要是成了，你是沈家的大恩人。我去准备一下。说完，沈绍更进了父母的房间。

小李子站在走廊里，看到大小姐晓婉的门是虚掩着的，他要向大小姐告别，他下决心引开鬼子。他下决心那一瞬间，想到了大小姐，他的心便动了一下，于是他的决心，瞬间变得坚决起来。

此时他来到大小姐门前，从虚掩的门里可以看到，大小姐和林嫂站在屋内，两人似乎已经把该说的话说完了。

小李子就喊：大小姐……大小姐……

晓婉看见了小李子，她把门打开，小李子便完全呈现在她面前。

小李子在战火的锤炼中，已经像个战士了，左臂负了伤，已经被缠上了，脸是烟色的，头发也很乱，右手提着的枪，让小李子更像男人了。

晓婉看着小李子，竟一时不知所措的样子。

小李子看了屋内林嫂一眼，林嫂也在看着小李子，小李子把目光定在大小姐姣好的脸上，轻声道：大小姐，我走了……

晓婉问：你去哪儿？

小李子说：我去把鬼子引开，你们再冲出去，门外全是鬼子。

晓婉冲小李子笑了一下，唇红齿白，小李子受到了感染，也笑了笑。

沈绍更走进父母房间，所有人的目光又落到了他的身上，他颤着声音说：爹、娘，一会儿小李子把鬼子引开，我们就冲出去。

父亲盯着他问：绍更，我们冲出去，要去哪儿呀？

沈绍更说：回苏北，回老家避难呢。

父亲冲儿子的三个太太一指，说：你带她们走吧，我和你妈哪儿也不去。

三位太太一听说能冲出去，离开这个危险之地，马上行动起来，她们抓起大包小裹，甩在了身上。三姨太把小龙抱在怀里，第一个冲了过来，抓住沈绍更的一只胳膊，急促地说：绍更那就快走吧，要是让你儿子落到日本人手里，就没有活路了。

沈绍更知道，已经没有多少时间了，围在外面的鬼子，说不定什么时候又要发动进攻了，他已经没有时间说服父母和他一起走了。他只能另想办法。

他冲父母道：爹、娘，等我们出去再来接你们。

说完带着三位太太走了出去。在走廊里，他看到小李子在向大小姐告别。

小李子冲大小姐鞠了一躬，说：大小姐，再见！

小李子走下楼去，沈绍更带着三个太太也向楼下走去。

沈绍更把三个太太安顿在一楼的厅堂里，和小李子走进院子里，院子已经被炮弹炸得稀烂了，两人深一脚浅一脚地走到铁门旁。

他望着小李子，小李子也望着他。沈绍更想了想从腕上把那块金表摘了下来，那是劳力士金表，沉甸甸地放到小李子手里。沈绍更动了真情，这个跟了沈家多年的伙计小李子，平时就是一个伙计，悄无声息的，永远在你需要他的时候，出现在你的眼前。小李子此时的出现，就是给沈绍更雪中送炭，让他在黑夜里看到一丝光亮。

小李子一笑，把劳力士又放到沈绍更的手上，道了一声：老板，这表我用不上，你戴好，老板才配戴金表。

沈绍更只能收了表，熟练地又戴在了手腕上。

小李子又说：老板，请开门吧。

沈绍更清醒过来，小李子这一去，不知能否活着，他用力地看了眼小李子，向大门走去，他拉开门闩，回头又望了眼小李子。小李子深吸一口气，回头望了眼大小姐亮着灯的房间，回过头说了一声：老板，开门吧。

沈绍更用了平生的力气一下子打开了门，小李子像一股风一样地向门外跑去。

小李子跑出了大龙服装厂，前面就是一片开阔地，再往前跑就是街道和纵横的弄堂。鬼子生起了几堆火，火噼啪地燃着，沈绍更看到暗影里鬼子的枪口，正黑洞洞地冲向大龙服装厂。在这一瞬间，世界死寂，只有满耳的风声，小李子突然大喊：我在这儿呢，你们来追我呀……

日本人的枪响了，是掩在暗处的一挺机枪，吐出火舌，小李子感到眼前一亮，只看到了那火光，甚至没来得及听见枪响，便一头扑倒了，他在心里叫了一声：大小姐呀……

沈绍更眼见着小李子奔了出去，一百米，二百米，他似乎看到了小李子冲出去的希望，可希望还没有点燃，鬼子的枪就响了，小李子像一片树叶似的从眼前飘了一下就落下来了。

沈绍更在心里喊了一声：完了！他下意识地又把大门关上。

二楼的林连副和马班长，刚才似乎打了个盹儿，他们已经几天没有睡觉了，先是打阻击，后来就是撤退，是四天还是五天没合眼，连他们也记不得了。一闲下来，眼皮就像山一样地压下来，头晕晕的，随时飘起来的感觉。

是沈绍更拉门闩的声音惊动了他们，他们睁开眼睛，接着看见小李子飞跑出去。林连副有些吃惊，他不明白小李子为什么要跑出去，接着鬼子的枪响了，一挺机枪的点射，射击暴露了鬼子的射击点，他下意识地打了一枪，敌人的机枪哑火了，小李子像一个木偶似的扎在了地上。

接着他听到沈绍更上楼的声音。少顷，沈绍更就立在了他的面前，沈绍更有些气喘，说：完了，我们出不去了。

林连副站起来，立在沈绍更的面前，他只说了一句：不该让那伙计去送死。

沈绍更喊：不死，又有什么办法？

最沉重的话题被沈绍更抛了出来。他们自从进入大龙服装厂那一刻起，便只有死路一条了。他们只是顽抗，没有其他更好的办法了。林连副此时还不知道，在上海有个叫四行仓库的地方，那里有个叫谢晋元的团长，带着八百壮士也在顽强抵抗着。这大上海的城中之战，惊动了中外若干记者。这一战，经典而又著名。

林连副看了眼马班长还有另外一名战士，他明白，自己已经没有能力保护任何人了，三支枪，只剩下几发子弹，鬼子只要一个冲锋，他们就会垮下来的。

林连副说：沈老板，我们出不去了，明天一早，鬼子只要发起冲锋，这里就跟整个上海一样沦陷了，我们只是一个孤岛。要活命只有一条路……

沈绍更望着林连副。

林连副别过头，说：你带着家人，举起白旗，从这里走出去。

沈绍更又看了眼林连副，没有说一句话，走了出去。

他回到后楼的厅堂，楼上的人都下来了，父母、大小姐和林嫂，都聚在厅堂里，刚才的枪响过了，他们都明白跑出去已毫无希望了。

沈绍更走回来，惨白的灯光下，他白惨惨地望着每个人。

父亲坐在太师椅里，一天的惊吓，让沈老太爷已经没有多少气力了。沈老太爷就说：绍更，别折腾了，这里没人能出去了。

沈绍更看了眼林嫂，冲父亲说：那个军官说，我们打着白旗，从这里出去，也许能活命。

沈老太爷拍了一下茶几，说：那是狗，狗才那么活命。

大太太站起来说：不活命，我们只有死路一条，男人被杀死，女人被送到妓院。

另外两个姨太太你看看我，我看看你，二姨太抱紧了双肩，三姨太抱紧了怀里的小龙。大小姐晓婉立在林嫂身旁，一脸淡然。

沈老太爷站起来，颤颤巍巍地走到一个柜子旁，又抖抖索索地从柜子里翻出一个纸包，走回来，把纸包打开，放在茶几上，人们去看那物件。

沈老太爷道：这是砒霜，是你爷爷留下来的，就是防备着有这一天。

沈老太爷又看了眼众人，冲王妈道：王妈，用火煮了吧。

王妈抖抖索索地近前，从沈老太爷手里接过一纸包砒霜，看看这个，望望那个，不知何去何从的样子。

沈老太爷生气了，说：快去呀……

王妈一惊，拿着砒霜走进了厨房，接着就是铁锅碰灶台的响声。

沈老太爷淡然地说：今天大家伙儿就是选择个死法。

沈老太爷又冲沈绍更说：我和你妈活不动了，命不值钱，你们的命你们定。

沈绍更望望这个望望那个，三个太太大眼瞪小眼，最后一起把目光定在他的脸上。沈绍更把眼睛闭上了，脸上流出两行泪。

林嫂抱着孩子出去了，晓婉见林嫂走了，经过众人向楼上走去。

沈绍更突然睁开眼睛冲晓婉喊了一声：去哪儿？

晓婉在楼梯上立住脚，回过头说：我回我房间。

沈绍更望着女儿，女儿也望着他。

晓婉说：爸，我不想死，我还要等肖来接我，明天下午三点的船票，票还在我这儿！

晓婉说完又蹬蹬地头也不回地上楼了。

二姨太就嘶着声音喊了一句：晓婉，都这会儿了，哪还有船呢。

说完便哭了起来。二太太一哭，另外两个太太也哭了起来。

小龙在妈妈的怀里醒了，看看这个，望望那个，清醒地说了一句：妈，你们怎么还不睡觉？

林嫂抱着孩子从这幢楼上了另外一幢楼。她来到了林连副身边。林连副过去，从林嫂怀里接过孩子，暖暖地抱在胸前，林嫂仰起头望着林连副，两人似乎不知说什么。

林连副望着林嫂，虚虚地说：我接你们娘儿俩来晚了。

林嫂说：我们不是还在一起吗？

林连副一笑。

林嫂说：你说过，只要我们在一起，就是最幸福的。

林嫂有泪流出来，两滴，沉甸甸的。

林连副把枪放在一旁，伸出手抱住林嫂的头，把泪替林嫂擦了下去。

林嫂借势把头偎在丈夫的怀里，林连副把林嫂连同孩子抱在怀里。

外面响了一阵枪，林嫂在林连副怀里抖了一下，林连副更紧地把她和孩子抱在怀里。一会儿，林嫂抬起头说：我不误你事，我回那面去。

林嫂从林连副怀里挣脱开身子，从林连副怀里接过孩子，说：我去喂孩子了。说完把孩子又一次递到林连副面前道：你再看一眼孩子。

林连副犹豫着伸出手，试探地摸了一下孩子睡梦中的脸，又轻轻地把手拿了回去。

林嫂抱过孩子，说：我该给孩子喂奶去了。

林嫂说完，转身就走。

林连副望着消失的林嫂，雕像一样地立在那儿。

堂屋里，王妈已经把砒霜熬好了，一个很精致的不锈钢盆放在茶几上，冒着热气。

沈老太爷望着热气蒸腾的盆，有些不高兴了，说：王妈，太热了，拿凉水来。

王妈正在厨房里抹眼泪，听沈老太爷这么喊，忙在碗里接了些凉水端到堂屋里，沈老太爷接过碗把凉水倒进盆里，一下下搅拌着，他似在做一次精密的实验。

就在这时，林嫂抱着孩子又走进门来，没人注意林嫂，所有人的目光都聚在沈老太爷的手上，碗碰着钢盆发出清脆的响动。

林嫂也望了眼那盆，躲在一角，撩开衣襟，侧过身去，她在奶孩子。

沈老太爷的手停住了，舀起半碗砒霜水，先是放到唇边试了一下温度，才递给身边的太太，太太颤着手接过碗，看了眼沈老太爷，笑了笑，把砒霜喝了，还掏出丝绢擦了擦嘴角。

沈老太爷又把碗放到盆里，舀了半碗，自己也喝下了，他把目光定在太太的脸上，两人同时伸出手，一双手就握在了一起，他们微笑着，很美好的样子，似乎完成了一个盛大的仪式。

沈绍更走过去，拿起父亲放下的碗，学着父亲的样子，一口气喝光了碗里的水，放下碗，看了一眼各位太太，走到三姨太身旁，用手摸了一下小龙的头，说了一句：天快亮了。他走到堂屋门口，把虚掩的门关上，自己靠在门上，整了整大褂，让自己坐得更舒服一点。

大太太端起碗，有泪滴在碗里，她闭上眼睛，连同泪水一同喝下了。

接着是二姨太。

三姨太走过来时，先是舀了一点，想了想把碗里的水又倒出一点，她揽过熟睡中的小龙，把碗放到孩子嘴边，她的手在抖，小龙迷糊着说了句：妈，我不喝。

三姨太哽咽着说：听话，孩子，喝了再睡。

小龙听话地起身把碗接过来，一口气喝了碗中的水，把碗还给母亲，倒头又睡下了。这次三姨太没有犹豫，狠狠舀了一碗水，一口气喝下了，然后走到小龙身边，和衣躺下，揽过小龙的身子。

大太太和二姨太两人搂在一起，突然放声大哭起来。

林嫂奶完孩子，放下衣襟，走过来，看了看盆，又看了看碗，拿起碗，也一口喝干了一碗水，默默地把碗放下。

王妈一直站在一角用衣襟抹泪，见众人都喝完了，她收起盆和碗向厨房走去。她在厨房里，把盆里的水倒在碗里，只剩下了小半碗砒霜水了。王妈倒得很仔细，又用清水洗了盆，放在橱柜里，又拿抹布擦了擦灶台上的水渍，把抹布放到原来的地方，做完这一切，她端起碗，一口喝光了水。她看了眼碗，又用水洗了，放到碗柜里。她忙完这一切，似乎该歇了，她解下围裙，把围裙叠好，从门后拉过一个小木凳，这是她平时择菜、歇脚常坐的小木凳。她安静地坐下来，似乎在等待着主人又一次召唤。

天微明，天边有什么东西抖了一下，就亮了。

一队日本士兵，似乎从地下冒出一样，向大龙服装厂靠近，有几挺机枪掩护着，向楼内射击，子弹打在墙上、窗户上，纷乱而又热闹。

一路没遇到抵抗，枪声停了。

一队鬼子接近了大龙服装厂的大门，一个鬼子试探地推了一下门，门开了，先是开了一条缝，几个鬼子合力上前，推开了门。

门正中，三个士兵立着，他们的腰上捆满了手榴弹。鬼子冲进来时，三个人就在那儿立着。

林连副下了最后一道命令：一、二、三。

他们几乎同时拉响了手中的引信。

一声巨响之后，一切回归平静。

太阳出来了，红彤彤地照着上海，照进大龙服装厂院内。

血肉横飞之后，一队鬼子冒着硝烟冲了进来。

一队鬼子直奔前楼，又一队鬼子直奔后楼。

当鬼子踹开堂屋门的时候，沈绍更的身体从门旁滑倒，一屋子的人，横七竖八地摆着。沈老太爷和自己的太太手拉着手，头歪在一旁。

林嫂仍搂着孩子，孩子在啼哭，他在母亲胸前寻找着，孩子到了喂奶的时间，他饿了。

一队鬼子就犹豫一下，奔向了二楼。

晓婉坐在桌上，手里拿着两张船票，她已经把自己打扮一新，随时准备出门的样子。当鬼子闯进她的房间时，她手里的船票落到了地上。

一个鬼子喊：有一个活的。

一个军官过来，看了眼晓婉，挥了一下手，说：带走。

过来两个士兵，架起晓婉就往外走，晓婉突然挣脱开鬼子的手，疯了似的跑回来，拾起船票，放到了手袋里。

三

肖来到大龙服装厂时，这里的一切早已沉寂了。

肖很瘦，仍穿着一身学生制服，他跑进大龙服装厂，院内的硝烟刚刚散尽，他望着满是弹痕的大龙服装厂。

日本人攻打大龙服装厂时，引来了很多人的围观，有学生，也有一些没来得及撤离的百姓，还有两个媒体记者，他们躲在远处，看到大龙服装厂的人如何与日本人激战。

鬼子黎明的进攻，只换回了一声惊天动地的爆炸声，然后，一切都沉寂了。

肖是在爆炸之后，出现在观望的人群中的，他提着行李箱，他和晓婉约好了，下午就要去码头，踏上英国的客轮，共度他们的留学生活。

他看见几个日本人把晓婉从大龙服装厂带了出来，走到门口的时候，晓婉似乎朝远处的人群望了一眼。

肖挤出人群时，晓婉已被日本人带走了，肖扔掉行李箱，发疯似的跑进大龙服装厂，他看到了三个士兵躺在血泊中，倒退着走了几步，便发疯似的跑了出去，他要去找晓婉，去英国的船票还放在晓婉的身上。他呼喊着晓婉的名字，顺着晓婉被带走的方向，一路跑了过去。

围观的人们开始涌入大龙服装厂，善良的人们立在大龙服装厂门前，望着大龙服装厂如此的模样，唏嘘着。

有几个学生，举了一个横幅，横幅上写着：中国人的光荣。

几个学生神情肃然，横幅在风中抖颤着，最后那幅横幅就插在了大龙服装厂门口。人们伫立在大龙服装厂门前，有几个过路的人，看了眼横幅，又看了眼千疮百孔的大龙服装厂，脱帽致敬，又匆匆地走去了。

散了一拨人，又来了一拨人，人们在报纸新闻中，看到了大龙服装厂发生的一切，许多人怀着崇敬的心情来到了这里，瞻仰英雄。还有人偷偷地放了一束花，又悄悄地走了。大龙服装厂门口的地面上，已经有了许多花了，成了一座花山，菊花的幽香，在小院弥漫着。

晓婉被日本人带到了慰安所，这是一排简易平房，每个房间里都摆放着一床一桌一椅，有点像士兵的兵营，门口有士兵站岗，很森严也很有规矩的样子。

窗户上挂着窗帘，每个人的门前都有几个士兵排着队，手里拿着慰安票，在门口经检验，收了慰安票，走进去。

晓婉一来到这里，便知道自己的处境了，她首先想到的是逃离这里，她和肖的约定还没有实现，船票还在她的手中。此时她又从手袋里拿出船票，船票上写着下午三点钟开船。此时已经是傍晚时分了，去英国的船已经开走了，她似乎已经听到了船离开码头时，发出的低缓深沉的汽笛声。

晓婉知道，肖会来找她。一想起肖，她逃跑的欲望更加强烈了。她一定要出去。

肖找到日本人慰安所时，天已近傍晚了，他一边喊叫着晓婉的名字，一边要往慰安所里冲。警戒的士兵，自然不会让肖冲进去，先是架起枪，肖看到枪就有点怕，但仍不屈不挠的样子，他试图分开日本人的枪，日本士兵用枪托把他砸倒在地。肖哭喊着，没完没了的样子，一个日本士兵就冲天放了一枪，然后把冒着烟的枪冲向了肖。

肖听到枪声，又看到了枪口，他只能退却了，但他并没有远离，蹲在一棵树下，歇斯底里地呼喊着晓婉的名字。

慰安所里的晓婉似乎听到了肖的呼喊，她拿起屋内的凳子向窗子砸去，玻璃碎了一地，她踩着凳子，跳到了窗外，她没想到这么轻而易举地就跑了出来。她的脚踩到地面上，便撒开腿奔跑了起来。

也就是跑了几步，几个日本兵叫喊着追上了她，几把刺刀明晃晃地指向她，她向后退却着。日本人狞笑着，晓婉被什么东西绊了一下，跌坐在地上，两个日本兵便上前抓住了她。

日本兵这次没把她带到慰安所去，径直带进了兵营，一个军官的住处。

两个士兵喊了报告，里面的军官正在泡澡，坐在木桶里，木桶里漂浮着几片花瓣，留声机开着，放着日本歌曲。

日本军官长了一张肉脸，他泡得正舒服，冲外面的士兵应了一声：进来。

两个士兵推开门，把晓婉推了进去，然后又关上门，立在门口。

晓婉先是看到了一张大床，然后就看到了散落在床边的日本军官的衣物，听见了洗手间的流水声。

晓婉寻找着，看到了挂在椅背上的枪，枪装在枪套里。晓婉冲过去，把枪从枪套里拿出来，背在了身后。

日本军官跨出浴桶，腰上裹了条浴巾，走了出来。他看到了如花似玉的晓婉，晓婉先是立在床旁，军官就一脸淫笑的样子，一步步紧逼着晓婉，他抓住了晓婉的肩，把晓婉推倒在床上，动手去解晓婉的衣服，笑着说：小姐，你也应该去洗个澡。

晓婉在这过程中，没有发出一丝声音，她突然把枪举了起来，她的手包还挂在手腕上。军官看到了枪，枪口正冷冰冰地指向自己。军官突然伸出手打落了晓婉手里的枪，枪掉到了地上，军官发疯似的撕扯着晓婉的衣服。衣服散落下来，军官狠狠地把晓婉扔在床上，人便扑了过去。

晓婉被两个士兵带回慰安所时，已经是午夜时分了，她的衣服已经破碎，头发散乱。两个士兵把她扔进屋后，就关上了门。晓婉的门上多了一页纸，纸上写着明天慰安士兵的名字。两个士兵嬉笑着看到了自己的名字，又嬉笑着离去。

晓婉躺在床上，她很无力，她拿过手包，从里面拿出那两张船票，泪水流了出来。

上海又一个清冷的早晨，说来就来了。

慰安所又忙碌起来。

一队士兵走了过来，他们迈着整齐的步伐打乱了慰安所早晨的宁静，士兵们训练有素地自动在门前排成队。

昨天晚上押送晓婉的那两个士兵排在了晓婉门前，破烂的窗子已经被纸糊过了，窗上拉着窗帘。

士兵冲门里喊了一声：早晨好！

还冲门鞠了一躬，便推开了门。突然士兵大叫一声又从门里奔了出来，跌坐在门口。士兵的大叫，惊动了值班的军官，军官跑过来大喊着：出了什么事？

跌出门里的士兵用手指着屋内，说不出一句话来。

军官推开门，看到了眼前这一幕，晓婉把床单做成布条，挂在房梁上，自己的身子悬在半空，脚下的凳子倒在地上。晓婉的手里仍死死抓着那两张船票。

军官也大叫一声：八格牙路……

晓婉的尸体是被两个士兵抬出慰安所的，就扔在不远处一堆垃圾旁。

肖先是看见了两个士兵抬着一个人走出来，近了一些，他发现那个人就是晓婉。日本兵走了，肖奔跑过去，抱起了晓婉，他看见了晓婉那张安详的脸，接着他就看见了晓婉手里的船票。他从晓婉手里把船票拿过来，叫了一声：晓婉……

肖背着晓婉一步步来到了码头，黄浦江的码头一片死寂，往日的喧闹早就不见了。

肖把晓婉放下，扶着晓婉坐好，自己也坐在晓婉身边。他展开那两张船票，望着空空荡荡的江水缓缓流过，远处江面上一艘船鸣着笛声。

肖看了眼身旁的晓婉，说：晓婉，去英国的船开走了！

当　兵

一

那个多雪的冬天，王桂花的爱情降临了。

本村青年李学军在当满了两年兵之后的那个多雪的冬天，回村探亲来了。李学军已经不是两年前的李学军了，两年前的李学军，长得又黑又瘦，嘴角甚至还拖着怎么也擦不干净的鼻涕。现在的李学军，俨然一个威武的解放军战士，草绿色军装穿在身上，一颗红星头上戴，革命红旗挂两边，他长高了，也胖了。见人就打招呼，然后掏出纸烟敬给尊长老辈，他是微笑着的，微笑后面，透着见多识广。李学军的做派和说话的腔调已经不是本村人的样子了，他夹着纸烟的手指，经常在空中很潇洒地挥舞着，他总是爱说：是不是。

此时的李学军站在村街上，周围聚了好多农闲的村人，还有一些娃娃，三两只狗也不时地在人们的腿间穿梭来往。冬天的太阳很好地照耀着，雪地反射的太阳光芒，刺得人们有些睁不开眼睛，村人和狗就眯了眼睛听李学军说话。

李学军说：一个连队有一百多号人，每个人手里都有一把枪，解放军嘛，没有枪怎么行，是不是？

众人就点头。

人群里的于三叔袖着手说：当兵真好。

李学军又说：我们的团长是山东人，长得又高又大，经常背着双枪，他在珍宝岛自卫反击战中，那是立了大功的。师长特意批准他背双枪。是不是？

于三叔又问：你们团长跟你在一个桌上吃饭吗？

于三叔这么问过了，就引来众人一片哄笑。

李学军有些犹豫，似乎对于三叔的这个问题不好回答，吸了一口纸烟，又把夹烟的手在空中那么一挥，说：那是自然，我们团长最爱吃的就是大葱蘸大酱。

这回人们就一脸肃穆地望着李学军了，能和背双枪的团长在一个饭桌上吃饭，这是一般的人物吗，是不是。

正当李学军滔滔不绝地向人们述说部队长部队短的时候，王桂花出现在李学军的视线中。李学军的一双目光就有些痴迷，此时的王桂花一副赤脚医生的装扮。一条黑色粗纹的涤纶裤子，那条裤子是套在棉裤外面的，显得很紧，胳膊是胳膊，腿是腿的。一件碎花棉袄，很妥帖地穿在身上，一条红围巾松松地绕在脖子上，一条又粗又黑的大辫子在后腰间活蹦乱跳着。肩上斜斜地背着印有红十字的医药箱。她像去出诊，但脚步踩在雪地上显得不急不慌。李学军一眼望见王桂花时，王桂花自然也看见了人群中的李学军，王桂花的出现，使人群暂时安静了下来。王桂花渐渐地走近了，有些惊讶也有些新奇地望着李学军。

李学军毕竟是当满了两年兵，然后就很见多识广地说：这不是王桂花吗，怎么，是给人看病呀？

王桂花也说：妈呀，这不是老同学李学军吗，两年没见，出息成这样了。回来探亲了？

一对男女在这种时候重逢，他们都感觉到了两年的时间里对方身上发生的变化，他们似乎有一肚子话要问对方，又不知从何说起。于是，你一言我一语地问了起来。

王桂花问：学军，两年了，部队咋样？

李学军问：王桂花，你都当赤脚医生了？真看不出。

……

他们都来不及回答对方，在问话中，他们向对方透露着信息，把一群村人和几只狗晾在了一边。人群里的于三叔，这时脑子呼啦一下子亮了一下，在村人中，于三叔是个聪明人，聪明人在大多数情况下，总是能比别人反应快一些。

于三叔急急火火地走了，那些卖呆的人看王桂花和李学军说得火热，自己也插不上话，很没意思的样子，也渐渐地散了。雪地里只剩下李学军和王桂花两人在那里很响亮地一问一答，他们嘴里的热气不时地纠缠在一起，热气腾腾地在两人胸前缠绕。

于三叔急急火火地走了一段路，这时他又冷静了下来，他一时拿不准主意，是先找李学军的父亲李二哥呢，还是先找王桂花的爹王支书。于三叔一时拿不准主意，他的脚步就有些犹豫。他想先找王支书的话，王支书要是同意桂花和学军这门亲事，反过头来李二哥要是不同意，以后还咋见王支书，王支书在本生产大队可是说一不二的人物，得罪不得。这么一想过之后，于三叔的脚步便坚定不移地向李学军家走去。

李学军的父亲，村人称为李二哥，这几日是特别亢奋，儿子学军荣归故里，乡亲们到他家里，来了一拨又走了一茬，像赶集似的。于三叔来之前，刚走了一拨，李二哥和李二嫂正炕上地下地扫着瓜子皮和剥掉的糖球纸。这时，于三叔风风火火、满面春风地进来了。

他一进门就说：李二哥，学军这孩子可是出息了，以后在部队准错不了。

李二哥和李二嫂一起喜气洋洋地笑着，嘴里嗯啊着，并没有什么实际内容。

于三叔进屋后，已经不把自己当外人了，脱了鞋，盘腿坐在炕上，一副打持久战的样子。李二哥和李二嫂也想开了，反正现在是冬闲，儿子回来了，才有这么难得的一次热闹，乡亲们来了，那就唠嗑儿。于是两人也双双骗腿上炕，李二嫂又抓过一把刚炒过的瓜子摊在于三叔面前。

于三叔正色道：我今天来是说正事来了。

李二哥说：他三叔，啥正事呀？

于三叔吧唧了几下嘴说：这次学军回来，你们没想过给他张罗张罗婚事？

李二哥就谦逊地笑。

李二嫂说了：有人提了，我们觉得都不太合适。

于三叔说：我给你们提一个咋样？

谁呀？李二嫂说。

于三叔说：王支书家的闺女，桂花，你们看咋样？

李二哥说：好是好，人家能愿意吗？

李二嫂说：这事我们也琢磨过，人家父亲当着支书，桂花又是咱们大队的赤脚医生，她能看上咱们家的学军？

于三叔笑了，笑得很有城府，又一骗腿下了炕道：只要你们同意，我这就去支书家说说去，要是他同意了，咱们是两好加一好，要是不同意，就当我啥也没说。

李二哥和李二嫂两人便千恩万谢地把于三叔送出了家门。

于三叔风风火火、十万火急地直奔王支书家而去。王支书正躺在炕上看一张新出版的《人民日报》，他已经看完了一篇社论，正在看其他的国内外大好形势，就在这时，于三叔风风火火地来了。于三叔进来的时候，王支书的身子动都没有动一下，只是偏了偏头，眼睛暂时从报纸上离开了一下，然后说：来了，坐吧。

于三叔脸上挂着不尴不尬的笑，屁股很小心地坐在炕沿上，欠着身子说：支书，忙着呢？

王支书只“嗯”了一声。

于三叔吧唧一下嘴说：李二哥家的学军从部队上回来了。

王支书放下报纸，打了个哈欠说：知道。

于三叔又说：学军这次回来，他们家的人准备给他张罗一门亲事。

王支书说：张罗呗。

于三叔再说：学军这小子出息了，当兵就是不一样。

王支书拍拍报纸说：解放军部队是一所大学校，这是毛主席说的。

于三叔继续说：刚才我看见桂花和学军在后街说话来着。

说就说去，他们是同学。王支书又打了一个哈欠。

于三叔的样子有些腼腆，脸还有些发红，很不流畅地说：我看桂花……跟学军挺合适的。

王支书刚想打个哈欠，听了于三叔的话，立马把张开一半的嘴闭上了，很不耐烦地摆着手说：不行，不行，我看这事不行。

于三叔脸一下子青了，但他又不想放弃努力，仍说：听说学军就快在部队上入党了？

王支书说：入党咋的了，在部队上能入党，在咱们公社也可以入党，入了党他复员回来就不种地了吗？除非学军那小子能提干，以后再也不回来了。

于三叔就不知说什么好了，样子有些灰头土脸。

王支书说：我们家桂花，最差的也得找个吃公家饭的。学军那小子，再当两年兵，回来了，不还得修理地球。

于三叔就不知道说什么了，很没滋味地从王支书家出来了。

后街上，李学军和王桂花两人正说得热闹，王桂花都忘记了出诊，突然想了起来，忙冲李学军说：呀，王婶发烧了，还等着我去给她打针呢，改日再聊吧，我就在卫生所里，天天在那儿，有空你来吧。

李学军跺了跺脚说：嗯哪。

他目送着桂花扭着很好看的腰，眼见着桂花的粗辫子活蹦乱跳地在眼前消失了。这时他才感觉到，脚被冻得猫咬狗啃似的疼。他穿了一双单皮鞋，皮鞋是部队统一给干部发放的那一种，是他离开部队时，向排长借的。大冬天的，单皮鞋穿在脚上，好看是好看，可就是冻脚。

李学军一边跺着脚，一边兴奋地向家里走去。

二

李学军回到家里，父母便把于三叔做媒的事对他说了。那时父母还不知道于三叔在王支书那里碰了软钉子。李学军见到桂花以后着实兴奋了，他没想到，两年不见的桂花已经出落成这样了。

李学军这次探亲，是经过一番准备的。他准备的这一切，自然都是跟老兵学的。老兵们都很有经验，他们知道，他们这些兵，大部分人当满三年兵后，都是要复员的，也就是说入伍前哪里来的，还要回到哪里去。这样一来，他们把唯一的一次探亲机会很当一回事，借衣服借鞋的，如果这个兵面子大一点的话，可以借来一套四个兜的干部服，就是没有那么大的面子，也可以借来一双干部的三接头皮鞋。军官们也很体谅这些战士，知道他们服役这三年期间里，只有这么一次探亲机会。穿着崭新的军装、皮鞋什么的，回到家里，风光一次。这些兵们大都会在这次探亲的时间里，把亲事定下来，军装穿在身上，身价就有所上涨，况且经过两年的部队锻炼和以前相比都会有不同程度的长进。努力着找一个好姑娘把亲事定了，回到部队后，在复员前，争取未婚妻来部队一趟，借机把未婚妻给“收拾”了，那样的话，这门亲事就等于是铁板钉钉了。即便没有“收拾”成，风言风语的，四乡八邻的也都知道了，姑娘出于种种考虑，即便战士复员回乡，也不好反悔了。

这种种做法，都是一茬一茬老兵留下的招数，李学军这次回来，从心理到生理也是有这方面想法的。见到王桂花之后，他的这种想法可以说更加强烈和炽热了。即便这样，父母说于三叔做媒的事，他还是红了脸，口是心非地说：我的婚事不着急。

他这么说的时候，王桂花的身影已经在他的脑海里挥之不去了。王桂花一直是他的同学，那时王桂花的父亲就已经是大队党支部书记了。因此王桂花从小就有一种优越感，从穿的到吃的，比一般同学都会好上许多。那时的王桂花在李学军的眼里一点也不亚于公主，相比之下李学军就要穷酸得多了，穿的是哥哥们穿剩下的衣服，衣服补了一次又一次。他还有流清鼻涕的习惯，擦来擦去的，上嘴唇和鼻子周围都擦红了。于是他一边吸溜着鼻子，一边用衣袖去擦，这个样子的李学军自然不会引起王桂花正眼相看。

一直到高中毕业，在李学军的印象里，王桂花似乎从来没有和自己说过话。在当兵走后的这两年时间里，王桂花一次又一次出现在他青春的梦里。也只能是在梦里。

没想到的是，两年之后，身穿军装的他一下子就走进了王桂花的视线里。他们站在后街的雪地上，说了那么多的话，站得那么近，现在李学军回忆起来，仍心潮难平，不能自抑。桂花临和他分手时说的那句话仍在他的耳边作响：我就在卫生所里，天天在那儿，有空你来吧。李学军一想起这话，浑身的血液便沸腾了。

于三叔从早晨到下午一直没有出现，在李二哥和李二嫂看来，绝不是什么好兆头。于是两人就显得魂不守舍，一次次走到家门口张望，希望能看到于三叔的身影乐颠颠地向自己家走来，可结果这样的场面没有出现。他们还不知道，此时的于三叔正躺在自家的土炕上失落呢。本来他想要是促成这门婚事，那自己也算是有功之臣了，李二哥会一辈子对他感恩戴德，过年过节的怎么着也会把他拽到炕上捏两壶小酒喝一喝，就是王支书也会对他另眼相看。没想到的是，王支书几句话便把他打发回来了，他不能不为此失落。

于三叔在失落的时候，李学军的心里已经长草了。他一次又一次透过自家的窗户张望，卫生所就设在大队部最东边那个房间里，他当兵前那里就是卫生所，只不过那时的赤脚医生是个男人。桂花毕业后，先是在群众推荐下，说是群众推荐，还不是在王支书一手策划下，让桂花到县城医院学习了一年。一年之后，男赤脚医生因犯了流氓错误，让王支书赶回生产队去种地了。男医生犯的流氓错误是给一位年轻妇女打针时，手伸进女人的裤裆里摸了一把，刚好让人给看见了，报告给了王支书。王支书板了脸也问了那妇女，又问了男医生，在强大的精神和政治压力下，两人都供认不讳，结果就很严重了。王支书是很人道的，本着救死扶伤的精神，没有把男医生交给公安局去法办，而是赶出卫生所，回家种地去了。这样一来，王桂花便名正言顺地接替了男医生的班。

那时赤脚医生的地位是很高的，那一阵子农村也实行了“合作医疗”。广大的农民兄弟每次去开药或者打针只需花五分钱的挂号费，便可以打针、吃药。不过在打什么的针、吃什么药的问题上，那可就是医生说了算了。因此，赤脚医生的地位是很高的。

骄傲的王桂花在李学军的眼里和心里的地位就可想而知了。时间还不到傍晚，天刚刚有些发灰的时候，李学军在家里实在是待不住了，便以出去走走为借口，走出了家门。他一走出家门，便一头扎进了卫生所。他之所以要等到这个时候才来卫生所，是因为凭着他以往的经验，傍晚的时候，家家户户都忙着做饭了，这时如果没什么急病的话，一般人是不会去卫生所的。李学军处心积虑地选择了这样一个机会来到了卫生所。

果然，卫生所里只有王桂花一个人，她正在看一本《赤脚医生手册》，那本书被王桂花翻了不知有多少遍了，有的页码已经卷了边了。就在这时，李学军推门进来了，他进门时带来了一股冷风，不知是冷风的原因还是王桂花激动的原因，总之，在王桂花看到李学军的一瞬间，她抖了一下，然后惊讶地说：呀，你来了。接下来就是让座倒水什么的。

李学军坐下了，他坐在病人的椅子上，桂花仍坐在原处，如果这时有人走进来，还会误以为桂花在给李学军看病呢。两年的时间说长也长，说短也短，两年的空白，造成了两人的距离感，于是因距离也就产生了美。两人都有很多话要说，李学军主要说的是这两年来的部队生活，先从新兵连说起，然后又说到打靶、拉练什么的，对王桂花来说一切都是那么新鲜。李学军对部队生活的描述，是那么令人神往。

桂花也抽空说这两年的学习和工作，李学军不时地加以点评和论述。他的脑海里留存了大量的报纸上经常出现的词汇以及《毛泽东选集》里面的辩证法知识，这一切都是在部队学习的结果。桂花就惊奇地望着李学军，真心实意地发着感叹：呀，学军你进步可真快！他们现在已经改变了对对方的称呼。他称她为桂花，她称他为学军。这种称谓上的转变是悄悄进行的，两个人自己都没有发现，此时他们是一对多年要好的老同学，多年之后重逢了。

不知不觉间，天就黑了，屋里只剩下炉火在热烈地燃着，在他们说话的间隙里，桂花往炉火里添了两次劈柴，此时干燥的劈柴正噼啪有声地燃着。

当他们空闲下来的时候，突然意识到天已经黑了。李学军先是站了起来，歉意地说：不好意思，耽误你下班了。

桂花说：没事，你不来我也很晚才回家，没病人我就在这里看书。说完拍了拍桌上的那本《赤脚医生手册》。桂花这么说，见李学军站起来，她还是站了起来，收拾东西准备回家。她在椅背上拿围巾的时候，炉火中李学军看到桂花在棉衣里凸起的胸乳，显得是那么结实和挺拔。他身体里不知什么地方动了一下，呼吸也有些急促。两人在出门的时候，相互谦让着，结果两人一同出门，身体挤在了一起，李学军又一次感受到了身体内发生的异样。

两人不自然地说笑着走了出来，因为屋里热，外面又很冷，两人都打了个抖颤。桂花一边搓着手一边说：你这次休假能待几天呀？

李学军说：我已经回来两天了，还有十三天。

桂花又说：那你以后到我这来玩吧，反正我也没什么事。

李学军笑着说：好，只要你不烦，我以后天天来。

桂花嬉笑道：天天来，不也就是十三天时间嘛。

这么说过了，不知为什么竟都有了一种惆怅感，于是两人都静默了下来，直到两人在村路上分手。

李学军一直看着桂花消失在自己的视野里，他才哼着《三大纪律八项注意》的歌曲往家走。

李二嫂早就做好晚饭了，和李二哥一起等李学军回来吃饭已经等了许久了。看样子两人情绪都有些不高，就在李二嫂做饭时，李二哥去找了一次于三叔，于三叔原原本本地把王支书的话又学说了一遍。

吃饭的时候，李学军陪父亲喝了两杯酒。

李二哥喝口酒说：小子，你一定要入党。

又喝了口酒说：如果有可能你还要提干，当军官，离开这老农村，让他们看看。

父亲喝着喝着就喝多了，然后鼻涕一把眼泪一把地叙说着农民的辛苦和艰难。

李学军何尝不想在部队入党提干呢，那么多人竞争，李学军只在众多的竞争者中处于中游的位置，别说提干，入党都困难。那时李学军已经想好了，回来当农民，先从生产队长干起，如果老天有眼的话，说不定还会当个民兵连长什么的，毕竟他是复员军人。

父亲这么一哭，他的心情一下子沉重了下来。但躺在炕上，灭了灯之后，他似乎又在黑暗中看到了光明，如果他和桂花有什么的话，王支书不能不帮他，在部队入不上党可以回来入，如果王支书肯帮他，当个大队的民兵连长也就很容易了。民兵连长好赖也算半脱产干部，到时和桂花过上小日子，也算人上人了。这么畅想的时候，李学军似乎看到了自己光明的未来。

三

李学军在那几日里睁开眼睛便盼望着黄昏早日来临，因为只有那时，他才可以走进桂花温暖的卫生所，然后他像一个病人似的坐在桂花面前说一些闲话。

他在整个白天里，总是显得精神亢奋，做起什么事来又多心不在焉。农闲的乡亲们，袖着手端着膀，一拨又一拨地来到李二哥家坐了，听李学军一遍又一遍地说部队上的事。李学军再说部队上的事时，精力就不那么集中了，他不时地透过自家的门窗向卫生所方向张望，在他的家里是望不到卫生所的，因为还有好长一截子路，但是他还是一次又一次地张望着。

中午的时候于三叔愁眉苦脸地来了，李二哥和李二嫂还是热情地把于三叔让了。于三叔坐在炕沿上，很欣赏地望着李学军，当满了两年兵的李学军已经不习惯坐在炕上了，于是他就站在地上，样子显得很挺拔，仿佛站在哨位上。

于三叔就咂着嘴说：学军这小子出息了。他不明白，已经出息成炕都坐不惯的李学军王支书为什么看不上，他有些遗憾，然后就扭过身子和李二哥和李二嫂商量。

于三叔又咂了一次嘴说：要不这么的吧，南屯我大哥那丫头，去年就高中毕业了，长得没啥挑，要不我去说一说？

显然李二哥和李二嫂对南屯那丫头是有印象的，很快就点了头道：那就辛苦他于三叔了。

于三叔做出马上要出发的样子，此时李学军脑子里只装着桂花了，根本盛不下别人的影子，马上说：于三叔，算了吧，我还年轻，谈对象的事不急。

李二嫂就瞪一眼李学军，以妈妈的身份说：别说傻话，你转过年就二十三了，等复员回来就二十四五了，到那时，怕是好姑娘都让人挑走了。

于三叔也说：小子，过了这个村可就没这个店了。

李学军仍然梗着脖子说：反正我不着急。

于三叔似乎看出了李学军和桂花的苗头，掏心挖肺地说：桂花那姑娘好是好，我看得出她对你好像也挺中意的，可她爹王支书不同意，昨天他亲口对我说的。

李学军不知内幕，听到这里心里也呼啦一下子沉了一下，但他还是铁嘴钢牙地说：我就是不着急。他这么说了，心里还是有些发虚。

李二哥似乎看出了李学军的这份虚弱，然后以家长的身份说：他三叔，这事就这么定了，我看南屯那丫头中，就麻烦你去一趟，晚上回来，咱们喝酒。

于三叔受到了鼓励，他从炕上下来，拍拍李学军的肩膀说：小子，听老辈人的没错。

然后热情高涨地出了门，向南屯一耸一耸地走去了。

此时的李学军心乱如麻，不知为什么他有些恨桂花了，因为桂花的爹王支书，他开始恨桂花。当兵时，他就有些恨王支书，让谁当兵自然是王支书说了算，那时适龄青年有好几个，而给他们大队招兵的名额只有一个。李学军积极性很高，李二哥也支持，但不走动走动，这名额说不定会落到谁的身上。

李二哥和李学军一商量，决定给王支书送两瓶酒，酒是原装酒，要好几块钱呢。

傍晚时分，李学军陪着父亲就去了王支书家，临进门的时候，李学军却止步不前了，一来他不知道进门说什么，二来他怕见到桂花，在桂花面前低三下四地求王支书，他感到汗颜。

李二哥看出了李学军的心思，骂了句：没出息的货。

李学军一直站在外面的暗影里听着王支书家里的动静。

爹说：支书，学军那孩子的事就拜托你了。

说完父亲很重地把两瓶酒放在了王支书家的桌子上，两瓶酒发出很真实的声音，显示出了原装酒的分量。

爹还说：支书，你的恩德我和学军这辈子都会记得。

支书说：李老二，啥恩德不恩德的，这事我记下了，到时候跟接兵的说一说，看看行不行。

爹在屋里听出了支书搪塞的意思，学军在外面也听出来了，急出了一身的汗。

父亲站在灯影里沉默了一会儿，他似乎不知说什么好，一着急，扑通一声就给支书跪下了，声音哽咽地说：支书，我李老二求你了。

支书说：李老二，你这是干啥，快起来。

不知过了多久，李老二就出来了，李学军看到父亲的眼角挂着两滴泪水。

没想到事情却很顺利，体检时，只有李学军一个人的身体合格，李学军便名正言顺地当兵走了，他是靠自己实力走到这一步的。回想起父亲当年求支书的情景，他心里仍然一颤一颤的。不知为什么，他更加迫切地想要见到桂花了，见到桂花时不知为什么他脸上竟带了些怒气。桂花似乎坐在那里等他一万年了。桂花似乎并没有看到李学军脸上的变化，似怪似嗔地说：你怎么才来。

李学军一坐下，便觉得都没有什么了，他浑身上下似乎泄了气似的，温柔得要死要活。他痴着眼睛望着桂花，桂花的围巾仍搭在椅背上，也许是炉火的缘故，她的脸红红的，显得年轻又健康。

李学军不想和桂花兜什么圈子了，单刀直入地说：于三叔要给我介绍对象。

桂花似乎也一震，受了刺激似的说：谁呀？

李学军说：就是南屯的红梅，比咱们低一届。

桂花说：她呀。红梅有什么好，小时候总拖着个鼻涕泡。

桂花这么说时，小时候红梅的样子就出现在了李学军面前，红梅似乎总有那么多鼻涕，擦也擦不完。李学军想到这儿，想笑。

桂花说：你笑什么？

李学军却答非所问地说：这世界太小了，没想到转了一圈又转回来了。

桂花似乎受了打击，情绪一下子低落下来，半晌没有说话，李学军觉得自己要的效果出来了。

李学军说：你怎么不说话了？

桂花说：你该忙活相亲的事了，怎么还有心思在我这儿说闲话。

这回轮到李学军沉默了。半晌他才说：桂花，你咋还不定亲？

桂花抬起头，红着脸说：咱们这的人你还不知道，我一个也没看上。

她这么说时，李学军身子抖了一下，但马上又说：你想找啥样的？

桂花沉默了一会儿，颤着声音说：我要找有前途的。

李学军说：啥叫有前途的？

桂花说：走出去的，再也不回来的。

桂花这么说完，眼睛就热辣辣地望着李学军，气喘着说：我听他们说，你在部队干得不错，快入党了，啥时候能提干？

李学军一下子被桂花的眼神击中了，桂花刚才说了什么，他似乎什么也没听见。那时他心里只想着一件事，桂花，你是王支书家的桂花。

想到这，不知是豪气还是怨气，使他一下子向桂花扑了过去，同时带倒了身后的凳子，那是给病人坐的凳子。桂花似乎等着李学军这一扑，已经等了好久了，她马上便融进李学军的怀里。李学军把桂花抵在她身后的药柜上，那上面挂了把锁，钥匙还插在上面，此时发出哗哗啦啦的响声。两个人都跟病人似的那么抖着。

这时，李学军不知为什么，又想到了王支书，以及父亲给王支书下跪的情景。他搂抱桂花的手臂就加重了些力气，桂花嘴里发出“哦哦”的声音，她似乎想说什么，但就是说不出来。

李学军的手大胆地从桂花的棉衣里伸了进去，又把桂花里面的衬衣拽了出来，手便和桂花滚热的肌肤融在一起了。桂花就拼命地抖，仿佛成了高烧中的病人。李学军的手终于握住了桂花的胸，坚挺而又真实。那时，农村女孩子在冬天一般都不戴胸罩，李学军的手在桂花的身体里就显得无遮无拦。

两人气喘着，颤抖着，推拒而又纠缠着。桂花终于捯上来一口气，气咻咻地说：学军，你，你别这样。

李学军一声不吭，他闭着眼睛，用手死攥着桂花的乳房，仿佛在握着一颗手榴弹。

桂花又“哦”了一声，说：学军，你弄疼我了。

李学军仍义无反顾地揉搓着，他喘着粗气，似乎在干一件体力活，或者在跑全副武装的五公里越野。他抱着桂花，脑子里却竟是王支书的形象。

不知过了多久，两人都平静了下来，就那么相拥着。这时，外面的天空已经黑了。炉火只剩下一点残火，在炉内飘忽着。

李学军说：你我的事，你爸不同意。

桂花说：我的事他管不着。

李学军说：你真的同意和我在一起？

桂花说：只要你在部队上不回来，我嫁给你十次都行。

这回李学军听清了，他的身子一下子松弛下来，仿佛有人在他后背上打了一枪。冷静下来的李学军离开了桂花，弯腰在地上扶起凳子，坐在上面，此时他感到浑身无力，比跑五公里越野还要累。

两人都在黑暗中沉默着，就在这时，李学军又想起老兵给他传授的经验，士兵回家探亲，相亲的姑娘都怀着嫁给军官的心情定的亲，等到姑娘来部队探亲时，他们稀里糊涂地把未婚妻给“收拾”了，等复员回去，女方后悔也来不及了。生米做成熟饭了，也只能这样了。想到这儿的李学军又重新燃起了希望，他知道自己不可能提干，那他要趁早把桂花“收拾”了，让她后悔也来不及。想到这，他又一次扑向了桂花，桂花这次似乎有了心理准备，样子就很从容了。

李学军单刀直入，有了很明确的目的地，于是把桂花抱到桌子上，压在身下后，又腾出一只手去解桂花的裤腰带，直到这时，桂花才明白过来，她开始挣扎，嘴里说：这不行，太早了。不行，太早了。

李学军不明白她为什么说太早了，什么叫太早了？他目的明确，急于求成，就下了死力气。桂花是在农村长大的，身子骨也不单薄，也是有些力气的，李学军是不会轻易得逞的。他好不容易把手伸进去，勉强地把手指尖停留在桂花那片“沃土”上。桂花仍在挣扎，但见李学军没有更大的动作时，她也停了下来，妥协地说：只能这样了。

李学军那只手就只能停留在那儿了，只要他一想深入，桂花便开始挣扎。后来李学军就那样停着，充分地感受着桂花。不知过了多久，他的手被桂花的腰带勒得都麻木了，他才恋恋不舍地把手拿出来。

桂花很冷静，他一把手拿出来她便说：行了，天不早了，我该回家了。

说完，站起身整理衣服，然后从地上捡起围巾戴上，向外走去。

李学军随在后面心有不甘地说：那咱们的事到底咋整？

桂花说：只要你在部队不回来，我嫁给你十次都行。

她和李学军分手时，没说再见，也没提再约李学军去她卫生所的事。李学军咽口唾液，在心里说，早晚也得把你“收拾”了。

李学军回到家的时候，父亲和于三叔的酒已喝到了尾声。李学军一进屋，李二哥就说：学军，你去哪儿了？于三叔都等你两个钟头了。

李学军没说什么，坐在炕沿上吃饭。

于三叔大着舌头说：这回妥了，南屯红梅那丫头同意，就看咱们啥时候定亲了。

李学军还是没说什么，只顾吃饭。

父亲和于三叔就不说什么了，只顾着一杯接一杯地喝酒，然后借着酒劲说一些花好月圆的话。

送走了于三叔，李二哥就说：咱啥时候和红梅定亲？听你的。

李学军说：我不定亲。

李二哥和李二嫂就张大嘴巴望着他。

李二嫂没喝酒，因此就很冷静地说：傻孩子，你要不定亲，等你复员回来，连红梅这样的怕也找不到了。

李学军坚定不移地说：要找就找桂花那样的，要定亲只和桂花定。

李二哥大着舌头说：你想啥呢，人家王支书不同意。

李学军胸有成竹地说：桂花同意。

李二嫂说：你和桂花在一起了？

李学军没点头，也没摇头。

李二哥就摇着头说：桂花说的话算啥，到最后她还不是得听她爹的，咱们大队的人，有几个敢不听王支书的，等你回来，也得归王支书领导，别做梦了。

李学军就冲父母很冷地笑，心想：你们有千条妙计，我有一定之规。

四

李学军对桂花已经走火入魔了，他劝自己等到黄昏时分再走进桂花的卫生所，可他不去桂花的卫生所，又六神无主。没有办法，他只能在大白天的时间里，走进了桂花的卫生所，他一走卫生所，红药水、紫药水以及酒精的气味便让他亢奋和沉迷。他一进屋便抱住了桂花，开始重复他们昨天晚上已经演练过的内容。桂花很冷静地说：大白天的，你这是干啥。一会儿来人了。

这句话提醒了李学军，他灵机一动，走出门去，在外面把卫生所用锁锁上了，然后又转走到窗外，敲着窗子让桂花把窗子打开。桂花刚一打开窗子，李学军从外面跳了进来，反身把窗子关上了，把窗帘也拉上了。

李学军这回大胆了，他又把桂花搂抱在怀里，气喘吁吁的，手也开始大胆地往桂花衣服里伸。桂花也显得很激动，毕竟都是青年男女，在这之前没有异性的经历，但最后的防线她还是把控着，只允许李学军的手伸进去那么一点点，刚刚触及她的最后一块阵地。

李学军心里想的是“收拾”了桂花，桂花想的是在他没有提干前，是万万不能。这就形成了矛盾，两人挣扎着，甚至是撕扯着。在这期间，外面有人敲门，也许是看见了门上的挂锁，便走了。

他们停下来，压抑着喘息声。等人一走，便又开始放肆起来了。

李学军把嘴对着桂花的脖子说：桂花，桂花，求你了。

桂花喘息着说：学军，学军，不能呀。

他们都有些冲动，也有些忘我。门外有了响动，一把钥匙开门的声音他们也没有听到。这时，王支书出现在了他们的面前，两人顿时呆了。

李学军把门锁上了，有病人敲门时，看到了锁，便到桂花家去找。这些日子王支书并没有到大队来上班，原因是农民都冬闲了，大队办公室没有炕只有炉子，来到大队还得生炉子什么的，坐上一天也不会有什么事，于是王支书在自己办公室的门上贴了张纸条，那条子说：有事找支书。然后王支书就整日躺在自家的热炕上看《人民日报》，也看《红旗》杂志。病人寻到了王支书家找桂花，一个两个的，支书就疑惑了，便提着钥匙来到了卫生所。王支书有一大串钥匙，凡是他管辖的地方，钥匙都在他的手上，结果他就看到了李学军和王桂花搂抱在一起撕撕扯扯这一幕。

王支书别过脸去，因为桂花衣衫不整的样子让他脸红，他很生气地说：李学军同志，你这是干啥？

李学军一怔，住了手，双手一直不知该放哪儿合适，干脆举起手向支书敬了个礼。想了想又说：支书同志，我在和桂花谈恋爱。

王支书背着手，他现在已经很冷静了，围着手足无措的李学军转了三圈，说：你是癞蛤蟆想吃天鹅肉啊。

李学军感受到了侮辱，涨红了脸，一时不知说什么好。

毕竟姜还是老的辣，王支书第一回合就把李学军震住了，接下来他要重拳出击了。

李学军同志，你回来探亲不好好在家待着，出来调戏妇女，我要考虑把你的作风问题反映到你们部队上去。王支书一字一句慢条斯理地说。

李学军连脖子都红了，很虚弱地说：我没有调戏妇女，我和桂花在谈恋爱。

李学军同志，请你出去！王支书的声音陡然提高了。

李学军下意识地向外走去。

桂花在他的身后喊了一声：学军——

站住！王支书厉声喝了一声。桂花的脚步立马就僵在那里。

李学军一走，王支书便把门重重地摔上了，指着桂花的鼻子大骂：你这丫头，太不要脸了，他李学军是啥东西，他也配和你好。

桂花说：我现在是和他谈恋爱，又没说非得嫁给他。

不许你和他谈恋爱，你会后悔的。一年后他复员回来，看我怎么收拾他。王支书气咻咻的样子。

桂花在当时一定是昏了头，没头没脑，她歇斯底里地喊：我的事不用你管。

王支书听了这话，也是热血冲头了，在整个大队还没有人敢用这种语气跟他说话，在这之前，王桂花对爹也是很温柔的，甚至都没有大着嗓门说过话，今天这是怎么了，一定是让李学军那小子教坏了。他忍无可忍，挥起手打了桂花一个耳光，骂道：混账，你马上给我回家待着去，再让我看见你和那小子来往，看我不打断你的腿。

说完扯着桂花的胳膊把桂花从卫生所里拉了出来，然后又亲手把那把挂锁锁上了，想了想又回到办公室写了张纸条：有找医生看病的，去支书家。他把这张纸条贴在了卫生所的门上，然后押着桂花向家里走去，他要看着桂花，不让她再走近那小子半步。李学军算啥东西，他也配。王支书在心里恶狠狠地说。

李学军怀着屈辱的心情离开了卫生所，离开卫生所那一刻，他的眼泪在眼眶里打着转转。但他还是忍住了，没让眼泪掉下来。他知道和桂花好下去，到最后把她给“收拾”了，生米做成熟饭，桂花本人不是最大的障碍，最大的敌人应该是王支书。他要报复王支书，报复的手段应该是通过桂花。李学军终于理清了思路，一整天的时间里，他都闷闷不乐的。

黄昏时分，李学军身手敏捷地又偷偷地去了趟卫生所，看到了门上的条子，他心里凉了半截。他知道，以后再见桂花一面，怕是很难了，但他又不甘心。看来利用探亲这些日子，把桂花“收拾”的计划算是落空了，当然以后还会有机会的，可以给她写信，约她去部队，以未婚妻的名义去探亲，到那时，他不愁拿不下桂花。每年老兵探亲之后，以未婚妻的名义来部队探亲的女子便多了起来，大家都知道，这是探亲的战利品，一走进部队，就到了摘桃子的时候了。这时候要是还摘不下，以后怕就更没戏了。

那时，李学军想，只要桂花答应去部队探亲，那就都没啥了。

第二天的时候，关于李学军和桂花的事就被人们传得沸沸扬扬了。有人说，李学军从窗子里偷偷爬进了卫生所，企图调戏桂花，桂花大怒打了他一个耳光。还有人说，李学军跪在地上向桂花求亲，让支书撞个正着，被支书骂了出来。总之，各种说法对李学军的名誉和人格都很不利，也就是说，李学军在桂花面前是不平等的，没有人同情李学军，人们都站在桂花的立场上了。

李二哥和李二嫂也听到了这种传闻，两个人愁眉苦脸地一商量，决定马上给李学军定亲，女方就是南屯的红梅。他们又找到了于三叔，于三叔还没忘记李二哥请他喝酒的情谊，立马就答应了。并说要亲自、马上去南屯一趟，让对方准备一下，相亲的日子就定在明天中午。

在外面游走了一天的李学军回来的时候，李二哥和李二嫂便把明天相亲的决定通知给了他。他一听就傻了，脸红脖子粗地说：我不同意，打死我也不干。

李二哥就暴怒了，这是位很少发火的汉子，他能冲谁发火呢，只能冲那些牛呀马的，要么冲李二嫂，他冲李学军发火这还是头一次。他冲李学军发火道：你就死了心吧，你和桂花的事，别人都说成啥了，啊，你知不知道。红梅那丫头和桂花比又缺啥了？

李二嫂也哭了，她一边哭一边说：儿呀，你就听妈一回劝吧，咱们老李家丢不起那个人呢。

李二哥的火气还没消，以一家之主的口气说：啥也别说了，明天相亲。

李学军仍梗着脖子说：我不！

李二哥伸手拉灭了灯，仍火气很大地说：我说相亲就相亲。

那一夜，李学军一夜也没睡踏实，他在想着桂花，同时也恨着王支书。他不希望自己的爱情和阴谋就这么轻易地破灭了。他不能和红梅相亲，如果那样的话，他将生不如死。他决定明天就回部队，虽然他的探亲假还有一周的时间。

天还没亮，他就悄悄地起身了，父母还在睡着，他收拾了一下东西，便提着包走了出去。他来到了桂花家门外，他知道桂花还在睡着，他举起了右手，很庄重地冲睡梦中的桂花敬了个礼，然后含泪离开。

他大步走上了通往县城的公路，到那里他要赶最早一班车归队。

五

李学军的提前归队大大出乎部队领导们的意料，许多探亲的战士都想尽办法在家里多留几天，有的说买不到返程的车票，有的说得了急病，还拿出医院的诊断书什么的。军官们都明白，这些战士当兵的三年时间里也就探这么一次亲，能在家风光几天就风光几天吧，领导这么理解了，也就睁只眼闭只眼了。反正也不是战争时期，多待几天就多待几天吧。

李学军提前一个星期归队，领导们自然要抓好这个典型，他们把李学军这一行为，归结为想要求进步的一个信号。排长在排务会上对李学军提出了表扬，连长和指导员在连点名时也对李学军进行了一番轰轰烈烈的表扬。

他对这番表扬并没有往心里去，心想，这是歪打正着，他的本意并不想这么快就归队，那完全是因为桂花事件。如果没有那件事，也许他还待在家里，站在村街上冲父老乡亲一遍又一遍描述部队上的事情。

一想起桂花，李学军的心里便生出无尽的思念，想念卫生所里温暖的炉火，还有那酒精的味道，淡淡地在空气中飘散着。最诱惑他的当然是桂花的身体，光滑、温暖、结实。此时，他一遍又一遍用全身心温习着桂花，体味着桂花。想象和回忆有时比实际更值得回味，在集体宿舍的床上，或者在一个人的哨位上，李学军一想起桂花，心里便充满了细腻的柔情和渴望。他的思念一会儿是奔涌的河流，一会儿又变成涓涓的小溪，昼夜地流淌着，一直流向老家靠山屯，流到桂花的身边。

李学军把自己对桂花的思念，又变成了一封又一封信，寄到桂花的手上。他怕这些信被王支书扣下，在信封上并不写明自己的部队番号，只写上“内详”两个字，于是一封又一封写有“内详”的信，便雪片似的落到桂花的手上。刚开始的几封信，写的都是思念什么的，后来内容就有所深入，他没忘记让桂花到部队来，那样的话，他就可以把她给“收拾”了，只要生米做成熟饭，王支书就是有天大的本事也奈何不了他了。

春节一过，探亲的老兵都归队了，还没等开春，有些心急的未婚妻已经到部队来探亲了。连队有几间招待所，专门用来招待连队干部、战士家属来队的。士兵们都知道，只要战士的未婚妻一来，招待所就成了洞房。

李学军心急如焚地向桂花描述部队的神秘，以及种种好处，他希望通过这些把桂花诱惑到部队。

桂花回信的时候，总是显得很冷静，她在信的开篇中便这么称呼李学军——学军同志，有点王支书的味道。信的内容大多谈的都是革命思想，什么好男儿志在四方了，部队这所大学大有作为了，什么先入党后提干了，彻底离开农村什么的。李学军每次接到桂花的信，刚开始都是热血冲头，读到内容时，便又心灰意冷了。桂花并没有绝情到底，信的尾处，笔锋陡地一转，另起一行，写道：学军，我也想你。就这么一句还算柔情的话，然后就“此致”“革命的敬礼”了。

桂花的信和李学军的信，一个如一盆冷水，另一个则如一盆浓烈的炭火。

春天到了，树芽开始打卷了，接着就是夏天，夏天一过就是秋天了。秋天的十月份就是老兵复员的时候了，李学军掐指算着时间，到了十月份，他就当满三年兵了，如果没有特殊理由，他就该复员了，回到靠山屯。他将永远生活在那里。

一想起这些，李学军便心急如焚。在这期间如果不把桂花搞定，回到靠山屯，桂花便永远是他的梦想了。他在桂花的信中已经读出来了，她希望他入党、提干，到那时她嫁给他那是水到渠成的，不会费什么劲。如果他就这么灰溜溜地复员回去的话，桂花是不喜欢的。桂花在信中已经说明了，她喜欢有志气的青年。什么叫有志气呢？李学军的理解就是入党、提干。

李学军做梦也想着入党、提干，全连队一百多战士都想着入党、提干，他们有的天不亮就起来扫院子、喂猪，猪正在睡觉呢，也要轰起来，为了抢夺有限的扫把，有的人在头天晚上睡觉时，偷偷地把扫把藏在被窝里，搂着扫把睡觉。经过一个星期的努力，在连队晚点名时，会换来连长或指导员的一次口头表扬，接着又为下一个星期努力。

这是在劳动上，政治上也都不肯落后，有人已经能把《毛泽东选集》几卷本的大部分文章倒背如流了。

李学军在众人的努力向上的氛围中说不上好也算不上差，总之，他表现平平。有时他一个月也捞不上一次表扬。他最出彩的那一次，还是那次提前归队。这样一来，和桂花对他的期望相比，他就差得很远了。

李学军就更加勤奋地给桂花写信，以期能打动她，让她以未婚妻的名义来部队一趟，彻底地把她给“收拾”了，到那时，即便他回靠山屯，也是王支书的准女婿了。王支书看在女儿面子上也不会亏待他。那是他的未来和出路。李学军一遍又一遍地在信里恳求着桂花，希望她到部队来视察指导。李学军在信中还说，那样的话，会鞭策他积极向组织靠拢，同时也是强有力地把他向军官队伍推了一把。他甚至不厌其烦地向桂花描述从靠山屯到部队的乘车路线，怎么先坐汽车，再坐火车，然后再坐汽车，都说得诚诚恳恳、详详细细的。

桂花并不受李学军这样的诱惑，每次回信都说，现在工作很忙，春天了，我参加灭鼠工作，病人很多，全大队就我一个赤脚医生，半夜都要出诊。她说话的口气，仿佛全大队的人一夜之间全患上了不治之症，等她一个人去救死扶伤。

一晃夏天就到了。夏天都到了，秋天还会遥远吗？一想到秋天、十月份，李学军就心灰意冷了。看样子，桂花是不会来了，除非他入党、提干。这么一想，他对桂花的思念和期盼便打了折扣，他明白，自己也许是白忙活一场，到最后也是水中捞月，空欢喜一场。冷静下来的李学军，给桂花写信的次数明显就少了。接下来，李学军就有更多的时间，走出军营到外面去遛一遛、转一转。

他经常光顾的就是营区西面的那条大青河，河水不宽，也不算急。他走在堤坝上，望着河水，河水的样子，正符合他的心境，空空荡荡的，同时又不急不缓的。大青河的堤坝上，草长莺飞，告诉李学军此时真的是盛夏了，夏天一过就是秋天了。想到这里，他落寞也忧郁。他后悔没有和红梅那丫头订婚，说不定等他十月份回家，红梅那丫头早就和别人订婚了，成了别人的人。这么一想，李学军的心情便可想而知了。

结果，一件偶然的事情发生了，李学军这一生中的重大转折也开始了。

一连下了几天的大雨，这种大雨并不多见。下雨的时候，李学军并没走出军营，雨过天晴那天傍晚，他又走出了军营，走到大青河的堤坝上。堤坝上有些滑，也有些黏脚，走在上面并不爽快。几日不见，大青河长胖了好几圈，水变得浑浊，也变得凶悍了，流起来也很急了，打着旋儿向下游奔涌而去。

李学军望着西边的太阳，心情异常苦闷，雨季告诉他，夏天即将过去。在这即将告别部队的日子里，他的心情要多失落就有多失落。

就在这时，他看见从上游漂下来一个东西，好像是一件女人的衣服，随着水流一沉一浮的。很快到了近前，他才看清，那不是一件衣服，而是一个人。那人还在水里挣扎着，甚至吐字不清地喊着：救命……

李学军在那一刻没有多想，情势也不容他多想，他完全是下意识地跳进了水里，拼着性命地向那个落水者游去。

这一下子，李学军就成了全团的红人了，他救上来的不是别人，正是马团长的宝贝女儿，马晓魏。马晓魏那年高中刚刚毕业，年龄十九。雨过天晴后，她独自一人来到堤坝上游玩，堤坝很滑，不幸落入水中。万幸的是，李学军及时地出现在了她的身边，李学军费了九牛二虎之力，总算把马晓魏弄上了岸。在这一过程中，他并不知道马晓魏是谁，他只把她当成个落水者了。在救人的过程中，他呛了无数口水，上岸之后，他也晕了过去。

可了不得了，李学军英勇救人的故事很快就在全团、全师传开了。马团长亲自接见了李学军。马团长摇着李学军的手，马团长受惊吓之后，脸色还没有完全恢复过来，他一遍遍地说：你就是活雷锋呀。

马上，李学军就成了全团学雷锋的标兵，马团长在得知李学军还没有入党时，沉着脸冲李学军的连长和指导员说：你们这是埋没了活雷锋呀。

然后，李学军火速填写了入党志愿书，连队支部连夜召开支部会议，全体通过了李学军的入党申请。第二天，指导员亲自把李学军的入党志愿书送到了团政治处。

政治处又火速派出干事到李学军的家乡外调了。

李学军的事迹和火速入党的消息就这样轰轰烈烈地在靠山屯传开了。首先得知这一消息的是王支书，那位干事先和王支书接上了头。干事握着王支书的手说：谢谢支书，为部队培养了一个好青年。

接下来，全大队，乃至全公社都知道了李学军的光荣事迹。

外调的干部前脚刚回来，李学军便收到了桂花的一封热情洋溢的信，信中不再称学军同志了，又改称学军了。然后又说了许多赞许和思念的话。她还说：我想念你，学军，我日夜都想去部队看你，就看你啥时候方便了，如你同意，我立马就会到你的眼前……

这一切都是李学军做梦也没有想到的，那时他正奔波于各连队之间，宣传他的光荣事迹。他现在心态大变，反倒不着急让桂花来了。仿佛桂花就是他的，招之即来。

李学军入党的事，很快团党委就批复下来了。在那一年初秋，李学军成为了一名正式党员。

六

初秋的时候，桂花以李学军未婚妻的身份来部队探亲了。

桂花来部队，离开靠山屯时去了李学军家里一趟。李二哥和李二嫂在得知桂花要去部队看望李学军时，脸上顿时露出了幸福的神情，他们张开嘴巴，错愕了好长时间。李二嫂醒悟过来后，给桂花摊了煎饼又煮了鸡蛋。李学军冬天探亲的时候不辞而别，他们没有机会给李学军做这些。李学军就那么走了，他们又气又恨，躺在炕上诅咒发誓地一遍又一遍地说：我们没有他这个儿子。这样足足说了有半个月。后来他们不说了，他们开始思念儿子了。不知他在部队上过得好不好，同时也为错过了和红梅定亲的事而感叹、惋惜。那事不久，红梅就和本屯青年何二宝订婚了，消息自然是于三叔带来的。他们又开始恨李学军了，李二嫂咬着牙说：哼，让他打一辈子光棍儿。李二哥也说：学军那小子让桂花迷魔怔了。现在桂花要去部队上看李学军，让李二哥和李二嫂吁了口气，心里的遗憾和懊悔顿时烟消云散了。两人双双走出村，一直把桂花送到通往县城的公路上，才挥手和桂花告别，自然少不了千叮咛万嘱咐的。

王支书并没有送桂花，但也没对桂花的行为进行阻拦。李学军成了团里学雷锋标兵，他是从部队干事口中得知的，接着李学军入了党，离提干也就是一步之遥了。桂花提出要去部队上看望李学军，他知道了，嘴里似乎很不情愿地说：不就是入个党嘛，有啥了不起的。我“四清”那一年就入了党了。他嘴上这么说了，行为上并没有阻拦，桂花就放心大胆、一身轻松地踏上了去部队的路。

桂花突然出现，让李学军有些措手不及，他刚从师里演讲回来，胸前的大红花还没有摘下来呢。这时桂花似乎从天而降地出现在了李学军面前。桂花似乎赶得很急，汗珠还没有擦净，晶亮地挂在脸上，脸孔很健康地红着，她说：学军，我来了。

桂花，是你？李学军惊讶地望着桂花。

他救人了，救的不是别人，是马团长的女儿马晓魏。他先是立功，后是入党，这一阵子成了学雷锋的标兵后，刚开始在团里演讲，后来又讲到师里。政治处的刘干事说，下一步准备把他的材料报到军里去，以后还要到军里演讲。也就是说，他的名字即将红透全军。前几天军区报社的一位记者来采访他，还在报纸上发了挺大篇幅文章报道他呢。那时他就预感到，自己的命运将彻底发生改变了。这样的变化正是桂花所期望的，也是自己从前做梦都不敢想的。总之，这一阵子很忙，都没时间给桂花写信了。不过他预感到，“收拾”桂花那是迟早的事。现在自己入了党，虽然还没有看到提干的希望，但也是有希望的。让桂花来部队的事他就不那么迫切了。

桂花自己送上门来了，李学军是又惊又喜，在招待所安顿下桂花，桂花刚洗完脸，连长、指导员便来看望桂花了。两位领导和桂花握了手，在确信是李学军的未婚妻后，便把李学军表扬了一番。别的战士未婚妻来队时，也要进行这样的开场白，也就是说，部队要给战士的未婚妻一个好印象，这也是让战士安心在部队工作的一种手段。连长和指导员说李学军时，简直就把李学军夸成了一朵花。在桂花听来，李学军就是全中国最好的小伙子。

连长说了一气，指导员又说了一气，两位领导就走了。接下来就是排长、班长，都是来表扬李学军的。接下来就是战友们了，他们是来看李学军未婚妻的模样的，在心里和自己的未婚妻比较着，嘴上说着花好月圆的话。

一茬一茬的人走了，这时就到了晚上。窗帘早就拉上了，只有日光灯在头上嗡嗡地响着。有了冬天在卫生所的那些铺垫，桂花又放松心情来看李学军，她已经不把自己当外人了。最后一拨客人走了，剩下她和李学军时，她便仰身躺在床上，很舒服地吁了口气说：真舒服。

李学军这时在桂花的衣角下面看到了一截白白的腰肢，同时桂花的胸乳没有了棉衣的阻隔更加醒目了。眼前的一切正是李学军朝思夜盼的，此时就横陈在眼前，他抑制不住了，朝着桂花便扑了过去。一切都是出奇的顺利，刚开始他以为还会遇到桂花的抵抗。他的手先是顺着桂花的衣摆伸了进去，这一切在冬天的时候已经演练过了，他显得熟门熟路的。桂花闭着眼，红着脸，没有抵抗，这是他预料之中的。他摸到了她的身体，摸到了她的胸，那好像比冬天的时候又大了一圈，摸在手里非常真实。接下来，他的手又向下滑去，越过了腰带，冬天的时候，在这一个关口上，桂花已经开始挣扎了，最后双方互相做出让步，手只能停在中间地带。这回，李学军没有受到什么阻碍，轻而易举地就到达了他想到达的地方。那是一片陌生而又神秘的天地。在这过程中，桂花的身体只是羞涩地扭了扭，这大大鼓舞了李学军的斗志。他嗓子发干，呼吸急促，三下两下就把桂花的衣服脱了，然后又去脱自己的衣服。一切都来得这么突然、这么顺利，他不敢相信这一切竟是真的。

当他脱完衣服准备向桂花扑去时，桂花探出半个身子，伸手拿过一个小包，在里面摸出两粒药放到了嘴里。他以为她不舒服，也没有多问。

当一切都平息下来的时候，他才想起刚才她吃药的事，关心地问：你不舒服？

她说：没有，是避孕药。

他这才想起她是赤脚医生，抓计划生育工作也是她分内的事。他这才意识到，桂花这次来把什么都想到了。以前他日思夜想把桂花“收拾”了，看来“收拾”个女人也不是件太费劲的事。前一阵子，他还一次次在信中求她、劝她，让她到部队来，她每次回信都谈理想谈未来，现在她怎么不谈了呢？他拿眼去看她，她已经睁开了眼睛，正幽深地望着他。那种凝望，让他想起了冬天在卫生所的时光，他又一次兴奋了，一把抱住桂花，气喘着又“收拾”了一回桂花。

静默下来的两个人这回可以从容地说话了。

他说：前一阵子我让你来，你不来，这回怎么又来了呢？

她说：我这不是来了嘛。

她说这话时，脸上仍带着红晕。

他说：这些日子的梦都梦见你了。

她说：你啥时候能提干？

他没接她的话茬儿，他自己也说不清到底能不能提干。现在都九月份了，再过一个月老兵就要复员了，如果自己复员了，就什么都没有了。

半晌他问：你爹同意咱俩的事了？

她没说话，大睁着眼睛望着日光灯。

他再问：你爹到底同不同意？

她答：现在只能同意一半，如果你提了干，那他就彻底同意了。

想起王支书，想起在卫生所让他难堪的那一幕，不知为什么他竟有了怒气，他又一次死死地把桂花压在了身下，满脑子都是王支书的影子。

他在心里说：王支书，我把你闺女桂花“收拾”了。

他又说：你闺女桂花，让我“收拾”了。

他还说：“收拾”了。

……

他突然想到了去接岗的事，很快从床上下来，穿上衣服，回头冲桂花说：你睡吧，我要上岗了，明天早晨来看你。

说完帮桂花拉灭了灯，走出招待所。

桂花在连队住了五天，第六天的时候走了。

在这几天里，他的心里空前地踏实，桂花让他“收拾”了，按老兵的话说，生米已经做成熟饭了，就是复员回去，桂花也是他的人了。于是，他就很踏实，可以说是心情舒畅。

桂花走后没几天，连队的老兵复员工作开始了，那些日子，连长、指导员是最忙碌的，一会儿找这个老兵谈话，一会儿又找那个老兵做工作。

李学军一直等着领导找他谈话，领导一直不找他，他的心里一点底也没有，不知让他留队还是复员。后来他就想到了桂花，桂花身上的气味仍在他身上残留着。一想起桂花他心里就踏实了，反正桂花是自己的人了，要是复员，凭自己党员这个身份，再有王支书帮忙，当个民兵连长不成问题。这是他最初的理想。这么想过了，他的心情就彻底放松了。

连长、指导员把该谈的老兵都谈完了，也没找李学军谈。又过了几日，在连队的军人大会上，连长很郑重地宣读了今年的老兵退伍名单，名单中没有他。他暗暗松了口气，似乎看到了提干的希望。老兵走后，他才从指导员嘴里得知，是马团长点名让他留队的。不久，他被军里评为学雷锋标兵，指导员正在帮他准备演讲稿，这回他又要到军里去演讲了。

老兵复员后，新兵很快就入伍了。他听说马晓魏当兵了，就在团卫生队当卫生员。

七

又一次进入冬季的时候，一天，指导员突然把李学军叫到了连队，从抽屉里拿出了一份“干部登记表”。那份登记表摆在面前的时候，李学军几乎不敢相信自己的眼睛了，这是他做梦都盼望的时刻。他再次抬起头的时候，眼睛里盈满了泪水，他哽着声音冲指导员说：感谢领导，这辈子我是不会忘记你的。

指导员就很含蓄地说：不要感谢我，要感谢你就感谢马团长吧，是他在师里为你争取到的名额。最后指导员神秘地说：这次全团只有五个提干指标，不容易呀。说完又拍了拍李学军的肩膀。

李学军马上想到了马团长那双温暖的大手。他第一次被团里评为学雷锋标兵的时候，马团长接见过他一次，那次马团长并没有说什么，只是伸出手和他握了握，那是他第一次和团长握手，他只感到团长的那双大手很温暖、很厚实，后来团长又拍了拍他的肩，小声地冲他说：好好干。

无意中他救了马晓魏，没想到的是，只几个月的时间，命运便发生了天翻地覆的变化，他甚至有些不敢相信眼前这一切会是真的。

“干部登记表”填过没两个星期，团里的政治处负责干部工作的干事找他谈了一次话，让他到团部警卫排担任实习副排长。也就是说，他还有半年的实习期，然后才会转成正式军官。

团部警卫排就是负责给团机关站岗的，在这里站岗的士兵都是经过严格挑选的，长得整齐，素质也要比一般连队的士兵高一些，警卫排是全团的门面。李学军没想到，会把自己放到这么重要的岗位上。

那天他笔挺地站在哨位上，迎面走过来一位女兵，穿军装的女孩很漂亮，可以说袅袅婷婷的。到了近前，那个女兵给他敬了个礼，还冲他笑了笑，他觉得眼前这个女兵很眼熟，可一时又不知在哪儿见过。那女兵就说：李学军，啥时候去我家里玩吧。

他这才呼啦一下子想起来，眼前的女兵就是马晓魏，半年没见，穿上军装的马晓魏都变成这样了，认不出了。马晓魏在他身边走过半晌，他还恍怔着。

从此以后，他便会经常看见马晓魏。她就在卫生队，进出营门时，总要在他眼皮底下经过，有时，他们也会在营院里不期而遇。他们似乎并没有多少话要说，而且每次都是马晓魏主动开口和他说话。她说：李学军，上岗呢。或者说：李学军，你没上岗。

两人关系亲密起来是在那个周末。那个周末的傍晚，他刚下哨，正准备向宿舍走，马晓魏迎面走来，她来到近前说：李学军，去我家坐坐吧。

他以为她是在客气，只是笑了笑答：等有机会的。

她说：今天就是机会，走吧。

说完还拉了他的衣袖，他很被动地向家属院走去。家属院就在团部外面，被一道小门隔开了，那里也有士兵站岗。他们俩走过小门时，士兵向他们敬礼，士兵还说：副排长好。自从他到了警卫排，士兵一律叫他副排长。虽然他提干的命令还没有宣布，目前只是实习，但别人都叫他副排长。每次叫他，都让他的腰板一挺一挺的。

那天晚上，团长家里似乎是做了些准备的，饭桌上有鸡有鱼。他们进来的时候，团长正在等他们，他一见到团长，便立正、敬礼。接下来就不知如何是好了。马晓魏拉了几次他的衣角，他才坐到团长面前。那天，团长还开了瓶酒，给他眼前的空杯倒了一点，他忙夺过瓶给团长倒酒，手抖还溅出几滴来。后来团长举起酒杯说：李学军同志，我还没正式谢过你呢，今天我们全家感谢你了。

他不知自己该说什么，抖抖地站起来，脸红了，汗也下来了。

后来他又听团长说：好好干吧。

那时他就想，这一切都是团长给予的，要是没有团长他也不会有今天。想到这，他就热泪盈眶了。

他不知什么时候，也不知怎么走出团长家门的，马晓魏和他一起走了出来，她还要回卫生队值班。出了团长家门，被冷风一吹，他清醒了，马晓魏靠着他很近地走着，被风吹起的头发，丝丝缕缕地拂在他的脸上，他嗅到了马晓魏的发香。这时他莫名其妙地想起了桂花。他在脑子里飞快地把桂花和眼前的马晓魏进行比较。

马晓魏突然对他说：你以后经常到我家来玩吧，我爸很喜欢你。

那一刻，他仿佛被电击了一下。一个团长喜欢一个仍处在实习期的副排长，这一切意味着什么，他不敢想，也想不透。

从那以后，马晓魏不知什么时候就会出现在他面前，有时干脆就到宿舍来找他。马晓魏似乎什么也不在乎，团里的每个角落就像自己家那么熟悉，因为她从小就在这个院长大，更重要的是，她爸是团长。这种心理优势是别人不具备的。

他有时也被马晓魏叫到卫生队去，那是在没人的时候，马晓魏一个人值班，马晓魏穿着白大褂，医生似的在他眼前飘来荡去的。他一走进卫生队，一走近马晓魏，便想起桂花和卫生所。靠山屯的卫生所是没法和团卫生队相比的，桂花也是没法和马晓魏相比的，这么一想，他就有些恍惚。

马晓魏坐在一张椅子上，有时还把脚放到桌子上，前仰后合地和他说一些不着边际的话。

他则规矩地坐在那里，心里却很愉悦，也很放松。

你啥时候会游泳的?

他就想起在靠山屯那条大河里赤身裸体扑腾的童年。于是就说到了自己的家乡，还有那条大河。

马晓魏说：我说你怎么游得那么好呢。当时我被水呛晕了，还以为再也活不成了呢。

她那么轻描淡写地说着，仿佛说的是别人的事情。

他望着眼前的马晓魏，多少还有些拘束，他一见到马晓魏就想起桂花，一见到团长就想起王支书。他不知自己这是怎么了。

一次，他正躲在宿舍里偷看桂花的来信，桂花这一阵子隔三岔五地便会给他写来热情似火的信，她在信里说怎么思念他，回忆在连队招待所甜蜜的日日夜夜，有时看得他都脸红心跳的。桂花在信里不再提出对他的希望了，现在她的希望，他都已经满足她了，提干的事就差一纸命令了。于是她只谈对他的思念了。

不知为什么，认识了马晓魏，又到团长家吃过一顿饭之后，他给桂花的信明显地少了。不自觉地，他就会把桂花和马晓魏进行比较。这么一比较，他对桂花渐渐地就冷淡下来，对马晓魏的热情一点点看涨。就在那天他读着桂花来信的时候，马晓魏不知什么时候溜进了他的宿舍，伸手在他的信纸上打了一下说：读谁的信呢？这么认真。

他吓了一跳，见是马晓魏，脸红了，他怕她看到桂花的信，忙把信揉了揉放进裤兜里，嘴上说：没，是父亲写来的信。

马晓魏就说：不是女朋友吧？

没，没，我还没谈呢。他这么说，他也不知道自己为什么要这么说。

马晓魏就说：像你们这些农村兵，好不容易熬成干部了，要找女朋友，怎么也要找个城里姑娘，这样才能彻底离开农村。

她说这话的时候，似乎看透了农村兵的心理。这一点让他自卑，也让他汗颜。

她又说：就是有女朋友也没什么，有了再吹呗。

接下来，她就睁着一双又圆又大的眼睛望着他。那一刻，他似乎被一颗流弹击中了。就是傻子也能看明白马晓魏对他的态度了，况且，他现在是实习副排长，双眼也是明察秋毫的。

从那一刻开始，他下定决心和桂花断掉这层关系。和桂花的关系从一开始，他就觉得自己是被操纵的，桂花让他入党，让他提干。现在桃子熟了，桂花又要摘他这个桃子了。桂花已经在信里和他谈婚论嫁了。要是没有马晓魏的出现，他会感到很幸福。如果要拿马晓魏和桂花进行比较，桂花让他感到恶心，再者，马团长是什么人，王支书又是什么人。他现在是准军官了，也就是说，这辈子再也不会回到靠山屯了。王支书算什么，桂花又算什么。

这么想过之后，他感情的天平明显倾斜了。以前夜深人静的时候，他还一次又一次地体味和桂花亲近时的每个细节，以及点点滴滴的感受。那时，他每回味一次，都是幸福的。现在，他一想起这些，从心理到生理都有一种屈辱感。他有些后悔自己当时的冲动了。

团里上上下下都在传说，马团长就要调到师里去当参谋长了。

他不再给桂花写信了。桂花的信仍然频繁地来，先是说如何思念他，后来又指责他变心了，心里没有她了。还说，如果这样就要来部队，找到他问个明白。桂花的信，他总是一目十行地看了，然后撕个粉碎，扔到抽水马桶里。

现在他更加频繁地出入卫生队。一见到马晓魏的身影，便身心愉悦，兴奋不已。他不去卫生队，马晓魏就来找他。两人虽没说明，但他们的心里都明镜似的。最重要的是，他从马晓魏的嘴里得知马团长去当师参谋长不是谣传，而是确有其事时，他一颗激动的心开始沸腾了。

八

就在李学军和团长女儿马晓魏眉目传情，爱情之火正要燎原之时，老家靠山屯发生了一件大事。

这件事和李学军有关，但李学军并不知道。在一连两个月的时间里，桂花收不到李学军的只言片语。她一封又一封如火的信又如泥牛入海，她知道，李学军变心了。伤心欲绝的桂花开始哭泣，这种昼夜的哭泣就引起了王支书的警惕，在桂花妈的督促下，王支书终于走进了桂花的房间。此时的桂花显得特别的无助，直到这时她才感受到亲人的重要性，此刻，父亲成为她心里的支柱。于是她什么都说了，李学军要把她甩了，她不想活了。

王支书就很气愤，他背着手，叼着纸烟，很像支书地在屋里走来走去。桂花妈就说：这算啥，这么大闺女让人甩了，以后咋还有脸活。

王支书不说话，铁青着脸，他还从没遇到过这么棘手的事，在靠山屯大队，啥事都是他的一句话。

王支书突然说：不能让他说甩就甩了，没那么容易。提干咋了，不就是个小排长嘛。

桂花妈说：甩了你家闺女又咋了，闺女又没和人家定亲。

王支书走了一圈，又走了一圈，然后就说：定亲，明天就定。

王支书一家要下手了。于三叔又一次充当了使者，这次和上次不同了，这次是王支书找到的于三叔，于三叔在王支书面前还从来没有这么受过重视，于是他的积极性空前地高涨。这事，到李二哥家一说，没费什么事便痛快地答应了。

李二哥和李二嫂并不知道儿子学军最近思想到感情发生的变化。学军探亲时，要和桂花定亲，遭到了王支书强烈反对，这让他们的自尊心受到了空前的打击，儿子入党了，提干了，他们仍然没有从这种打击中缓过来。桂花和学军定亲的事，这次是王支书主动提出的，善良的李二哥和李二嫂终于可以在心里扬眉吐气一回了。

这桌定亲的酒席是王支书家备下的，王支书坐在上首，把李二哥也让在了上首，李二哥对这种礼遇也是第一次遇到，于三叔在一旁陪着。两杯酒下去之后，李二哥屈躬的腰身挺直了，那时他想：儿子也是军官了，大小也是国家干部了，配桂花那丫头，也算可以了。于是，他举着酒杯说：来，支书亲家，咱们干。

于三叔在一旁也说：两位亲家干。

王支书最后舌头也大了，也亲家长亲家短地叫上了，一桌人除了桂花，都显得兴高采烈的。

王支书大着舌头说：亲家，学军现在就是个小排长，我“四清”时就是支书了。

李二哥说：那是，那是。

王支书还说：学军也算有出息，配我们家桂花也算可以了。

李二哥说：你们家桂花和我们家学军也算可以。

王支书说：以后咱们两家就是亲戚了，有啥事说。

李二哥说：那是，那是。

这顿宴席一直从中午吃到晚上，第二天，关于桂花和李学军定亲的消息便传遍了。

桂花是在定亲后的第三天出发的，这是她第二次去部队了，因此这一次比第一次便捷也顺当得多。

当她出现在李学军的宿舍时，李学军正在和马晓魏嘻嘻哈哈地说笑着。桂花突然推开门，三个人都愣了。还是李学军先反应过来，冲呆愣的马晓魏说：这是我老家的同学，王桂花同志。

王桂花没有来部队时，就意识到李学军身边又有女人了，但她不知道是个什么样的女人。当她看到马晓魏第一眼时，便确定这就是要夺走李学军的女人。她听李学军那么介绍，更坚定了她的想法。

李学军的话音刚落，桂花就说：学军，咱们的事躲着藏着的干啥，早晚大家都得知道，我这次来就是找你结婚的。

马晓魏一听什么都明白了，她先看了一眼桂花，又看了一眼李学军，白着脸，推开门，气呼呼地走了。李学军想追过去解释解释，他在后面一连喊了几声，马晓魏也没有停下。

走回宿舍的李学军突然就有了火气，他指着桂花的鼻子说：谁让你来的？你来干什么，你是谁的未婚妻?!

桂花对这一连串的反问，似乎早有防备，她站了起来，脸上挂着冷笑道：李学军你听清楚了，我是你的未婚妻，今天找你结婚来了。

李学军说：咱们自由恋爱，可以好，也可以不好。

桂花鼻子里哼了一声道：李学军，你都把我睡了，睡舒服了，又把我忘了，想把我甩了，找个女兵当老婆，没门儿。我告诉你，几天前，你爹你妈、我爹我妈已经给咱俩定亲了，你想赖账也可以，那我就死在你这里。

李学军见桂花也较真了，气得浑身直抖，毕竟有把柄攥在桂花手里，他真恨自己当时意志不坚定，咋就一冲动把她给“收拾”了呢，要是没那个事，他现在肯定什么也不怕，都新社会了，恋爱自由。此时，他恨不能扇自己一顿耳光。

李学军不想就这么轻易地认输，他有自己的理想，他爱马晓魏，更爱自己的前途，他不能娶桂花。否则的话，他的前程便永远离不开农村了。李学军想对桂花说些软话，把她劝回去，于是他就说：桂花，现在部队很忙，有啥事等我探亲再说，你回去吧，我现在就送你去车站。

桂花早料到了他这一手，不紧不慢地说：想让我回去可以，只要你和我结婚，我明天就走。

桂花把李学军顶到了一个死角上，他没路可退了。但他又不想就这样稀里糊涂地葬送自己的前程和幸福。认识马晓魏之后，他才意识到自己的幸福来临了，人生才刚刚开始。

在桂花面前，李学军不想就这么就范。一个想嫁，一个不想娶，两人就僵在那里。到了晚上，李学军也没有给桂花找招待所的意思，他知道，桂花住下，那就更麻烦了。

晚上李学军去接岗，把桂花一个人扔在了宿舍里。那天晚上，李学军一个人把一夜的岗全给站了。他站了一夜岗，桂花在宿舍里坐了一夜，流了一夜眼泪。天亮的时候，她终于下定了一个天大的决心。

上班的时候，她出现在了团部办公楼前，她要找李学军的领导。进进出出的人，都穿着四个兜的干部服，她知道他们的官都比李学军大，她要找这里最大的官。当马团长出现时，她一眼就认定他应该是这里最大的官，她几步走过去，扑通一声就跪在了马团长面前，然后声泪俱下地说：首长，给我做主哇，李学军学陈世美，他要甩了我，我没脸活了，你可得给我做主哇……

桂花这一跪就引来了许多人的围观，让马团长感到很恼火。马团长不会处理这样的事，他让人叫来政治处主任，政治处主任把桂花带到了自己的办公室。

一进门桂花就向主任哭诉，叙说和李学军的恋爱经历，现在李学军入党了，提干了，就不想要她了，字字血声声泪的。主任很犯难，这样的事他见多了，撒泼、耍赖的都有，每年他都要处理几起，处理这样的事很难掌握火候。

主任只能说：现在都新社会了，恋爱自由，父母不能包办，领导更不能包办，你们好好谈谈。

主任只能这么说。桂花一听不干了，又一次给主任跪下了，鼻涕眼泪都流下来了，她说：主任首长，李学军道德败坏，他睡了我又不干了，早知今日，那他还睡我干啥？

主任听桂花这么一说，立马警醒了，保护部队干部是他的责任，保护女同志，也同样是军人的义务。他立马让人把李学军从哨位上叫了过来，在另一间办公室里，问李学军：你和桂花到底是什么关系？

李学军铁嘴钢牙地说：同学关系。

他没料到桂花会来这一手，刚开始他有些慌，现在话一出口，他就镇定下来了。

主任说：去年秋天桂花到部队看你，你们怎么了？

李学军没料到桂花把这事都说了，他一点心理准备也没有，一下子呆了。他定定地望着主任，一时不知说什么好。

主任心里有数了，又问李学军：你想咋处理和桂花的事？

李学军梗着脖子说：我和她没关系，要说恋爱那是以前的事，现在我不想和她谈恋爱了。

主任吸了支烟，又喝了口水，很冷静地望着李学军，然后说：事情怕没那么简单。你要做好心理准备。

主任说完就出去了，他又来到了桂花面前。主任说：王桂花同志，李学军说不想和你谈恋爱了，别影响部队工作，我看你还是回去吧。这事慢慢处理。

桂花听了主任的话，不哭了，她从自己随身的小包里拿出一瓶安眠药，死死地攥在手里，一字一顿地说：主任首长，你要是不给我做主，我把这些药吃了，就死在你们部队。

问题就严重了，主任安排人把桂花带到招待所，又让两个卫生队的女兵陪护，他怕真要有什么意外，那就不好处理了。

接着主任又和其他领导通了个气，统一了认识，然后又找到李学军，开诚布公地谈了，提了两个解决办法：一、李学军同意桂花的请求，和她结婚。二、撤销李学军的干部身份，复员处理。

主任阐述理由时说，要是谈恋爱还好说，由组织出面做桂花的工作。现在不一样了，你把人家都那个了，再不要人家，这就是玩弄妇女了，属于道德问题，部队不能培养有道德问题的干部。主任给李学军一天考虑时间。

那天晚上，李学军躺在床上一夜也没睡，他一直在流泪。提干是他的梦想，马晓魏也是他的梦想，他要在这两者之间选择了。如果同意桂花的请求，他可以继续在部队工作，如果不同意，他就会复员，回到老家靠山屯去，马晓魏他也不会得到。这些账他早就算明白了，不用算了。他脑子里空空的，只想流泪，他也只能流泪了。

李学军和王桂花的结婚证是桂花到部队的第三天去驻地公社政府领的。桂花拿到大红的结婚证时，长长地吁了口气，她没有在部队做过多的停留，她对自己有交代了。她临和李学军分手时说：李学军，我知道你心不甘情不愿，这没啥，有一天我随军了，变成城市户口了，我答应和你离婚。在你没把我带出农村前，我就是你的老婆，别的说啥都没用。

桂花离开部队不久，李学军的排长任命书下来了。

马晓魏的身影只是远远地在他的视线里出现过几次，她没找过他。

不久，马团长到师里去任参谋长了，马团长的家也搬走了。又不久，马晓魏抽调到师医院工作去了。

李学军的生活又一次水波不兴了。

九

李学军因为把桂花“收拾”出了麻烦，而不得不和桂花结婚。马晓魏又远离了他的生活，他觉得这次自己是彻底亏了。如果他能和马晓魏好，那么马参谋长就将是他的岳父，要有了这层关系，那么他的未来是不可限量的。

这一切的毁灭都缘于桂花，要是桂花不到部队要死要活的，他肯定不会和桂花结婚。现在的他已经不是以前的李学军了，他现在是警卫排长，堂堂的部队二十三级干部。结婚证虽然和桂花领了，但他的内心对眼前的这份婚姻并不甘心。他现在已经是干部了，又是已婚干部，每年都有一个月的探亲假，一连几年，他一次也没有回去过，他怕见到桂花。他不愿意见她，不知为什么，他还有些恨她，恨她毁掉了自己的前程和幸福。

桂花每年都要到部队来一趟，住在部队临时来队的招待所里，李学军基本上不和桂花住在一起，还是住在自己的宿舍里。这样一来，桂花并不会在部队死磨硬泡，住上个三五日，很正常地就走了。

那时公社已经改叫乡了，原来的赤脚医生们都被整合了，公社改乡之后，王支书就不是支书了，闲在家里和别的农村老人已经没有什么区别了。唯一不同的是，王支书仍然读报，什么报都读，坐在自家的炕上，戴着老花镜读报的样子很认真，读完报然后就努力地思考，目光透过窗子，望着外面的天空，有些事他想明白了，有些事他这生这世就永远不明白了。

桂花被整合到了乡医院，她是经过考试被聘用的。后来她又报了省医学院的中医函授院。那几年，李学军不回来，又没个孩子，她有很多精力和时间去钻研业务。函授每年都是要面授和考试的，每次面授时，她都和医院领导请探亲假，先在部队住上个三五天，然后就到省医学院去面授考试去了。直到几年后，她拿到了大学文凭，医院领导才对她刮目相看。

那时年纪轻轻的桂花已经是乡医院最权威的医生了，凡是看病的人，都要挂桂花的号。经常会出现这样的场面，别的医生门前是空空的，而桂花门前却排起了长队。那时的桂花生活很充实，整天乐呵呵的。

夜晚独自一人时，躺在炕上的桂花经常在默默地流泪。面对这种煎熬，有时她想大喊大叫。第一次去部队时，李学军饿狼似的一遍又一遍地“收拾”她，她当时感到的是恐惧和刺激，现在回忆起来，竟是几年前的事了。现在她早就没有了恐惧，有的只是怀念，这份怀念有时又让她感到很模糊，甚至还有些苦涩的味道，让她伤心和难过。她知道，只要李学军在部队干下去，她迟早有一天会随军的，那时她就是城市户口了。只要自己是城市户口，凭着她有文凭有专业技术，不愁找不到一份工作。

现在桂花把所有的念想都用在等待上了，如果那时李学军提出离婚，她会毫不犹豫地答应的。

在部队工作的李学军，好运气似乎用完了，再也没有什么运气了。他在警卫排长的位置上一干就是四年，到了第五年头上，他才被打了一个大大的折扣。目前的形势他是看清了，他差不多是最后一批由战士提干的。后来部队提干制度进行了改革，士兵都要考军校，军校毕业之后才能提干。那些新干部又年轻又有文凭，未来的部队是这些人的。和那些人比，李学军觉得自己年龄大了，又没文凭，简直一点优势都没有。

后来他又听说马参谋长退休了，马晓魏嫁给了师机关的一位参谋。直到这时，李学军的心里才彻底尘埃落定。就在那一年，桂花又一次例行公事地来部队探亲时，李学军在傍晚时分，主动地把自己的行李搬到了招待所。

那天晚上，他像只饿狼，又像一只疯狗，恶狠狠地把桂花给“收拾”了。他的绝望和幻灭，都融进了他的疯狂中，他似乎是在恶狠狠地报复她，又似乎是想念她渴望她。

疯狂之后，他张大嘴巴，绝望地喘息着。桂花偎着身子，半晌才说：你，你这是疯了。说完这话，她嘤嘤地哭了。

不知为什么，李学军也哭了，跟一头狼似的，样子很吓人。为了向过去的辉煌时刻告别，也为了自己前程的幻灭。

当他止住哭声的时候，桂花说：我知道你恨我，是我毁了你的前程和幸福。

他没说什么，大睁着眼睛望着眼前的黑暗。这时清醒过来的桂花才想起，这次探亲来没有带避孕药。

那次桂花在部队住满了一个月，两人的关系似乎恢复了正常。早晨起床号吹响的时候，李学军便起床带着战士出操了，白天的时间里又带领战士们训练。招待所便只剩下桂花一个人，她已经适应了这份清静，在白天她看书，看的是《中医理论》。

晚上李学军回到招待所，刚回来，熄灯号便吹响了。李学军伸手拉灭了灯，上床睡觉了。

不久，桂花回去后在一封来信中告诉李学军自己怀孕了。又过了几个月，桂花说 B 超做了，是个男孩。又是不久，桂花果然生了个男孩。

从那以后，李学军每年都要休假，回老家靠山屯住上一个月。第一次回去，儿子都满一岁了，又过了一年，儿子两岁了……一年又一年的，儿子在他的眼里很陌生。刚回去那几天，孩子认生，又哭又闹的，后来渐渐和他熟了，叫他爸爸了，他又回部队了。

有一年，他又回来休假，晚上他躺在已经五岁的儿子身边说：我现在太累了，想转业了。桂花听了这话，大睁着眼睛说：你不替你儿子考虑了，他现在还是农村户口，以后上学、工作啥的，你不想想？

李学军就不说什么了，那时他已经当满了五个年头的连长，在全团的连长中，他的岁数是最大的。带着战士训练，他都感到有些力不从心了。

终于，李学军被调到团机关任副营职参谋了。按部队规定，副营以上的军官，家属就可以随军了。那年年底，桂花和孩子办了随军手续，他们的户口终于变成了城市的了。桂花住在军营里的第一个夜晚，长长地吁了一口气，很快她就睡着了。

十

又一个年底，李学军被团里确定转业了，理由是他是全团年龄最大的副营职干部，又没文凭，干到头了。李学军苦干苦熬了这么多年，也够了。这次桂花的目的已经达到了，她没再挽留李学军。团党委定的事，她想挽留也没用。

李学军最大的理想是在城里找一份工作，他是从农村出来的，城市对农村人永远有着诱惑力。那一阵子，桂花同李学军一起跑工作，两人从没这么齐心过。有关材料复印了若干份，这个单位送一份，那个单位留一份。不幸的是，这些材料又如泥牛入海了，找上门去问时，人家说：李学军年龄偏大了，又没文凭，不好用。他们从机关跑到企业，又跑到了公司，没有一家单位用李学军。

那些日子李学军的心情挺灰暗的，他也没料到，自己转眼就是一个没用的人了。由于找工作超过了时限，在城里又没找到一家接收单位，李学军的档案关系便被转到老家那个县的复转军人安置办公室。老家政府也是物尽其用，很快便通知李学军工作有了着落，他被安排到老家那个乡当副乡长。副营职军官，当个副乡长，也没算屈才。

在回农村还是留在城市间，李学军和桂花又发生了冲突。按照李学军的意思，全家回农村去，自己好赖也是个副乡长，生活也不会差到哪里去。桂花坚决不同意，既然进城了，她就不打算走了。她的理由是，不为自己考虑，也该为孩子考虑，在城里孩子就会接受良好的教育，以后要做个有出息的人。

两人吵了一次，又吵了一次，后来就不吵了，各自想着心事。

终于，在最后的报到期限内，李学军回老家去当副乡长了。

桂花和孩子留在了城里。部队的房子是不能住了，桂花便带着孩子租了间地下室，自己又在一家私人诊所找了一份工作。她给别人打工，孩子上学，艰难的城市生活开始了。

李学军回到乡里，似乎很快就适应了那里的工作和生活。他在电话里冲桂花说，我要在乡里盖四间房子，把你们娘儿俩接回来。

桂花说：就是你盖八间房我们娘儿俩也不回去。

桂花似乎适应了这种两地分居的生活，本来她随军后，他们在一起生活的时间就不长。孩子似乎早就习惯了没爹的生活，该上学上学，该吃吃，该喝喝，很茁壮地成长着。

不久，副乡长李学军告诉桂花四间房子盖好了，就等她们回去了。

桂花觉得没什么好说的，便把电话挂了。

李学军到城里来了一趟，辗转了两个多小时才找到桂花租的那间地下室。李学军一走进地下室，便鼻子不是鼻子眼睛不是眼睛地说：这是人住的地方吗？这简直是猪窝。说完摔上门就走了，他打的，直奔乡里，他要回去住那四间新房去。

从此，李学军很少来电话了，桂花也从不给李学军打电话。他们就像两股道上的车，在各自走各自的路。

桂花觉得这也没什么不好。在私人诊所里，桂花认识了一个患风湿病的老板，这是个很大的老板，姓朱，据说朱老板要是打个喷嚏，全城的人就得有一半感冒。可惜的是，朱老板患上了风湿病，各大医院都跑过了，就是治不好，或者说没什么效果。最后朱老板死马当成活马医了，就来到这家小诊所，让桂花给他治病。朱老板每次来，桂花先是给他针灸，然后又是药疗什么的。没过多久，竟有了效果。朱老板跑小诊所的次数就更勤了，他把再生的希望都寄托在了桂花身上。有时没人的时候，他躺在治疗床上会捉住桂花的手，满眼内容地对桂花说一些感激的话。

从那以后，他经常请桂花出去吃饭，桂花也不拒绝。朱老板每次都说：桂花，你给人家打工，可惜了，要不你给我当私人医生得了。条件你提。

桂花每次都摇头，朱老板也不好说什么。

有时饭吃得晚了，朱老板就送桂花回去。他们双双坐在车后，有时朱老板把一只胳膊伸过来，搂住桂花的肩膀，桂花也不动。

有一次，朱老板一定要到桂花家参观，结果走进了那间地下室。朱老板又是唏嘘又是摇头的，感叹桂花的生活，同时也钦佩桂花的人品。

生活中多了一个朱老板，桂花觉得和李学军的生活更遥远了。有时一年半载的也想不起他来了，她觉得这样的生活也挺好。

突然间有一天，李学军出现在桂花面前，他鬼鬼祟祟地把桂花拉到一个没人的房间，又插上了门，桂花不知他要干什么。李学军又去脱裤子，桂花刚想走出去，结果她就看到了她不愿看到的一幕，李学军患了性病。李学军很无奈地说：桂花这次算我求你了，帮帮我。我现在还在竞争乡长，不想让别人知道这事，只有你能帮我。

桂花在那一刻似乎受到了侮辱，她红着脸说：李学军，你也算个人？我不帮你，你去找别人吧！

说完拉开门走了。

那天晚上，桂花躺在地下室的床上，一直流泪到天明。她没想到李学军会做出这样的事来，让自己的老婆给治性病，这样的人是彻底完了。虽然他们没有往来了，可他们毕竟还是夫妻呀。想到这儿，她下定决心，要和李学军离婚。离婚之后，他们之间就什么都没有了。

第二天，桂花给李学军打了个电话，说明了自己的意思。李学军在电话那头说：桂花，你别落井下石，我现在正在竞争乡长你知道不知道。那样的话我的威信会降低的。你和孩子的后半生我都想好了，现在我这样还不都是为了你们娘儿俩。离婚不行。

说完就挂上了电话。桂花知道，自己命运的转折时刻到了。当年，她找到部队哭闹，那是她人生的第一次转折，这次是第二次转折了。

她吸取了第一次的经验教训，不想把事情搞得满城风雨的。他不是想竞争乡长吗，那就让他彻底失望，说不定，他就会同意离婚的。想到这，她便想到了这个城市的纪律检查委员会，于是给这个部门写了封信。她在信中说，某乡的副乡长李学军这人有问题，希望他们查一查，署名是一位知情者。

桂花并没有把这封信看得很重，在这期间，朱老板一边治疗风湿病一边追求桂花。桂花不知道自己哪一点吸引朱老板了。朱老板的身份是吸引她的，但在没有和李学军了断之前，她不想和朱老板有什么。

不久，她听说李学军被“双规”，她那时想，这样的人被教育教育也好。又是不久，她又听说李学军被检察院公诉了。她又想，李学军这个人果然有问题。她不知道是不是自己那封信起了作用，心想：不会吧，群众的眼睛是雪亮的，李学军要是有问题，想瞒是瞒不住的。这么想过了，她的心安了许多。

又不久，李学军因贪污罪名成立，被判了七年有期徒刑。

他们离婚签字是在监狱接待室完成的，这时离不离婚，李学军已经说了不算了。他被动地在离婚协议书上签了字。

又是不久，桂花诊所开业了。许多人都来祝贺，朱老板让人放了好一阵鞭炮，场面很是热闹。

人散的时候，桂花把儿子拉过来，看着这间已属于自己的诊所，她长吁了口气，心想：这回和农村再也没有什么关系了，自己终于可以当个城市人了。

想到这儿，桂花的眼角流下了两滴清泪。

小　　镇

这座围有灰色城墙的小镇，被日本人占领了。日本人来之前，镇里的青壮年男人都参加了八路军。现在小镇里只剩下老人、妇女和儿童。日本人占领这座小镇后，便在灰色城墙上建筑了炮楼，炮楼上日夜都有日本兵站岗。日本人就凭着这灰色的城墙，围住了这一方小镇。小镇里便发生了一些故事。

军　　法

日本人占领小镇那天，镇子里异常地安静。鸡不叫，狗不咬，家家闭门关户，似死去了。

日本兵列着队，在军官的吆喝下，警惕地在街上走了一圈，并没发现什么异常，于是日本人才放下心来。日本兵很多，有几百人，散站在街上，一时竟无所适从。半晌过后，日本军官和兵们马上都想到了住宿，因为一时解决这么多人的住宿实在是件很麻烦的事情。

日本军官们就聚在一起，叽里哇啦研究这事。一会儿，日本军官就发布了命令。片刻，几百人的队伍分成若干个小队，走街串巷，挨家挨户去敲那一扇扇紧闭着的门。门一扇扇地被敲开了，日本兵就三三两两地走进去，查看每一户的住房，于是这些三三两两的日本兵们就住进了镇里的家家户户。

白脸日本兵和其他三个兵，敲开了一户门，来开门的是一个盲眼婆婆，婆婆什么也不说，一双看不见的眼睛，不明真相地冲几个日本兵翻着。白脸兵和其他几个兵，好奇地望一会儿这位瞎眼婆婆，就去看房子了。瞎眼婆婆家大小房子共有三间，一间是灶房，另两间连在一起。两间房，一间堆放一些杂物，另一间住着瞎眼婆婆。瞎眼婆婆开了门，就走回去，躺在床上，听着几个日本兵的动静。

几个日本兵在那间堆满杂物的房子里看了看，几个人相互看一看，又一起点点头，然后就一起动手，收拾了一下这间堆满杂物的房子，住了下来。日本兵发现，这家就是瞎眼婆婆一个人。

住在这户的日本兵，和住在其他户的日本兵一样，早晨一听到军官的哨声，便跑出去到街上集合。集合后的日本兵，就跺着脚绕着围在镇外的灰色城墙跑步，日本人管这个叫军操。军操完毕，开饭。吃饭时的日本兵，围着在街上架起的两口行军锅，站在地上，端着碗吸吸溜溜地吃。吃罢饭的日本兵，一部分排着队，扛着枪，到城墙上去换岗；另一部分没事了，三三两两地在街上转悠一会儿。日本人一来，街上就很冷清，没事的人从不到街上去。转悠一会儿的日本兵，发现没多大意思，就又三三两两地踱回到了自己的住处。

住在瞎眼婆婆家的几个日本兵，每次走回来，都发现瞎眼婆婆一个人一如既往地躺在床上，睁着一双看不见的眼睛向外望。有时，他们看见瞎眼婆婆的床上放着一碗冒着热气的粥，瞎眼婆婆不时地撑起身子，端起粥碗喝上一口。

这几个日本兵每次回来时，都发现灶房里的锅还是热的，灶房里收拾得也很干净。日本兵就都很惊诧，瞎眼婆婆会有这么利索的手脚。其他时间里，日本兵总是发现，瞎眼婆婆一动不动地躺在床上。

这几个兵不上岗时，夜晚会突然醒来，醒来后的日本兵会听到隔壁的瞎眼婆婆唠唠叨叨地不知在和什么人说话。几个日本兵都觉得蹊跷，但望见隔壁仍只有瞎眼婆婆一个人。于是几个日本兵相互望一望，叽里哇啦说一会儿话，就出军操去了。

那一天，刚吃罢饭，突然下起了雨。日本兵匆匆放下碗盆，往住户家跑。几个住在瞎眼婆婆家的日本兵，刚推开门，就愣住了。他们发现，院子里站着一个姑娘，姑娘很年轻，白白的脸颊，大大的眼睛，正抱着一堆干柴往灶房里去。发现几个进来的日本兵，她惊呼一声，扔了怀里的干柴，一双大眼睛中透出惊惧。几个日本兵也怔在那儿一会儿，首先恍过神来的白脸兵冲姑娘笑一笑，姑娘望见了那笑，也醒悟过来，一转身向瞎眼婆婆住着的房间跑去。那一天，日本兵才发现，瞎眼婆婆的房间里还有一个小房间。姑娘就藏在小房间里。

那天晚上，几个日本兵又听到了瞎眼婆婆唠唠叨叨地说话，这次，日本兵们都知道，瞎眼婆婆是在和那个姑娘说话。于是，几个日本兵叽叽咕咕地也说了会儿话，日本兵说话时，隔壁便没了声息。

再转天，住在瞎眼婆婆家的几个日本兵，吃罢饭，便不在街上转悠了，而是急匆匆地走回来。他们就又看见了那个姑娘在灶房里做饭，火光红红地映着姑娘白白净净的脸，映着姑娘忙碌的身影。几个日本兵就站在院子里痴痴怔怔地望着那影子。姑娘发现了，匆匆地端着做好的饭，回到了瞎眼婆婆的房间。很快，姑娘又回到了自己的小房间，这时，几个日本就怔一怔神。

夜晚的时候，几个日本兵经常醒来，醒来后的日本兵经常能听到瞎眼婆婆和姑娘说话的声音，说的是什么，他们听不懂，但觉得姑娘说话的声音很动听。于是，几个日本兵便不停地翻动身子，用两只耳朵轮流听姑娘的说话声。

不几日，镇子里出了几起日本兵强奸妇女的事件。一时间镇子里的人很恐慌。也就是从那一天开始，住在瞎眼婆婆家的几个日本兵，看不见那个姑娘了。每次，他们吃罢饭，匆匆走回来的时候，看见在灶房里忙碌的都是瞎眼婆婆。那几个兵望着瞎眼婆婆都愣一愣，又相互望一眼，便垂着头走回屋里。

不长时间里，又接连发生了几起日本兵强奸妇女的事件。那一夜，住在瞎眼婆婆家的几个日本兵，突然被镇子东头一个女人的喊叫声惊醒，他们听着女人的喊叫声和几个日本兵的笑声，后来女人的喊叫变成了呻吟，断断续续地传来。一会儿之后，只剩下女人的呜咽声了。几个日本兵再也睡不着了，披上衣服坐起来，这时他们听到隔壁有轻微的响动，然后是压低声音的说话声。

几个日本兵仍那么坐着，渐渐呼吸有些急促，最后绞成一团。有人开始穿上鞋向外走，又有一个人跟上……那个白脸日本兵张大嘴巴在黑夜里张望着，他发现自己的嘴有些干。他看那几个如着了魔的日本兵走出门外，向隔壁摸去，他也随在了后面。

几个日本兵闯进瞎眼婆婆的房间时，瞎眼婆婆惊呼一声，摔下了床。几个日本兵一挑门帘走进了里屋，里屋亮着昏暗的油灯，姑娘惊惧地坐在床上，手里握着把剪刀，似早有了准备。姑娘已把剪刀的刀尖放在了喉咙下，几个日本兵就怔一怔。有个日本兵舔舔嘴唇向前走了一步，姑娘那把剪刀就用了些力气，刀尖已陷在了肉里。那个日本兵又向前走了一步，这时姑娘的脖子上已有殷红的血流下来，顺着白白净净的脖颈流下来。几个日本兵惊骇得都大张了嘴巴，痴痴地望着姑娘。突然，站在几个人身后的白脸日本兵吼了一声什么，那几个日本兵都一颤，一步步转回身，走回自己的房间。那一夜，几个日本兵都没睡，就那么呆呆地坐着。白脸日本兵吸了一夜的烟。

从那以后，他们再也没有到过瞎眼婆婆住的房里。姑娘脖子上的伤口渐渐好了。日本兵每次再回来，总是轻手轻脚地走回到自己的房间，呆坐着。街上强奸妇女的事件仍不断地发生。

姑娘又开始出现在灶房里，瞎眼婆婆自从那次摔下来后便不能下床走路了，只有姑娘忙前忙后地照料。有时姑娘走过日本兵住着的房间，都发现白脸日本兵痴痴定定地望着自己。姑娘只瞥上那么一眼，就匆匆地走过去了。

日本兵们在夜间醒来时，经常发现白脸日本兵披着衣服坐在床上冲着窗外吸烟。每天早晨起床后，其他日本兵都发现白脸兵床下扔了一堆烟头。于是几个人就一起去望白脸日本兵。他不望他们，而是望窗外的天空。

那一晚，几个住在瞎眼婆婆家的日本兵下岗走回来，发现大门开着，并听见瞎眼婆婆高一声低一声地呼叫着什么。几个人不由得加快了脚步，他们走进院里时，发现住在邻户的一个军曹正和姑娘厮滚在一起，姑娘的头发披散下来，衣衫被撕破，露出白净的肌肤。瞎眼婆婆趴在地上，头一下下撞击着地上的石头，已有血从瞎眼婆婆的额头上流出。几个日本兵都僵在那儿，望着眼前的一切。军曹发现他们，嬉笑着说一句什么，便又去撕扯姑娘的衣服。

眼看姑娘渐渐没了力气，日本军曹把自己的嘴巴朝姑娘白白的脸颊凑去，姑娘绝望地闭上了眼睛。这时，白脸日本兵突然冲过去，一把拽起了军曹。站起来的军曹怔一下神，待看清是白脸日本兵，便叽里哇啦地大叫几声，边叫边拳脚相加地踢打着白脸日本兵，白脸日本兵立在原地任凭军曹踢打。姑娘已从地上爬起来，去抱地上的母亲。军曹踢打一阵，白脸日本兵的脸上就流出了鲜血，白脸日本兵仍一动不动地站着。

军曹甩开白脸日本兵又向姑娘冲去，姑娘绝望地惨叫着，她的目光越过军曹的肩头，求救地望着白脸日本兵。白脸日本兵浑身一颤，温顺的双眼里陡然冒出了两缕凶光。突然，他操起枪，用枪刺对着军曹的后背扎去。军曹大叫一声，从姑娘的身上翻下来，几个呆站着的日本兵也一起惊叫一声……

白脸日本兵触犯了日本军法，要被枪决了。

白脸日本兵被倒绑了双手，由几个日本兵押着。他很沉静地走着，来到了刑场。白脸日本兵一双目光温柔地搜寻着，终于他望见了一方蓝天，那里正有一朵很美丽的云在游弋……

枪响了，白脸日本兵倒下了。

那天镇里听见这声枪响的人们，一起冲着枪响的方向垂下了头。

空　坟

小镇那时还不讲究火葬，人死了占一方僻静地界，于是地面上隆了一个土丘叫坟。祭奠亲人的人会在坟头上烧上些纸钱，过年节时，还会摆上一些供品，以寄托对亲人的思念。

老太太一家独自住在小镇东头的山坡下，山坡那一边就是那条灰色的城墙。有日本人不时地在城墙上走来走去。山坡上郁郁葱葱地生满了草，草地中央有一座新坟。那坟是老太太丈夫的，日本人占领小镇的前几天，丈夫去世了，便被埋在了山坡上。

老太太家里就她一个人，日本人来了后，她家里住了一个日本机枪手。日本兵上岗，扛着机枪到山坡的最高处，把机枪架在山顶上，俯视着整个小镇。

老太太刚失去亲人，很悲痛，隔三岔五地便去给丈夫上坟。老太太蹲在丈夫仍很新的坟前，把一叠叠纸钱扔在火里，火光映着老太太一张皱皱的脸，浑浊的泪水不紧不慢地从脸上流下来。老太太便长时间地伫立在丈夫的坟前，凝视着那座坟。

机枪手上岗时，他趴在机枪旁，能清晰地看见老太太的一切。望着望着他就入了迷，目光一飘一闪地望着那红红的纸钱燃着的火。火熄了，他仍会长时间地把目光凝在那堆纸灰上。老太太在坟前立久了，会入魔般地哼一首小调，没有人能听懂那小调的词，只是个调调。小调凄婉动人，似哭似泣，哀哀咽咽。老太太哼这些小调时，那个趴在坡顶上的机枪手会坐起身，双手抱住屈起的腿，一动不动地向远方的天际望着，望着望着泪水就模糊了眼睛。

老太太还有一个儿子，参加八路军已经几年了，自从参加了八路军，儿子就从没有回来过。刚开始时，儿子还不时地叫人带口信，后来那些口信也没有了。别人都说她儿子一定是不在了，刚开始老太太不相信，可等来等去，等得丈夫死了，等得日本人来了小镇，儿子还没有回来，她信了，信儿子一定是不在了。老太太独守着两间空房，还有山坡上那座坟，似乎觉得仍少了些什么。一天又去为丈夫上坟时，她找出了儿子参军前穿过的一身衣服和一双鞋，她抱着这些东西，来到了丈夫坟前，在丈夫坟的下方又挖了一个坑，把儿子的衣服和鞋一并放下去，又在上面堆起了一方小土丘。她做这些的时候，机枪手不错一丝眼珠地望着。那坟终于建好了，老太太望一眼空坟，又望一眼丈夫的坟，立在两个坟中间，就像丈夫和儿子活着的时候一样。老太太在两个坟中间燃着了纸，火红红地燃着，机枪手似乎明白了什么，更入情入境地望，望着望着，他又把目光移到很远的天际。

傍晚的时候，老太太回到了家里，坐在小院的石头上，望着山坡上的两座坟，那里有她的丈夫和儿子。老太太就这么有滋有味地望着，望着这些，生活似有了寄托，也有了内容。每逢这时，机枪手也下岗回来了，站在老太太的小院里，望一会儿山坡上的那两座坟，又望一会儿远方的天际。有时，机枪手从怀里掏出一张照片，望上一会儿，机枪手望着那照片时，就有泪水一滴滴流下来。老太太看见过机枪手手中捧着的照片，那照片上是一位穿和服的老太太，很慈善地望着机枪手。她就想，照片上的老太太一定是他的母亲。这么想着，她的心就动了一下。

老太太习惯地立在小院里望山坡上那两座坟的时候，下岗的机枪手也常立在一旁呆望遥远的天际。望着望着，老太太会瞥一眼机枪手，机枪手也望一眼老太太。有时，老太太会突然想起自己的儿子就是被这些人杀死的，目光里会陡然生出仇恨，这时，机枪手的目光就慌慌地避开老太太的目光，又去怅怅地望那遥远的天际。

一天夜里，老太太突然间被什么声音惊醒了。醒来后的老太太再也睡不着了，她就扒着窗子向山坡上张望，窗外，有星没月，一切都很朦胧。一个黑影就在这朦胧里摸进小院，又摸到老太太的小屋里。老太太惊惧地望着那个黑影，黑影就喊了一声：妈。老太太一哆嗦，伸手划燃了火柴，儿子的脸庞在老太太眼前一闪，老太太的手又一哆嗦，火柴熄灭了，她颤抖着声音喊了一声：儿——便和进来的黑影搂在一起。这时老太太才清醒地意识到，自己的儿子没有死，又回来了。这时，老太太突然想到了那边房间里的士兵。儿子警惕地摸出了枪，后来没见有什么动静，这才又把枪收回去，和老太太相拥着坐了一会儿，就匆匆地走了。老太太一直望着儿子又走进黑夜里。

天刚一亮，日本人就集合了全镇子的人。全镇子的人就集合在山坡下的空地上，机枪手仍趴在山坡上，枪口就冲着全镇子的人。日本人说，昨天夜里八路军来了一个侦察兵，杀死了几个日本兵，现在八路军的侦察兵就在镇子里，让人们交出这个八路军，如果不交，统统地死啦死啦的有。

老太太知道，日本人说的那个侦察兵就是自己的儿子。她想儿子一定没被日本人抓住，已经安全地越过了灰色城墙。这么想着，老太太就觉得很踏实，她又望见了山坡上那两座坟，她想：明天一定要把儿子那座空坟平了，儿子还活着。这时，她又望见了趴着的机枪手，心里就又沉了一下。山坡上黑洞洞的枪口冲着山下一群手无寸铁的老百姓。日本军官举起了战刀，人们知道，那战刀一落，机枪手就要开枪了。这时仍没有人交出八路军，山坡下的男女老少仇视地望着那黑洞洞的枪口。

日本军官的战刀落下了，人们闭上了眼睛，机枪却没响。人们睁开了眼睛，看见机枪手站起了身子，从腰间拔出一把匕首，那匕首冲着自己的肚子扎去，机枪手呼叫了一声。老太太清楚地看见，机枪手又望了一眼遥远的天际，便慢慢地向地上趴去，机枪手的手里飘飘地落下了一张照片。老太太知道，一定是机枪手母亲的照片。

一时间，山坡下的男女老少愕然，日本人也都愕然，都一起望着那位趴在地上的机枪手。在以后的日子里，人们发现，老太太丈夫坟下的那座空坟不见了。坡顶上，又起了一座空坟，人们还发现，老太太仍然隔三岔五地到山坡上烧纸钱，还到那空坟上烧，纸火红红地燃着，映着山坡上那些坟。

伤　　兵

八路军包围了灰色城墙，攻打被日本人占领的小镇。喊杀声枪炮声，镇内的人清晰可辨。日本人凭借着那条灰色城墙固守着小镇，但仍源源不断地有伤兵被抬下来。伤兵多了，日本医生照顾不过来，于是这些伤兵又被抬到镇内的人家，把药分发给每个伤兵，让镇内的人家伺候日本伤兵。

八路军攻城的第一天，翟二妈家就抬来一个伤兵。这个伤兵很年轻，十七八岁的年纪，唇上刚生出一层淡淡的茸毛。伤兵浑身上下被炮弹炸了足有六七处伤，被纱布缠裹着，血水浸出纱布。伤兵痛苦地呻吟着，伤兵被抬来时，还来了名日本军医，日本军医比画半天，意思是让翟二妈帮助照料。翟二妈望一眼伤兵，就想到了在外面攻城的八路军，那里面有她的丈夫和儿子。

日本伤兵躺在翟二妈家里，伤兵因流血过多脸色苍白，一双眼睛就显得又深又大。翟二妈在房间里进进出出，伤兵的一双眼睛也随着翟二妈转。翟二妈不看伤兵，似家里没有这么个人。

傍晚的时候，八路军开始攻城，枪炮声喊杀声隐约传来。这时，翟二妈就倚在门上望着城外一闪一亮的炮火，盼着八路军快些打进来。这时，那个日本伤兵从敞开的门里望着翟二妈的背影，望着远方的炮火，浑身止不住一阵阵哆嗦，眼里涌出惊骇的目光。八路军攻打一阵就收兵了，喊杀声和枪炮声也隐去了，深夜的小镇便显得很安静。翟二妈从门外走回来，坐在床上仍望着窗外。窗外的夜色很好，这时又有丝丝缕缕的硝烟味从窗缝里浸来，翟二妈嗅着这味道就很兴奋，于是就长时间地坐在床上思念城外的亲人。

白天时，八路军不攻城，日本医生就挨家挨户地给伤兵换药。医生来到翟二妈家里，换完药后总是要和日本伤兵说上几句话，然后给伤兵端来一碗水，伤兵接过去咕嘟嘟地喝下去。伤兵贪婪地喝水时，医生就望一眼坐在床上的翟二妈的背影，皱一皱眉头。医生临走时，又为伤兵端了碗水，放在床头，留下一些药和干粮一并放在伤兵的床头。

那一夜，八路军又在攻城，枪炮声喊杀声一浪高过一浪。日本人护城的枪炮声也一阵紧似一阵，黑影里翟二妈看见从城墙上抬下的日本伤兵源源不断，她就想到在城外攻打日本人的丈夫和儿子。她想到了那些呼啸着的炮弹，心里就不再踏实了。追根溯源，她就又想到了一切都是因为这些日本人，她又想到了那些被强奸的妇女的惨状，想着想着，她就有了火气。一个念头便从心里生了出来，她浑身随着远处的枪炮声一起震颤着。她抓过了切菜的刀在手里握着，浑身就不再颤抖了。她这时竟出奇地希望窗外的枪炮声早些停下来。终于，枪炮声停歇了。翟二妈手握着菜刀躺下了，她在等待着那个伤兵早些睡熟。

夜深了，窗外很宁静，硝烟味也已散尽了。伤兵一点声响也没有，翟二妈轻轻下床，来到伤兵床前。这时窗外的月光依然很明亮，映到屋子里，一切都影影绰绰的。翟二妈举起了菜刀，就在她举起菜刀的时候，望见了躺在床上的伤兵，望见了伤兵始终睁开的那双眼睛。伤兵惊恐地望着翟二妈，那张消瘦的娃娃脸因惊惧在轻微地抽动着，他仍一动不动地躺着。这是翟二妈第一次认真地望着这个伤兵，她第一次发现眼前的伤兵还是个孩子。翟二妈举起的菜刀就那么在半空悬着，伤兵的目光仍望着翟二妈，翟二妈在那目光里看到了惊惧……她倏然想到了自己的儿子，儿子那张娃娃脸。翟二妈一哆嗦，咣当一声，菜刀掉在了地上。翟二妈仍僵了般地立在伤兵的床头，这时她看见伤兵的眼里滚出一串泪珠。翟二妈摇晃了一下，碰倒了立在伤兵床头的枪。

翟二妈坐在床上一宿未睡，伤兵一动不动地躺在床上，也一夜未睡。天亮时，翟二妈拾起了地上那把菜刀，又把伤兵的枪立在了原处。翟二妈做这些时，伤兵很温柔地望着翟二妈。

中午的时候，医生来了，翟二妈立在院子里等待着事情的结果。医生来时，伤兵闭上双眼，医生不动声色地检查完伤兵的伤口，放下几粒药走了。她走进屋时，发现伤兵两眼仍紧紧地闭着，里边盈满了泪水。这时，翟二妈就在心里叹息了一声。

吃饭的时候，翟二妈把一碗滚热的粥放在了伤兵的床头。伤兵感激地望了望翟二妈。

那一夜，八路军攻城的喊杀声很热烈，而且那声音愈来愈近。倚在门旁的翟二妈清晰地看见有三三两两的日本兵溃退下来。八路军的枪炮声愈来愈近了，喊杀声也愈来愈真切了。翟二妈突然想起应该烧一锅开水，让进城来的丈夫和儿子先烫一烫脚。于是翟二妈就燃着了红红的灶火。翟二妈烧一会儿火，就走到门旁望一会儿愈来愈近的炮弹爆炸时的火光。这时，翟二妈看见伤兵挣扎着起来了，一跛一拐地走出门去。他走到翟二妈的身旁时，停了一下，望了一眼翟二妈，然后一跛一拐地走进了黑暗里。翟二妈望了一会儿又走回到灶膛旁，发现伤兵那支枪正熊熊地在灶里燃着。

翟二妈立起了身子向黑夜里望去。

八路军的喊杀声愈来愈近了。

锅里的水正在咕嘟嘟地滚着。

守　望

不知不觉，当兵就到了第三年头上，到了秋天王才该复员了。他这才发现日子过得真快，直到这时，才觉得日子过出了些滋味。

王才当的是仓库警卫兵。仓库在一个镇子外的郊区，一条马路弯曲地伸过来，顺着马路可以望见镇子上空的烟尘和鸽子。

隔着马路，那边有河，河旁有树。平时的河，只静静地流着，一片波光潋滟。到了雨季，那河便宽了，也深了，哗哗啦啦的，才流出些气势。树便傍着这条河，很滋润地生长着。

这里很静，驻着王才他们的警卫排。兵们上岗、下岗、学习、吃饭、睡觉，日子便在平淡中重复着。

三年来，王才一直站的是傍晚那一班岗。王才喜欢那一班岗的时间，那时的太阳垂向西边，红彤彤一片。世界很静，河水映着落日，很美。远处的城市，便掩在这片夕阳中，一切都那么朦胧和美好。

王才第一年当兵的时候，就开始喜欢这班岗了。每年新兵入伍，老兵复员，排长总要把站岗的顺序动一动，王才每次都对排长说：我愿意站傍晚的岗。

傍晚这班岗，正是兵们吃过晚饭，自由活动的时间，下棋、玩球、打扑克，兵们都愿意有这么一段轻松的时间。排长听了王才的话，就笑一笑。王才就一直站着这班岗。

王才也说不清自己为什么爱站这班岗。他每天一走上哨位，便去望那河，望那条曲折地通向城市的马路。他知道，这时候那对老人就该出现了。那是两个一时也说不准年龄的老人，头发花白，他们相扶相携地在河旁的树荫下散步。树下是沙滩，很细的那一种。老人在沙滩上一趟趟地走，沙滩上便留下一串串脚印。更多的时候，两个老人坐在河边的一块石头上，望那落日，望那条河，静静地，就那么望着。谁也不说话，像是两尊雕像，久久地，老人似乎睡去了。

每天这时，沙滩上会出现一位少女，他也说不准少女的年纪。少女扎着马尾辫，可爱的红色发圈像一只欲飞的蝶，随着她的走动，一飘一荡的。少女穿着紧身短裤、吊带衫，裸露着漂亮的腿和手臂。少女长得很白，也很文静，每次出现时总是牵着一条小花狗。狗的脖子上系着铃铛，一摇一晃的，铃铛便叮叮当当地响，很好听。

少女管狗叫宝贝，她在前面跑，就喊身后的小花狗：宝贝，快跑！狗便欢天喜地去追。少女就在前面笑，笑声清脆，像摇着的铃铛。有时狗跑在前面，比赛似的和少女跑，少女在后面追，一边追一边喊：宝贝，等等我——

狗听了，更欢实地往前跑。

王才很愿意看少女跑步时的样子，两条光洁的腿在河滩上舞蹈着。头发上的发圈也一跳一荡的，少女此时的样子似要飞起来。

老人仍旧在那儿坐着，不知是哪个老人先说一句：回去吧。两个老人便相扶相携地站起来，一步步顺着沙滩向暮色里走去。

王才痴痴地盯着两位老人远去的剪影，似和老人一样，做了一个宁静而祥和的梦。

少女此时也会像唱歌似的喊一声：宝贝，回家了。

少女和狗便也淹没在暮色中。

王才知道，前面不远处的一片树林后面，住着几户人家，老人和少女无疑就住那片树林后了。

这时候，营院里也安静了起来。王才想起了老家的三妹，三妹说话也像少女这么好听，像唱歌。三妹也有两条漂亮的腿，跑起来的样子也很可爱。三妹是他的同学，从小学到中学，他和三妹一直坐一张课桌。他愿意听三妹说话，三妹说话像唱歌一样好听。他也愿意看三妹笑，三妹一笑就露出一排晶亮的牙齿。三妹不仅有这些，三妹身上还有一股好闻的味道。

当兵走的那天晚上，他就使劲儿地闻了一次三妹身上那股好闻的味道。

那天是三妹找到了他。他们走了挺远的路，走到一片树丛旁，三妹不走了，停下来，两只眼睛很亮地望着他。

三妹说：才哥，当兵好呢。

他说：错不了。

三妹又说：当兵能入党，还能当军官。

他也说：是哩。

三妹的两眼就更亮了，他听见三妹的呼吸粗一下重一下。他就在朦胧中望着三妹，三妹也热切地看着他。

三妹又说：才哥，给俺写信吗？

他就说：你愿意看，就写呗。

他看见三妹怕冷似的哆嗦了起来，他也哆嗦了，他一伸手，就抱住了三妹。三妹的身子软软地贴过来，他就嗅到了三妹身上那股好闻的味道。他使劲儿地闻了一次。

直到现在，他的嗅觉里仍飘荡着三妹那股好闻的味道。

他刚到这个仓库没几天，就欢送一批老兵复员。那是几个当满三年兵的老兵，他们戴着大红花，摘去了领章和帽徽。他一看到老兵就想到自己刚到部队时的样子。有一点不同的就是自己的军装是崭新的，老兵的衣服都已经洗得发白了。老兵依次地和送行的人握手，老兵眼里一律含了泪。门口有连里派来的车在等他们。他们一步步向门口走去，恋恋地，怅怅地，走到门口时，几个老兵不约而同地停下脚，转回身，冲他们这些送行的战友和眼前的营房深深地鞠了一躬。久久地，他们才慢慢地上了车。隔着车窗，他看见老兵们眼里的泪水终于流了出来。

王才觉得入伍和复员都是件让人高兴的事，他不明白这些老兵为什么要哭。

他当满一年兵的时候，又迎来了一批新兵，同时又送走了几个老兵。他的班长也走了。班长和那几个老兵一律含着眼泪，和他们这些朝夕相处的战友说着离别的话。他送走老兵，回到宿舍，一眼就看见了班长空出来的床铺。他就住在班长的上铺，班长每天晚上起来查岗，总要给他掖掖被子。轮到他站岗时，班长总是从床下伸出一只手捏他的鼻子，他就醒了，很小心地穿上衣服。下床后，他也学着班长的样子，捏一下班长的鼻子，然后在黑暗中笑一笑，班长也笑一笑，他便上岗了。

他望着班长空出来的床铺，心里一下子觉得很空。一连好几天，他一望见班长的床，心里就无着无落的。

他当第二年兵时，再站傍晚那班岗，仍然可以看见那对老人和少女。

老人一如既往地坐在那块石头上，望斜阳，望这静谧的世界。久久，一直到天暗下来时，老人说一声：回去吧。两个老人相扶相携，蹒跚的身影消失在他的视线中。

直到有一天，他发现两个老人在相同的时间没有出现在他的视野里，他便觉得这日子少了些什么。一连等了两天，老人仍没有出现，河边只有少女和狗的身影。他就想：要么是老人病了，要么就是被儿女接走了。

第三天，他终于看见了老人。此时却不是一对了，只剩下那个老头。老头几天没见，一下子似乎老了许多，头发更白了，脚步也更踉跄了。老人蹒跚地走在沙滩上，后来就坐在了那块石头上。这时，他发现老人的手臂上多了条黑纱。他的心猛地跳了几下，终于明白为什么只剩下了老头一人。老头独自坐在那里，样子仍像尊雕像，望着落日，望着静谧的世界，身旁却少了一个人。久久地，暮色苍茫的时候，老人仍说着：回去吧。然后，老人站起来，习惯地又去扶身边那个位置，却什么也没有扶到。老人的身体晃了一下，差点摔倒，后来老人扶到了一棵树。他看见老人的眼角滚下两颗浑浊的泪。老人叹口气，一步步，蹒跚地向回走去。他也在心里叹了口气，是为了那个老人。

不知什么时候，少女再出来时，身前身后少了那只小狗，却多了一个年轻人。小伙子个子挺高，样子也挺帅气。少女头上的红发圈不见了，马尾辫也散了下来，少女的模样就多了些妩媚。小伙子揽着少女的腰，少女的头偎在小伙子胸前，样子天真又幸福。两个人一边走，一边亲热地呢喃着。他听见小伙子叫少女“宝贝”，开始他还以为小伙子在叫那只小狗呢，却发现是少女满面娇羞地应着。他在心里笑一笑，想：她是他的宝贝呢。

两人在暮色中，一趟趟地在沙滩上走，样子亲密又幸福。

三妹也和他这么亲密幸福过，不过不是在这河边的沙滩上，是在信里。三妹在信上亲热地叫他才哥。刚开始一有时间，他就给三妹写信，三妹一接到他的信，很快就给他回信。三妹在和他说完亲热的话以后，总要问他：才哥，入党提干的事快了吧？三妹这么问他，他便不知如何回答了。

王才当第二年兵时，班长给他争取了一个考军校的指标。那些日子，他也复习了，也努力了，可等公布结果时，才发现自己的分数离录取线差得挺遥远。他没好意思把这一结果告诉三妹，他总是在信里安慰三妹说：只要努力，会有希望的。他在信里这么对三妹说了，心里却一片茫然。他自己清楚，要想提干，只能通过考军校这一途径。

不过也有例外的，那就是立过大功的英雄人物。那一次，排长组织他们学习一份报纸，报上说：某军区有一名战士在出差途中，与歹徒搏斗，身受重伤，却立了功。立功战士伤好后，被保送进了军校。

他听着排长念报纸，觉得立功的事和自己一点关系也没有。当了快三年兵，他一直在哨位上守着。别说出差，就是到不远的镇子里，他去的次数也能数得过来。

日子一天天过着，上哨、下哨、学习、吃饭、睡觉。日子平淡得今天和明天一样。门前的河还是那条河，树还是那些树，日子依旧。他并没觉得这有什么不好，战友们不也和他一样这么生活吗？新兵来了，老兵走了，这便有了日子。三妹再来信时，他觉得没有必要再隐瞒什么了，便在回信中说，提干的事没有办法了，再过些日子，就复员回去了……

从那以后，三妹的信就越来越少了，每封信里也没有以前那么亲热了。等三妹的信，盼三妹的信，等来了，心里却多了份失落。他依旧热情地给三妹写信，三妹的信是越来越少了，后来，他干脆等不来三妹的信了。他就在心里叹口气说：不来就不来吧。不管三妹来不来信，日子总是要往前过的，他生活中却少了那份甜蜜的期盼。

他再站在哨位上，望那夕阳、那条河和那些树，心里就多了些感觉，那感觉硬硬的，揣在他的胸间。

不知是哪一天，那个孤独的老人，也突然在他的视线里消失了。但他总觉得，老人说不准哪一天又会出现在他的视线里。他一连等了许多日子，老人也没有出现。他便想起老人已先去的老伴儿，或许老人也寻他的老伴儿去了。想到这儿，他心里陡然热了一下，于是在心里真诚地冲两个老人说：走好啊。

河畔沙滩上，从此只剩下了那个少女和那个挺帅的小伙子。两人亲热地说着话，少女不时把清脆的笑声洒向宁静的傍晚。他们有时在沙滩上疯跑一阵，少女的头发在晚风中飘扬着，像举起的一面旗，她的双腿和手臂依旧那么美丽和光洁。更多的时候是两个人躲在树后相拥，久久地。王才看到这儿，便想起三妹身上那股好闻的味道。此时，看到少女倒在小伙子的怀中，他心里莫名地多了份惆怅。

有时他也觉得这日子过得太平淡了，平静得让人想在哨位上大喊大叫几声。这时，他就想到排长组织他们学习报纸上的英雄事迹，他在心里感慨，要是自己能有个机会立功该多好啊。那时，说不定自己的名字也会印在报纸上，然后进军校……他这么一路想下去。回过神来的时候，他无声地笑自己的异想天开。

不知不觉雨季就到了。雨季一到，那条河就宽了许多，也深了许多，流起来就有了气势，哗哗啦啦地响。人站在哨位上，听着河的喧响，心里就多了种东西，仿佛那河水流进了自己的心里。雨季一过，就该到秋天了，到了秋天，他就要复员了。这么一想，他便有些怕，怕雨季过得太快了。

雨季来到的日子里，少女和小伙子突然失踪了。王才就想，他们也许是怕没完没了的雨淋湿了他们。

雨下得一场比一场大，那条河就愈来愈欢响个不停了。那是个小雨的傍晚，王才又站在了哨位上，远远近近迷蒙一片，没有了落日，没有了沙滩，只剩下那条欢响的河，此时他的心里有些空。就在这时，他看见了那个少女，正独自站在雨中。她没有带雨具，浑身上下已经淋湿了，少女冲着河痴痴地望着。

他看见少女的一瞬有些吃惊，他不知道她为什么要在这样的傍晚出现在那条河边。少女任雨淋着，终于，他看见忧伤的少女一步步向河里走去。河水没过了少女的膝，没过了腰……

这时，他似突然清醒过来，脱下雨衣，疯了似的向少女跑去。

他把少女拖上岸的时候，少女痛苦地望着他，雨水和泪水在少女苍白的脸上流着。少女哽咽着说：我要死，你干吗要救我？那时，他觉得有许多话要对少女说，说自己和三妹。可他听了少女的话，便呆呆地立在那儿。直到少女捂着脸，呜咽着跑开，一直跑到风雨里，他才一步步向哨位挪去。他不知道少女活得好端端的为什么要死。他觉得，那是他和少女之间的秘密，这个秘密他从没有对任何人说起过。

雨季转眼就过去了。秋天来了。他再也没有看见那少女。直到他复员前一天的傍晚，他的心里还一直在想着那个少女。他不知道少女此时此地在做什么，想什么。

王才和几个老兵一样，终于要离开了。那天，他和几个离队的战友，胸前戴着大红花，依次地和送行的战友握别。他的眼里噙满了泪，觉得有一肚子的话要对这些朝夕相处的战友说，可一句也说不出，只一遍一遍地说：再见了……

接他们的车就等在门口，他和战友一步三回头地向门口走去。走到门口时，他和几个老兵不约而同地停了下来，转回身，冲那些送行的兵和他们曾生活过三年的军营深深地鞠了一躬，他便再也忍不住自己的眼泪了。直到这时，他才理解了那些已经复员的战友。他坐在车上的一瞬，透过车窗看见了哨位，哨位上站着一个新兵，他一下子就想到自己三年前站在哨位上的情景，眼泪一下子就又流了出来。

车启动了，他在心里默默地冲他站了三年的哨位说声：再见了——

这时，他回了一次头。透过车窗，他突然看见了那个少女。少女站在河边，一头黑发旗帜似的在风中飘扬着。她的身旁又多了一个小伙子，却不是那些日子见到的那个了。少女似乎看见了车里的他，少女冲他挥了一下手，接着，他看见少女幸福地冲他笑了一次。他看见那笑，心里竟喊了一声：再见了——泪水便再一次模糊了他的双眼……

图书在版编目(CIP)数据

文官武将 / 石钟山著. -- 北京 : 中国文史出版社, 2023. 3

(中国专业作家作品典藏文库. 石钟山卷)

ISBN 978-7-5205-3801-5

Ⅰ. ①文… Ⅱ. ①石… Ⅲ. ①中篇小说-小说集-中国-当代②短篇小说-小说集-中国-当代 Ⅳ. ①I247. 7

中国版本图书馆 CIP 数据核字(2022)第 183491 号

责任编辑：薛未未

出版发行：**中国文史出版社**
社　　址：北京市海淀区西八里庄路 69 号院　邮编：100142
电　　话：010-81136606　81136602　81136603（发行部）
传　　真：010-81136655
印　　装：北京新华印刷有限公司
经　　销：全国新华书店
开　　本：720×1020　1/16
印　　张：17. 25　　字数：223 千字
版　　次：2023 年 3 月第 1 版
印　　次：2023 年 3 月第 1 次印刷
定　　价：59. 00 元